U0000034

三日月書版

三日月書版

聞瀾引

上卷

繪者 阿噗
作者 棋徒

目錄

第一章　庶子

深夜，丑時。

四周靜謐至極，正是殺人越貨的好時機。

晉安侯府高牆外，一道纖瘦嬌小的身影越牆而過——

然後穩穩當當地摔在了地上。

「啊……」隱忍的悶哼，這位妙齡女子皺著眉坐起來，揉著摔疼的手肘，氣憤道：「哪個不長眼的傢伙，居然把墊腳石頭給搬走了！」

她正掙扎著起身，就覺腳邊不對勁，有什麼東西硌在了腳踝處。她下意識去摸，摸到了一個溼滑的物品。借著月光，少女看清了手中之物。

一把帶血的匕首。

刀刃鋒利地泛著銀光，刀身上還有溫熱的血順著刀柄滑落。任誰看了都會以為是凶器。

莫不是……夜裡闖進了窮凶極惡的歹人？

她忽地將匕首扔到一旁，起身就跑，無意間驀地一瞥，被樹下的那道黑影驚出一身冷汗。

下一刻黑影動了，直直地朝她走來。翻牆是來不及了，她兩手一伸，踉踉蹌蹌地往旁邊走，嘴裡嘟囔著：「這眼盲之人出門就是不便，日後還是要帶著拐杖才好……」
可心裡越是害怕，就越管不住那雙「瞎」了的眼睛。究竟是怎樣的惡徒，居然膽大包天到敢孤身夜闖一品侯府？
誰知餘光看去，竟看見一張極為好看的臉。
此人黑衣黑髮，眉眼俊朗。鼻梁高挺，薄唇殷紅。面色溫潤如玉，沒有絲毫瑕疵……即便此刻面無表情，單憑這副五官也足夠讓人驚嘆一番了。
驚嘆到……讓某人甚至忘了自己是瞎子。
這哪裡是什麼窮凶極惡的歹徒？分明是一個賞心悅目的俊美少年。
四目相對的一瞬間，她不自覺地停下腳步。而少年卻像是沒看見她一般，徑直越過，撿起了地上的匕首，接著便要離開。
「哎，你等等。」
黑衣少年腳下一頓。
「你叫什麼名字？深更半夜來我府上又是為何？」
少年甩了甩匕首上的血，甩得身後之人膽戰心驚，她立刻改口：「算了算了，我不問了。請便請便！」
他本來就不打算理她。可當他正要離開，卻又聽見她不甘地問道：「你莫不是我府上的人？否則見了這家的主人，為何也不心虛逃走？倒……倒像是認識我一般？

「你若不是我府上的人，就該是強盜刺客了，可我都看到你的臉了，你怎麼也不——」

聒噪。聒噪得讓他皺了眉。

見她嘰嘰喳喳地還要問個沒完，他索性答道：「這也是我家。」

女子當即一句「胡扯」要脫口而出，不過抿了抿唇，又硬生生地憋了回去。好女不吃眼前虧，對方看起來雖然年紀小，但似乎也不太好惹。

聽他這麼說，她便也仔細回憶了下，滿侯府幾百號主子奴僕中，肯定是沒有這麼一個人的。但若是哪房下人的孩子，不認識便是常理了。

於是她擅自下了定論：「你一定是哪位僕人之子，否則我不可能不認識你。你母親是誰？崔媽媽？還是桂嬤嬤？難不成……是東院哪位媽媽的兒子？」

聽到這話，少年才轉過身來直視她的眼睛，一字一句道：「我是蕭戎。」

女子歪了歪頭，覺得這名字莫名耳熟。

蕭戎……蕭戎？

她忽地眼前一亮：「你是孟小娘生的那個蕭戎？你是我弟弟？」

驟然的「弟弟」二字，卻讓少年一時不知怎麼回答。在這偌大的一品軍侯的府中，他是連下人之子都不如的存在，又何以配得上當她侯府嫡長女的弟弟。

「那你肯定知道我是誰吧？」她走近。

蕭戎聞到了她身上那股獨特的沁鼻香味。聽說這樣的奇香大多產自西域，區區一匙便要黃金百兩，是尋常人家幾生幾世都賺不來的體面。

見他不說話，她繼續說：「我叫蕭瀾，是你姊姊。若是平常，你該喚我聲長姊，不過我生來不愛這些瑣碎規矩，你叫我姊姊便好。」

他沒說話，亦未離開。

眼前這位自來熟的姊姊膚白勝雪，臉蛋也就一個巴掌般的大小，眉彎柔和，鼻梁秀挺，鼻頭小巧。最勾人的是那雙又大又靈動的眸子，只是最尋常般地望著人說話，卻總有種溼漉漉的嬌態。加之長髮烏黑柔軟，溫順地垂落在淨秀白衣上，鐘靈毓秀，乾淨得讓人不敢觸碰。

他低頭看了看自己沾著汙穢血跡的手，不動聲色地退後了一步。

蕭瀾順著他的目光看過去，便也明白這匕首的主人是誰了。

「你……」她抬頭，看著這個比自己高了足足一個頭的少年，「莫不是去東院把蕭契那王八蛋給殺了吧？」

見他聞言一愣，蕭瀾便自顧自地了然於胸，從容地蹲下身子，扯下腰間佩戴的那塊價值連城的玉佩，就開始刨坑。「嘖，還愣著幹麼？把匕首給我，我幫你埋了。」

蕭戎生平第一次見到如此不分青紅皂白的亂來之人。

「這是……兔子血。」

蕭瀾一聽，倏地站起來：「你大半夜的殺兔子做什麼？」

「餓了。」

她一愣，「你連飯都吃不飽？」

隨後又上上下下地打量了他幾眼，年紀明明比她小，卻生生高出她一個頭，怪不得都說半大小子吃死老子，能長這麼高約莫是很能吃。

想到這，蕭瀾隨手拍了拍蕭戎的胳膊，「以後還想吃就說一聲！我帶你去城東酒樓，那裡的神仙兔可是連皇帝陛下都喜歡的！」

蕭戎有點愣兒，看了看剛剛被拍到的地方。衣服上似乎沾上了淡淡的香氣，掩蓋了血腥味。

「不過話說回來，我還以為你是去收拾蕭契了呢。要是這樣，別說神仙兔了，就算是宮裡陛下養的那隻三唐靈兔，你若想吃我也會幫你烤了！哎，你知道他吧？」

蕭戎點頭。

「那我可告訴你，我早就看不慣那廝了。你若遇著他，可不許喊他堂哥。」

平日裡旁人若是得了這番警告，恐怕早就跪地俯首稱是了。但眼前這人，卻是一言不發地看著她。

任憑是宮裡佳宴，還是王侯將相府上的宴請，沒有她蕭瀾沒去過的。見過了無數的大場面，也見過了形形色色的人物，卻還是頭一遭遇著這麼沉默寡言的人。明明是十幾歲的年紀，話竟比那些年近古稀的老頭子還少，稱得上是幾棒子都打不出一個屁來。

她抿抿唇，自說自話道：「他區區一個二房的，還成日覬覦我長房的爵位，嚷著自己是蕭家獨子，日後便是未來的晉安侯。我呸！真不要臉！你是我親弟弟，自然是站在我這邊的吧，哦？」

而這位親弟弟的嘴像是被人縫上了一般。

「要我說，狗屁的蕭家獨子！這不是還有你麼？咱們長房有自己的兒子，還能讓他那種癟三搶走爵位？說出去都要讓人笑掉大牙了，你說是不是？」

蕭戎被她左一個「狗屁」，右一個「癟三」說得皺起了眉。素來也聽說過晉安侯的嫡長女有些驕縱，父親是一品軍侯，母親又是皇帝的親外甥女清河郡主，卻不想竟是如此——

「蕭戎你想什麼呢？」

眼前驀然出現一隻纖細乾淨的手，他本能地一把抓住。細膩的觸感傳入手心，潔白的衣袖順勢滑落，露出一小截光潔的手臂。而此時此刻白嫩的肌膚上，赫然落下了帶著腥味的血汙指印，猶如淨雪平原中，令人討厭的髒腳印。

他立刻鬆開了手。「對不起。」

蕭瀾不明所以：「好端端的道什麼歉？我剛才說的話你都記住了沒有啊？你可是我弟弟，不許吃裡爬外、胳臂往外彎！」

蕭戎盯著她，不知道她此刻的寬宏大度是真的還是裝的。庶子以下犯上地對嫡長女動手，是要開祠堂挨家法的大罪過。可她竟不以為然，還口口聲聲說「你是我弟弟」。

他抿了抿唇，看著她說：「記住了。」

「這還差不多。」想了想，蕭瀾又湊近，「今晚我翻牆回來這件事，可不許往外說。」

蕭戎看了她腰間露出的骰子，和鼓鼓囊囊的荷包一眼，低低地應了聲「嗯」。

蕭瀾對這偶然遇上的弟弟十分滿意，好看還聽話，除了話太少，還真沒什麼瑕疵可挑。比起蕭契那種其貌不揚的登徒子，可好了不知多少倍。

於是蕭大小姐難得大方一回，從荷包中拿出一錠金子塞到蕭戎腰間：「喏，姊姊給你的見面禮。大方吧？以後別半夜出來偷吃的，嚇死人了。」

還未等到蕭戎說話，拐角牆根處便傳來丫鬟低低喚著「小姐」的聲音。

兩人同時往那處看了一眼，蕭瀾見他面色緊繃，笑道：「不用擔心，是我的貼身婢女，跟咱們一伙的。嗯……改日再來找你玩。我先走了！」

蕭戎站在原地，眼見著那道纖瘦的白色身影消失在拐角處。

拂曉將至。

蕭戎回到了自己和母親那方逼仄的院子裡。他們母子就住在馬廄旁，清晨餵馬的活兒自然不會落到旁人身上。把上好的精飼料倒入食槽，他靜靜地看著馬兒吃著飼料。四周明明無比安靜，卻時不時會迴盪起帶著幾分命令語氣，卻不討人厭的嬌俏女聲……

日頭漸漸升了起來。

他在無邊的黑暗中站了許久，終於迎來一絲光亮。

◆

清晨。

主母柳容音來時，自家女兒還在夢周公。

柳容音貴為郡主，從小在皇城裡長大，周身滿是威儀，蕭瀾房裡的婢女們整齊地跪在地上，大氣都不敢出。

「這孩子，越來越沒規矩了。」語氣雖是呵斥，卻又滿眼慈愛地替她掖了掖被角。

「香荷，小姐昨晚幾時睡的？」

被叫到名字的是蕭瀾的貼身婢女，與她年歲相仿，從小一起長大。

「回、回夫人的話，昨日小姐是戌時睡的。」

柳容音姣好的面容上，柳葉眉皺起，「那也該睡夠了，怎的看著如此疲憊？」

一邊說著，一邊心疼地撫上女兒的臉蛋，隨即沉了聲音：「是不是妳們懈怠偷懶，夜裡短缺了安神香？」

「不不，不是，回夫人的話，小姐……小姐她……」香荷支支吾吾，不敢再說謊，卻也不想違背跟小姐的約定。

晚上私自出府這件事，是斷斷不能說的。下人知情不報，是要被拖出去亂棍打死的。

「嗯……」正當香荷眼眶都急紅了之時，蕭瀾半睡半醒地睜開了眼，「娘，您怎麼又來了啊？」

柳容音見女兒醒了，立刻放柔了聲音：「妳這孩子，我再不來妳打算睡到何時啊？別人家的姑娘這時不是在做女紅，便是讀書識字，妳倒可好。」

蕭瀾眨著大眼睛：「先生教的書我都倒背如流了，您又不是不知道。」

說到學業，柳容音是滿眼的滿意。她清河郡主的女兒聰慧伶俐，十二歲時做的辭句便獲陛下親筆題閱，一時聲名大噪。

「再說女紅，娘，您忍心看著我被針扎得十指紅腫，連茶杯都端不起麼？」十足十的可憐巴巴。

「娘當然捨不得了。咱們晉安侯府的嫡長女自然是千金之軀，怎容得了半點損傷？罷了罷了，走，娘帶妳去看琳琅閣送來的衣物和釵環。」

蕭瀾本來是想起身的，一聽到這話立刻又要躺回去：「我不去我不去，回回看那些都要個把時辰，我都有那麼多衣物釵環了，還看什麼呀？」

柳容音不依，將她拉回來，「這回不一樣。妳十六歲生辰可是要闔宮宴飲的，這可是陛下和皇后娘娘特賜予妳的公主待遇。即便嘉貴妃那麼得寵，她的成玉公主尚且沒有這般體面呢。」

「哎呀，娘，那哪裡是給我體面啊，是給爹和您的體面，老是折騰我幹麼呀。」

「這話說的，妳爹都是一品軍侯了，哪還有上升的餘地？邊關屢獲捷訊，陛下若是不聲不響地虧待蕭家，那是天下人都不會同意的。妳要是不領陛下賞賜的殊榮，豈不是叫陛下和娘娘難堪？」

「好複雜，聽不懂。」

「娘知道妳聽得懂。先生誇妳悟性好，再難的史料辭句妳都不在話下。瀾兒乖，我們去看看。」

蕭瀾無奈地點點頭。

「來人，伺候小姐梳洗更衣。」

柳容音前腳離開，蕭瀾立刻便下了床榻，把香荷拉起來。

「妳啊妳，還是這麼不會說謊，我平日裡是怎麼教妳的？」

「小姐，香荷就是不敢騙夫人啊，若是被夫人發現，可是會被亂棍打死的！」

蕭瀾漱洗完，香荷伺候她更衣。

「我娘不會的。她就是刀子口豆腐心，其實最善良不過。再說，」蕭瀾戳了戳香荷胖嘟嘟的臉蛋，「這不是還有我麼？我說話還是有點分量的。」

兩人一邊往柳容音的西院走去，蕭瀾隨口問道：「香荷，妳知道蕭戎麼？」

香荷一驚，趕緊四處望望，怕被人聽見。蕭瀾笑她：「妳這副做賊心虛的樣子是做什麼呀？」

「小姐，」香荷壓低了聲音，「馬上就要到夫人的院子了，您可千萬別再提了。孟小娘和她兒子可是夫人的心頭刺！這些年沒人敢提，就連老爺都不會在夫人面前提起那對母子。」

蕭瀾挑眉：「那妳知道原因麼？」

兩人在庭院裡停下，香荷小聲說：「我也是偶然聽見後廚的媽媽們說的。有幾次廚房少了東西，她們便一口咬定是孟小娘偷的。說她人都偷了，自然也會偷食物。」

蕭瀾皺眉，這是什麼鬼理由。

「夫人和老爺是陛下欽賜的婚，自古額駙郡馬就鮮有納妾的，任是誰也不敢跟公主、郡主共侍一夫呀。且當初老爺也是立下誓言，絕不納妾的。」

「那孟小娘……」

「孟小娘原本是夫人的貼身婢女，自幼便陪在夫人身邊。夫人也是極為信任她，可誰知她趁著夫人懷孕不能侍寢，竟設計爬到老爺床上去了！還……還因此有了身孕。夫人氣得暈了過去，皇城內外的名醫都請遍了，才堪堪保住了您。

「夫人本想殺了那孟氏，卻因您尚在繈褓，她怕造了殺孽，將來會報應在您身上，這才與老爺立下約定，待孟氏生產後，便將他們母子逐出侯府。可……可偏偏她命好，生了個兒子，老爺大喜，頓時把先前的諾言推翻了。但也顧及夫妻情分，就下令只要讓他們母子留在侯府，其餘的任憑夫人處置。

「那時侯爺屢立戰功，連陛下和皇后娘娘也不好說什麼，夫人也還在調養身子，沒有精力處理那對母子，此事也就不了了之了。

「這麼多年，雖沒表現出來，但家裡的下人們都知道，夫人那般愛護顏面的人，斷是咽不下這根刺的，所以明裡暗裡沒少苛待過他們母子。但……這也是孟氏咎由自取。」

蕭瀾沉默了一會兒，又問：「那妳了解蕭戎多少？我只聽說過他的名字，還是母親房裡的嬤嬤無意間提到的。還未等我多問，她便又搪塞過去了。」

香荷想了想，說：「他似乎一直都陪著他母親。我遠遠瞧見過他的身影，每回馬飼料來了，都是他去搬的。」

「馬飼料？」

香荷點頭，「他和他母親就住在馬廄旁邊的小院子裡，是離咱們夫人和老爺院子最遠的地方。日子炎熱時，馬廄總是有些氣味的，斷不能熏著貴人，所以馬廄也在那邊。」

蕭瀾一路上若有所思。她到的時候，柳容音正與衡國公的夫人嚴氏說體己話。

見著蕭瀾來了，嚴氏笑得滿面春風，「我說妳啊，在我面前說了妳家瀾兒一堆錯處。這般美貌高雅的大家閨秀，妳偏說她貌不驚人，胸無點墨，若不是先前見過妳家瀾兒小時候，怕是要信了妳這些托詞呢！」

柳容音笑了笑：「她被我和她爹慣壞了，脾氣大得很。妳家晟兒最是溫和，怕是受不了她這性子。」

蕭瀾一聽，立刻明白柳容音的意思。這是在拒親呢。

「母親，上回蕭契房裡那逾矩的通房丫頭是怎麼處置的？要我說，就該拖出去亂棍打死！」她走進來，十分溫婉地朝國公夫人笑了笑。可緊接著說出來的話，卻是讓嚴氏笑容盡失。「若我是堂嫂，斷是容不得任何女子在堂哥房裡的。堂嫂原本也是兵部尚書家的獨女，自幼也是被捧著長大的，什麼東西都是獨一份，可嫁了人反倒要與旁人共侍一夫，日日受委屈，真不該是這麼一個道理。」

她看向國公夫人，「伯母，您說是吧？」

「可……」嚴氏面色不佳，「自古男子有個三妻四妾是再正常不過的事，大家族裡，子孫總是越多越好的呀……」

「燕雲啊，真是讓妳見笑了。我早說了，這孩子脾氣不好，驕縱慣了。怕是委屈了妳家晟兒。」

柳容音笑得大方得體，卻字字句句都是拒絕。

國公夫人被臊了面子，根本坐不住，「既然如此，我也就不打擾妳們倆了，看這滿屋子的衣物釵環，想必也是在為闔宮宴飲做準備呢。」

柳容音也不留她，笑著點了點頭，吩咐道：「送國公夫人回府。」

「娘，我配合得不錯吧？」蕭瀾滿滿飲了一杯茶，「您這話一說，我立刻就明白了。您說這是不是母女連心的妙處？」

柳容音看著嚴氏離開的方向，冷笑一聲，「區區一個國公府也敢來提親，還是那個文不成武不就的幼子。要不是素日來便交好，我是連看一眼都嫌麻煩的。」

「就是就是！再說我可不想嫁人。」

柳容音立刻瞪她：「說的這是什麼話？哪有姑娘家不嫁人的道理？妳的婚事娘早有安排了。」

「……敢情您拒絕了國公府，是因為有別的人選？」

柳容音一笑：「皇后與我提過多次，她的幼子十五皇子比妳年長三歲，她也是疼得不行，左選右選都挑不到能與皇子匹配的。妳及笄之禮的時候她便提過，那時一來妳還太小，我捨不得，二來尚不知皇子秉性，我不放心。」

蕭瀾咋舌：「這才不到一年，您就捨得了、放心了？」

「妳聽我說完。這將近一年的時間，我可是多番打聽了，也親眼見過多次了。那孩子文韜武略樣樣精通，又是皇后嫡子，將來大有立儲的——」

「等等！打住！您是看上這個了吧？那我可就更想不嫁了。王侯將相尚且有三妻四妾，他若做了皇帝，後宮佳麗三千，一堆的糟心事難道您能替我料理？」

還未等柳容音說話，蕭瀾便已經站了起來，「衣物釵環我都瞧過了，都不錯，至於進宮那日要穿哪件，娘替我定了便是。」說完，頭也不回地就往外走。

「妳去哪？」身後的柳容音也站了起來，「娘不說婚事了行不行？」

「晚了！今日心情不好，我要騎馬去郊外散心，午膳就不在家用了。」

「香荷！趕緊帶人跟著小姐，別讓她摔著！」

「是！是！請夫人放心！」香荷答完話，趕緊一路小跑地追上了蕭瀾。

「小姐小姐，您真要去騎馬啊，可您不是從來都沒騎過麼！」

蕭瀾一笑，「我這麼聰明，肯定一學就會唄。」

「啊？現學啊……那……那香荷這就去找騎馬師父，您可千萬不能一個人上馬啊。」

蕭瀾一把拉住她，「找什麼找，找師父多費銀子啊，府上不就有現成的麼？」

香荷不明所以地跟了她一路。直到看見了馬廄裡那個穿著粗布衣裳，卻絲毫掩不住俊美的餵馬少年。

對於蕭瀾要學騎馬這件事，蕭戎聽了之後沒什麼反應，清理食槽的動作半點沒停下，依舊乾淨利索。

香荷扯了扯蕭瀾的衣袖，小聲道：「小姐，他……是不是聾了？聽說他小時候生過病，莫不是那時候把耳朵燒壞了？」

要不是昨晚清清楚楚地與他交談過，今日這番冷淡的樣子，她也真會以為他是個聾子。

蕭瀾摸著下巴想了想，走到蕭戎的跟前。「蕭戎，你昨晚……真是去捉兔子的麼？」

少年手上一頓，這才低頭看她。

蕭瀾甜甜一笑：「我想了想，若是去府內的後廚偷兔子，那匕首橫豎是不會丟在牆根底下的。若是出府去獵兔子……」她的身子湊近，那股清香沁入他的鼻腔。

「為何匕首上面一根兔毛都沒有呢？」

蕭戎眸中微動。

「乖弟弟，你昨晚到底是做什麼去了？」

蕭戎沉默了一會兒，便拿了馬鞍過來裝上。馬廄外的香荷驚奇地看著，那個不苟言笑的庶子原本還一副六親不認的樣子，也不知兩人說了什麼，轉眼竟單膝跪地，讓蕭瀾踩著自己的膝蓋上了馬。

蕭瀾頭一回獨自一人上馬，既興奮又害怕，「這……這也太高了吧。會不會摔下來啊？」

蕭戎牽著韁繩，將馬帶出馬廄。一路上她坐在馬上，一邊拿香荷遞上來的竹骨扇搧著風，一邊百無聊賴地說著什麼。

「騎馬也沒有如傳言中的那般危險麼，走了一路牠都這麼聽話。

「蕭戎，姊姊是讓你教我騎馬，又不是讓你做馬夫，你老牽著牠要走到什麼時候啊？」

大街上人來人往，蕭戎鮮少在白日裡出來，此刻鬧市繁華，雖心無雜念，卻也被些稀奇古怪的東西勾走了目光。見他還是不回話，蕭瀾低頭，看見他後背的粗布衣衫已經汗跡涔涔。

她費勁地伸長了腿，拿腳尖兒踢了踢蕭戎的肩膀。他回過頭來。

「停一會兒，去茶攤坐坐。姊姊渴了。」

茶攤就靠近城門，見來人穿戴昂貴，一眼便知是貴人，茶攤老闆趕忙端上了上好的茶。

「貴人請坐！這是小店上好的碧荷茶，秋日裡飲來最為降火爽口的。」

香荷仔細地用手絹擦拭了茶杯，這才為蕭瀾倒了一杯。蕭瀾順勢一推，朝站在一旁的人揚了揚下巴，「替姊姊嘗嘗好不好喝。」

蕭戎端起杯子一飲而盡，清涼甘甜的茶水瞬間滑入五臟六腑，一掃先前的乾燥口渴。

蕭瀾親自又倒了一杯，「口渴就說，這有什麼好忍的。」

蕭戎連喝兩杯，面上的汗也少了些。

蕭瀾優哉游哉地飲著茶，抬手隨意指了指對面那家鋪子。蕭戎順著她指的方向望過去。

「雲錦鋪子的紅豆蜜乳糕是最清甜爽口的，你想不想吃？」

蕭戎搖頭。

「嘖，那可惜了，這可是我最喜歡的糕點呢。你是不喜甜麼？」

未等蕭戎回答，便被一串突兀的嬉笑聲攪擾。

「喲，這不是我那個不成器的妹妹麼？」

蕭瀾聽見熟悉的聲音，頭也不回就知道是誰。蕭戎看過去，就看見一個穿著體面花哨的男子，眾星捧月般地下馬走了過來。

蕭瀾不耐煩地把茶杯往桌上一扔，香荷便趕緊去付帳。

「去哪兒啊這是？兄長來了也不知道要請安問禮？」

蕭契一身蘇唐螺紋織繡的錦緞長袍，腰上墜著價值連城的白玉腰牌，上面赫然刻著「晉安侯府」四個字。身邊圍著一群公子哥兒，諂媚討好地令人不忍直視。

蕭瀾翻了個白眼，轉身看向蕭契：「我都沒有向我爹請過安、問過禮，你算哪塊田裡的哪根蔥？」

大庭廣眾之下被啐了一臉，蕭契面子掛不住，看蕭瀾轉身就走，他二話不說就要扣住她的肩膀。

「為兄今日得好好教妳什麼叫禮——啊！」

蕭契話還沒說完，便是一聲大叫，連同旁邊的香荷也是驚呼出聲。

蕭瀾回頭，就看見蕭契的手近在眼前，須臾間便可觸碰到她，可偏偏手腕被橫空截住，瞬間攥得青筋暴起。眾人都看向了這個敢對侯府大少爺動手，還不知死活地弄傷了他的人。

「你！」蕭契這才看清了蕭戎的臉，「你這個不知長幼尊卑的東西！區區庶子也敢對我動手？來人！」

一大堆侯府侍衛頓時圍了上來，可這個膽大包天的少年臉上依舊面無表情，手上的力氣反倒越來越大。

「啊啊！要斷了要斷了！你這個逆子還不快鬆手！」

蕭契疼得齜牙咧嘴，侍衛們一見紛紛拔刀。蕭瀾沒想到這看起來六親不認的弟弟居然會出手護她，而且……似乎還力大無比得有兩下子？

「還愣著幹什麼？給我把這個賤人生的野種宰了！快把他大卸八塊，拿去餵狗！」

侍衛們立刻一哄而上。

「誰敢！」蕭瀾肅了神情，睨著那群侍衛，「反了天了不成？蕭家什麼時候輪得到一個二房的指手畫腳了？」

她輕輕拍了下蕭戎的胳膊。蕭戎這才鬆開蕭契的手腕。

蕭契見侍衛們被喝住，怒不可遏道：「我是蕭家大少爺！何來的指手畫腳！今日我宰了這野種又如何？」

他猛地從身邊的侍衛手裡奪過大刀，朝蕭戎砍了過去。後者站在原地分毫未動，只在刀尖劃過來時手腕翻轉，一把小巧的匕首便攥在手中。

驀地臉上一癢，烏黑的髮絲掃過，一道纖瘦的身體擋在了他面前。

蕭戎一驚，手指一鬆，匕首落地。眼看著鋒利的刀鋒直直地落了下來，他抬手便擋在她頭頂上。

刀鋒忽然停住，蕭契的後背溼透，後怕地看了手中的大刀一眼，隨後將刀一扔，朝蕭瀾吼道：「妳瘋了不成！居然為了一個賤種不要命！」

蕭瀾冷哼：「怎麼不砍？你不是未來的晉安侯麼？殺個人都不敢？」

殺人自然敢，可也要看是誰。

蕭契不敢真動蕭瀾，轉眼便看向了她身後的蕭戎。

「來人！庶子以下犯上，給我押回侯府，開祠堂家法處置！」

「庶子？」蕭瀾像是聽見了天大的笑話，不屑道：「他是庶子，那你又是什麼？不過是過繼在二房主母名下養著，還真把自己當成是金枝玉葉了？」

此話一出，周圍的公子哥兒們，連同看熱鬧的平頭百姓們也都議論紛紛。

蕭契面色鐵青，「那我也是名正言順的二房嫡出！而他是什麼東西？連宗譜都沒記載的野種！」

「他是我蕭瀾的嫡親弟弟！」蕭瀾厲聲道，「當然，他更是我晉安侯爵府長房次子。一品侯府長房所出的，即便是庶子，恐怕也是比旁人家來得高貴！他日爵位世襲，你還以為你們二房能分一杯羹？」

一席話說得周邊侍衛們面面相覷。歸根究柢都是庶子，真論出身，誰也不比誰高貴。

而眼下侯府真正尊貴的，是這位貨真價實的長房嫡出大小姐。

「蕭瀾，妳怕是不知道這小子是怎麼生出來的吧？大伯和伯母從未承認過他的身分，妳承認又有何用？難不成一個月後的闔宮宴飲，妳要把這所謂的弟弟帶進宮去，為妳過生辰？」

「這與你又有何干？我若是不同意，你以為你就能入得了我的生辰宴？」

「妳！」蕭契原本要破口大罵，忽然想到了什麼，隨後便改口，「罷了，為兄不與妳爭論。樊香樓的詩會馬上便要開始了，走了走了！別讓什麼阿貓阿狗壞了興致！」

「少爺說的是！走走！」一行人打著圓場，諂媚擁戴地跟著蕭契離開。

閒雜人等一離開，蕭瀾立刻轉身，兩眼放光地盯著蕭戎：「你是不是很能打？」

蕭戎未置一詞，只俯身撿起了掉在地上的匕首，昨晚的血跡已被擦得乾乾淨淨。蕭瀾仔細瞧了瞧，那匕首刀柄刻著不太好看的蛇紋，且陳跡斑斑，然而刀鋒卻依舊鋒利。

「你這兵刃也太舊了，能派得上用場麼？改日我找個手藝精巧的刀匠師父，替你打造一把絕世無雙的好武器！」

「……好。」

忽然得到他一句回應，蕭瀾驚喜道：「原來你喜歡兵器？」

蕭戎點了點頭，隨後看著手上這把匕首，「這是我自己做的。」

出來大半日總算撬開了他的嘴，清晨談論婚事的不喜眼下煙消雲散，她笑道：「這還不簡單，日後家裡的武器庫你隨意進便是！」一塊白玉腰牌塞到了蕭戎手上。

他下意識便問：「那妳怎麼辦？」

蕭瀾挑眉：「這腰牌於我沒什麼用處，我又不是蕭契。那廝整日就知道帶著它四處招搖，生怕別人不知自己的身分。」

午時將至，日頭大了起來。

周圍的人汗漬斑駁，唯有茶攤處穿著一襲白衣的女子清爽乾淨，身上異香誘人。

「不過我既送了腰牌，還幫你保守祕密，你是不是也該回送點什麼？」

蕭戎翻遍了全身，翻出了昨晚她給的那一小錠金子。

蕭瀾眼角一抽：「你莫不是要借我的花，獻我的佛吧？」

「……那妳要什麼？」

蕭瀾的大眼睛滴溜溜地一轉。

「我要你！」

蕭戎原本面無表情的俊美臉蛋上，終於有了一絲驚愕的裂縫。

「做我的侍衛！」

◆

蕭瀾在白日裡招搖過市了一天，剛到黃昏就眼皮子打架。

「小姐，您不用晚膳了麼？」香荷將蕭瀾最愛吃的清蒸鳳尾魚放到了眾菜餚的中間。

蕭瀾懶洋洋地趴在軟榻上，玩繞著一縷頭髮，「吃不下呀……是不是要下雨了？怎的這般悶熱？」

香荷望了外面的天空一眼，「約莫著是要下了。一場秋雨一場寒，待這雨下下來了，小姐最愛的冬日便要來了。」
香荷說著，又低頭看了滿桌的佳餚一眼，「小姐，您多少吃幾口吧。」
蕭瀾翻了個身，也望向逐漸黑下來的天，「我不餓，妳吃吧。今日有藕粉桂花酥餅，不是妳喜歡的麼？」
香荷一愣：「您怎麼知道……」
「我又不是瞎子，上回妳第一次吃便喜歡上，一口氣吃了三塊呢。」
香荷低著頭，手指繞著錦帕，眼淚「啪嗒啪嗒」地往下掉。
聽著身後沒了動靜，蕭瀾回過頭來，見香荷眼睛紅紅的，哭笑不得：「香荷呀，妳這動不動就哭的習慣可要改改，這叫旁人見了還以為我有多凶神惡煞呢。」
香荷一抹眼淚，氣憤道：「誰若這樣說小姐，香荷便要第一個與他爭論！小姐是天底下最好的小姐，從不把香荷當下人，對香荷可好了……」說著又抽泣起來。
蕭瀾笑著起身，拿過她手裡的錦帕替她擦眼淚，「再哭就不給妳吃酥餅了。」
「啊……」香荷聲音小小的，「那我不哭了。」
蕭瀾拿起一塊遞給她，香荷小口小口地吃，一邊吃還一邊問：「小姐，您當真不吃麼？這些菜都是陛下賞賜的御廚做的，別說這一桌菜了，尋常人家就算過年都吃不上其中一道呢。」
蕭瀾看了這些平日裡吃膩的菜色一眼，覺得沒什麼胃口，「妳若喜歡就都吃了，就是小心別撐壞肚子了。」

香荷睜大眼睛：「這一大桌沒人幫忙，香荷一個人怎麼吃得完啊。」

說到幫忙，蕭瀾眼中一亮，「你說他吃了還是沒吃？」

「小姐是說……」香荷望了南院的方向一眼。

蕭瀾挑眉，「去幫我拿個食盒過來。」

◆

南院。

雨前的悶熱，使馬廄中的氣味更加濃烈難聞。

緊鄰馬廄的是一處多年來無人問津的荒涼小院。院內有兩間破敗的小木屋，房頂修補過的痕跡尤為明顯。

木屋內一位穿著粗布素衣的婦人，將米稍多一點的清粥放到兒子面前。即便是破敗屋子、樸素衣著，也絲毫掩蓋不住婦人的美貌。雖是面色蒼白，唇上血色極淡，卻仍有一種別樣的柔弱之美。

蕭戎將那碗粥重新放了回去，轉而端過另一碗幾乎看得見碗底的清水粥，又將帶著零星肉末的菜推到母親面前。孟婉深知兒子的秉性，孝順，卻也執拗，便不與他爭。

母子倆安靜地吃著。

忽然，窗邊發出了異響，蕭戎的目光如箭一般地射了過去。這個院子，不可能會有人來。

過了半晌，他才說出第一句話：「我去看看。」

從屋內到屋外不過幾步路，他便已經設想了許多種可能性。要麼是家中下人尋釁滋事，要麼便是取他們母子性命的惡鬼。但是人是鬼，於他其實無異。

可唯獨沒想到的，是一打開門便看見了一張帶著嫣然笑意的臉。蕭瀾站在小院門口，旁邊的香荷則是緊緊張張地拿著什麼東西。她興奮地朝他招手：「快來呀。」

蕭戎暗中鬆了一口氣。他走過去，隱隱聞到蕭瀾散發出的香氣，掩蓋了他習以為常的馬廄氣味。剛走近，蕭瀾便將一個木製食盒塞到他懷裡。食盒香味誘人，不用看也知道裡面裝著什麼。

他下意識便要拒絕，無功不受祿。白日裡他沒答應要「做侍衛」，眼下便更不能收了。

「不是給你的，是讓你餵馬的。」蕭瀾說得雲淡風輕，「今日那匹小棕馬陪我逛了一日，定是又餓又累，犒勞一下也是應該的。」

旁邊的香荷滿臉疑惑，這是說馬還是說人呢？

蕭戎說：「馬只能吃飼料，不能吃這些。」

蕭瀾瞪他：「我家的馬，我說能吃就能吃！你要是不餵就算了，反正都是些剩菜剩飯，倒掉好了！」

她說完，頭也不回地走了，沒為蕭戎留下半分拒絕的機會。

蕭戎提著食盒回到屋裡的時候，孟婉正要出來尋他。

「戎兒，是誰來了？」

蕭戎頓了頓，說：「蕭瀾。」

孟婉有些驚訝：「大小姐？」

他點頭，將食盒放到桌上。

「那便是你嫡親姊姊，怎能直呼其名呢。若是讓你爹聽見，定是要狠狠責罰你的，他可是最疼女兒的——」

「我從未見過他，何來的責罰。」

孟婉一愣，陷入沉默。

蕭戎打開食盒，原本以為既然是剩菜，定是雜亂不堪，但挑挑揀揀總能填飽肚子。卻未想食盒三層裡的東西皆是乾乾淨淨、整整齊齊，哪裡有半分剩菜該有的模樣？

孟婉一看，當即明白，緊接著卻又疑惑起來。

平白無故，怎會有人送這般名貴的菜餚給他們？

還未等她開口問，蕭戎便從身上取了根銀針，一道一道試了菜。

「戎兒……」孟婉沒想到蕭戎會想到這一層。

「即便夫人要害我，也不會借親生女兒之手的。她最疼蕭瀾了，不會讓她做這種事……」

銀針無異。蕭戎驀地想起蕭瀾對著他笑的樣子。

他垂眸。原來是他心胸狹窄，將她想得太惡毒了。

「戎兒，」孟婉喚他，「上一輩的恩怨糾葛，終歸是上一輩的事情，與你無關，也與大小姐無關。

若是……若是她願意認你，日後你在這侯府的日子……總歸能好過一些。」

見蕭戎不說話，孟婉繼續勸道：「手足血緣，是這世間最難割捨、也是最珍貴的牽扯，母親終是不能一直陪伴著你的。

「娘知道你能吃苦，也不屑要別人的施捨。只是戎兒，即便你不屑侯府的榮華富貴，不入宗譜不要名分……總還想要一分真心、一分信任的吧？若是這一世誰都不敢信，誰都要防著，那活這一遭該有多累？

「你不要怪你爹，也不要怪夫人和你姊姊，一切……一切都是娘的錯。戎兒聽話，不要再冷冰冰地拒人於千里之外好不好？」

最終，蕭戎還是沒有說話。

回房路上，香荷喚了聲「小姐」，想了想，卻又沒了下文。

「妳是要問我，去都去了，為何不進他們的院子是不是？」

香荷點頭。

月色映灑下來，將蕭瀾的臉蛋襯得更加動人。她淡淡道：「若我們聽到的那些舊事是真的，那便是孟小娘有錯在先，對不起母親。我若進去了，跟她遇上，是要對她視而不見，還是喚她一聲小娘？」

香荷明白過來了。

視而不見，恐讓蕭戎難堪。喚聲小娘，若夫人知道了，又該有多傷心。

「依著母親的性子，若不是因為我，斷是不會容忍下來的。那我又怎能做讓她委屈傷心的事呢？」

她望向皎潔的月亮。「以往沒碰過便算了。忽然遇見了自己的親弟弟，有了嫡親的手足，即便同父異母，也總比蕭契來得更親近些。所以香荷，我是真的歡喜。

「我對他好，也是覺得上一輩的恩怨不應牽扯到我們這一輩。蕭戎的出生並非他自己的選擇，而我做為姊姊，不過是比他好命，投胎到了母親的肚子裡而已。

「他日我若出嫁，離開了侯府，而父親也總有老的一天，不可能一輩子征戰沙場。更何況……如果父親在戰場上有什麼不測……妳說，侯爵之位萬一落在了蕭契手裡，那晉安侯府還會有日後麼？」

香荷別的不懂，但在這件事上，她也能明白其中的利害。

「一旦大權旁落，二叔父子執掌蕭家，母親即便貴為郡主，想必也無法過得如現在這般自在灑脫。」

香荷認同地點點頭，隨後想了想，說：「可是小姐，若是世襲給蕭戎……嗯……蕭戎少爺，但他有自己的親生母親，恐怕也不會對夫人多好吧？況且……她們的恩怨還這麼深。」

「起碼，他不會為了一己私欲就使出陰損之招。」蕭瀾篤定道：「這麼多年母親一直無所出，孟氏若真的想爭寵，或若蕭戎真的想要名分和富貴，其實是再簡單不過的事了。但凡存了一絲報復貪欲之心，橫豎都不會窩在那巴掌大的小院裡，過著死人一般安靜無爭的日子。」

香荷睜大了眼睛，看樣子是恍然大悟了。蕭瀾被她的樣子逗笑。

「退一萬步講，即便不考慮這些，單憑他長得好看還會打架這一點，就比那扶不起的蕭契強上百倍！這般好的弟弟賞賜到眼前，我若是不珍惜，豈非天理不容？」

「那小姐，您打算如何珍惜啊？」

「這個麼……我自有打算！」

烏雲遮住了月亮，悶雷陣陣。

那間有些漏風的小木屋裡，蕭戎躺在硬木榻上輾轉未眠，總覺背後陰風森森。

第二章　賭坊

一夜暴雨無眠。

雨後的清晨令人神清氣爽，蕭瀾特意起了個大早。倒也沒有什麼大事，就是堵帳房先生去了。

「哎喲哎喲！我這一把老骨頭都快跑散架嘍！」專管帳房銀子收支的白鬍子老頭正氣喘吁吁地坐在帳房門檻上。而他對面，正蹲著一個碧玉年華的妙齡少女。

「張伯，我就要五千兩、五千兩就行！」蕭瀾一臉諂媚地笑道，「侯府每日進出上千萬兩，少個區區五千兩哪算什麼損失？」

「小祖宗喲，侯爺出發前可是明令讓您縮減花銷，那、那賭坊更是去不得的喲！」

「張伯這話說的，各人有各人賺錢的辦法不是麼？就憑我這驚人的賭技，今晚就贏個五萬兩回來！那五千兩還不是輕輕鬆鬆就填上了啊？」

老頭直搖頭：「您是我看著長大的，回回贏了錢兩，哪次有把錢從自己兜裡交還出來的時候，簡直是愛財鬼一般的人物呀！」

蕭瀾摸著下巴，「看來今日是支不到銀子了……」

帳房先生鬆了一口氣：「實則是侯爺有交代，老頭子我也是哎哎哎——」

蕭大小姐趁人不備，輕鬆一閃身跑進了帳房，順手就抄起厚厚一疊銀契，「嗖」地從後窗跳了出去。就剩紮著兩個小辮子的香荷，與一個直拍大腿的白鬍子老頭大眼瞪小眼。

◆

清晨的馬兒們吃得很飽，正陪著少年練功。蕭瀾哼著小曲來到馬廄時，蕭戎正穿衣服穿到一半。

「蕭戎——」

這一推門，就看見少年赤裸的上半身，蕭瀾愣在原地。

他的胸前、腰腹、後背，竟是數不清的斑駁傷疤。

蕭戎沒想到她居然又來了，「嗖」地穿好衣服，臉上雖是波瀾不驚，耳朵卻紅了大半。

「你、你身上怎麼有這麼多傷啊？」蕭瀾急忙走過去，「你再讓我看看！」

蕭戎下意識後退一步，「不行。」

「是不是有人打你了？但也不對啊，你那是刀疤吧？」她一邊說著，一邊還要去解他的衣服。

一個人淡漠慣了，忽地有人這般熱心地關心他，左右都是不習慣。

蕭戎抓住了她的手，「我自己練刀練的。沒事。」

「你騙誰呢！自己練刀能砍到後背去？你砍一個我看看！」

「……真的沒事。」

蕭瀾不信：「那你疼不疼？」

「以前疼，現在不疼。」

「你是不是不願說你這些傷是打哪來的？」

蕭戎沉默。

相處了幾次下來，蕭瀾大概明白了他說話的習慣。一是十分不會說謊。二是如果沉默了，就等於是在默認。

「那好，我不問了。那你剛才是在練武麼？」

蕭戎點頭。

「你跟誰學的武？這個總能說吧？」

蕭戎說：「我自己琢磨的。」

蕭瀾翻了個白眼，又在說瞎話。她見過爹爹練武，也去軍營中看過士兵訓練，知道拜過師、正經學過武的人是什麼樣的。練武的人講究根骨，亂練的或者練偏了的，斷不會有蕭戎這般結實周正的身材。橫豎就是把她當外人，什麼都藏著掖著唄。

想到這，蕭瀾便覺得昨晚那一盒子菜真該拿去餵馬。

罷了，日子還長。蕭瀾睨了蕭戎一眼，「你陪我出去一趟。」

蕭戎說：「我沒答應做妳的侍衛。」

「你收了我的金子和玉佩，竟能心安理得地什麼也不做？」

蕭戎想了想，說：「那我還給妳。」

蕭瀾瞇眼：「那你把昨天那些珍饈美味也吐出來，吐出來我就不讓你做侍衛了。」

「……」

蕭瀾挑眉，「你敢說你沒吃？你肯定吃了！趕緊的，今日之事十分重要！」

一刻鐘後，蕭瀾滿意地看著跟在她身後出來的某人。她看了馬夫一眼，又看了看蕭戎。

「今日有人替我馭馬了，你先下去吧。」

蕭戎接過馬鞭，又將馬車上的踩腳凳搬下來，最後伸出手臂，讓蕭瀾扶著上馬車。

蕭瀾低頭看過去，皺了皺眉。他一身粗布衣服也就罷了，竟還有許多擦破之處，隱隱約約能看到他手臂上的疤痕。「先去琳琅閣。」

新任車夫很聽話，連車也駕得很好，一路上平平穩穩，毫不顛簸。

未過一刻鐘，馬車緩緩停下，新車夫說：「到了。」

蕭瀾拉開車簾瞪他一眼：「你就不能喚我一聲姊姊？」

認生到這分上的人，她還真是頭一回見到。

還沒進門，就看見琳琅閣的老闆匆匆忙忙帶著一眾伙計出來迎接貴客。

「不知蕭大小姐光臨寒舍，有失遠迎、有失遠迎啊！」

「得了吧，掌櫃的，少來這些客套的。怕是我才剛往這邊走的那時，你就已經聽見信兒了。」蕭瀾進去轉了一圈，笑道：「看看，昂貴的上等絲緞全都擺在扎眼之處了，就等著賺銀子了唄。」

「您可真是折煞小的了，您能來便是小店天大的榮幸。咱們這低賤貨物能入了貴人的眼，那就是百年修來的福分，您看上什麼儘管拿去便是！」

蕭瀾聽慣了阿諛奉承的話，面上看不出波瀾，只是徑直越過那些色彩鮮豔的錦緞，走向了男子成衣處，纖細的手指撥了幾件來看。

掌櫃的雖不知她為何要看男子成衣，卻也忙不迭地湊上去：「看來您今日心情不錯？往日去您府上送織繡錦緞時，您都沒怎麼看過呢。」

蕭瀾一笑：「你觀察的倒是仔細。」

此話讓掌櫃的驚出一身冷汗，趕忙俯首作揖：「小的斷不敢窺探侯府千金！只、只是聽夫人說了幾句……請小姐恕罪！」

蕭瀾的目光落定在一件黑色長袍上。蘇鍛為底，以盤雲繡法織繡的銀蟒活靈活現，她立刻便想到了那把刻著蛇紋的匕首。她拿起成衣，回頭自然道：「阿戎，你來試試這件。」

店內一行人忽地看向守在門口，那個穿著粗布衣裳的車夫。

一聲「阿戎」，叫得人失了神。

「這……這位是？恕小的眼拙，實在未認出這位……少爺是哪家的公子？」

能得晉安侯府千金一句親暱的稱謂，想必也是個不能得罪的主。

「倒也不是其他家的，家中弟弟罷了。」

掌櫃的不敢答話，侯府夫人是當朝的清河郡主，出的只有一個女兒，哪來的弟弟？

「那……」掌櫃的訕笑道：「那就請、請少爺試試吧。這是前日新上的汨羅蘇鍛，布料柔軟卻又耐磨，像您這般習武之人是最為合適的。」

蕭瀾問：「你怎麼看出他習過武的？」

「這不難。咱們這盛京城本就是盤龍臥虎之地，小的自幼跟著祖父和父親，為朝中武將和軍旅士兵們量體裁衣，就連製作盔甲也是有的。」掌櫃的打量了下蕭戎，繼續道：「像少爺這般身段根骨說沒習過武，怕是連街上的乞丐都不信。從下馬車到進了店，腳步輕到沒有聲音，恐怕是練上了許多年才習得的本事。」

蕭瀾挑眉，看向蕭戎，一副「我就知道你在說謊」的表情。

「長姊叫你呢，還杵在那邊做什麼？」知道他必是要拒絕，蕭瀾接著就說：「今日要去見一個朋友，他身量與你差不多，你來試試。若是你穿著合適，他必定也會合適。」

蕭戎走了過來，接過衣服去試穿，沒看見蕭瀾眼底劃過的一絲笑意。

他很快出來，蕭瀾一看，頓時倒吸一口氣。

眼前的少年黑髮高高束起，銀蟒黑錦長袍正正好好地將其健碩挺拔的身材展現無遺。腰間繫著一條玉色腰帶，襯得腰窄腿長，頗有些少年將軍的風采。

見此一幕，掌櫃心中的疑惑消了大半，任誰看了都不得不嘆一句：「不虧是蕭家之後。」

百年侯府手握重兵，血戰沙場軍功無數。只可惜香火不盛，人丁單薄，唯有的蕭契卻是個不堪重用的阿斗。好在今日一見，便知後繼有人了。

蕭瀾先是驚嘆，後又撇了撇嘴。同是一個父親，怎的他就能長得如此高大？明明還比她小上一歲。旁人家裡十五歲的公子哥兒們，誰也沒比誰高到哪裡去，偏偏她家這位像是要長到樹上去了一般。

「這、這，真是一表人才，儀表堂堂，風姿綽約，英宇不凡啊！」

聽見有人誇蕭戎，蕭瀾面上掩不住地得意：「到底是我弟弟，自然是比那些不成器的紈絝子弟好上百倍了！掌櫃的，就這件了。」

蕭戎轉身就準備去把長袍換下來。蕭瀾見狀，眼疾手快地一把拉住他：「做什麼？你這都穿過了，我自然不能拿去送人了。再說掌櫃的總不能將穿過的衣物又賣給旁人吧？」

掌櫃的急忙點頭：「是啊是啊，這確實是對貴人不敬啊。」

兩人你一言我一句，還連哄帶騙地把那件破破爛爛的粗布衣裳「弄丟了」，這才迫使蕭戎沒辦法，只得穿著新衣物出了門。

這回馬車上街，穿越鬧市可是賺足了目光。街頭議論紛紛，也不知是誰家的公子，竟淪為馬夫。更有些姑娘只看他一眼，便羞紅了臉。

◆

但好看的車夫壓根兒沒注意到這些，心心念念的是車內之人讓他找的地方——玉財坊。

今日的玉財坊比平日更熱鬧一些，隔著老遠便看見門外萬頭攢動。

一見是晉安侯府的馬車駛了過來，眾人紛紛讓路，生怕一個不小心便衝撞了貴人。

緊接著賭坊掌櫃的便匆匆趕了出來，連連對著馬車躬身：「小的給小姐請安！今日能有小姐賞臉，定是財源廣進、生意興隆啊！」

「錢掌櫃，今兒個我可是來贏錢的，若是輸多了，可別像上回一樣拍巴掌跺腳的，讓人笑話啊。」蕭瀾神采奕奕地下了馬車，在眾人的簇擁中高調地進了賭坊。

平日裡蕭瀾都是帶著家丁，今日居然帶了個英俊少年，令賭坊中的人紛紛停下手中的玩意兒，朝這邊看過來。

蕭戎頭一次來賭坊，也打量著其中形形色色的人。近幾年民風開放了些，女子若是與父兄或丈夫一起，便也可來玩上幾局。

自然，蕭瀾是個例外。憑著尊貴的出身，又有陛下和娘娘的寵愛，任何地方任何事情，只有她想不想，從未有能或不能的。而蕭瀾身為這盛京貴族門閥子弟中的尖兒，更是玩得花樣百出，甚至比男子更瀟灑脫愜意。

「錢掌櫃。」蕭瀾手上拿著一把竹骨扇，徐徐微風將垂落耳際的秀髮吹得輕動，整個人更添婉轉靈動，令賭場中的男子們看得忘了本該有的禮數。

原本跟在她身後的車夫不聲不響，兩步便挪到了她身側，擋住了那些本不該明目張膽地落在她身上的目光。

「小姐您有何吩咐？」掌櫃的忙著點頭哈腰，「上上等的茶水吃食是早就準備好的，您看是現在用，還是……？」

蕭瀾一笑，「這個不急，說是今日有高手要來，還不引見引見？」

「是是是！您跟我這邊來！」

若說為何今日賭坊這般熱鬧，那便是因為三天前有人放話說，要來這盛京城最大的賭坊贏個底朝天，還要得一「賭聖」之名來消遣消遣。蕭瀾便是來瞧瞧，是誰如此膽大包天，敢來奪她的名頭。

往裡走，最大的賭桌旁坐著一位藍衣男子。凡是混跡賭場的，沒有不知道蕭瀾的，更沒有見了她還敢不行禮的。偏偏這位有點脾氣，像是沒看見一般，自顧自地坐著喝茶。

「便是這位了。」錢掌櫃小聲道，「這位公子才來了不到一個時辰，便贏了個手軟呢！」

蕭瀾挑眉看了那人面前大把的銀票一眼，笑道：「那自然是要領教一下了！」

她壓根兒就不在意這人是否行禮，只在意他是否真的賭技高超。若真的天下無敵，蕭大小姐準備當場拜師。

「朋友是北渝人麼？」蕭瀾一邊隨意問著，一邊坐到那藍衣男子的對面，這才看清他的臉。她笑了笑，倒是年輕。

眾人皆是一驚。誰不知如今大梁和北渝打得如火如茶，居然還有北渝人敢來大梁的帝都？

藍衣男子歪了歪頭，玩弄著手上的玉扳指，眸中滿是玩味：「姑娘是如何看出來的？」

蕭瀾指了指，「雖穿著梁人的衣物，但髮髻卻還是北渝的。看來即便到了我們大梁，閣下也還是心心念念著自己的國家呢。」

男子笑了。「在下北渝墨雲城。」

他姓甚名何，蕭瀾並不感興趣，只是隨意地擺擺手：「賭桌上不問姓名，能贏的便是英雄。墨公子，可以開始了麼？」

見她不耐煩，他也不惱，笑問：「姑娘想玩什麼？」

「聽骰盅吧，五百兩對賭如何？」

「若是雙盅，可要加倍？」

「當然。」蕭瀾看了骰色師一眼，「那就雙盅。」

骰色師是個生面孔，雖然年紀不大，但看他那雙手，便知此人是個行家。

果不其然，此人一手一盅，盅內三骰，骰盅時竟無半點聲響。雙盅六骰在他手中像是有了魔力，在空中反轉了幾個來回，驟然落在桌面時，才微微聽見骰子落地的聲音。

墨雲城挑眉，「姑娘可要先押？」

一千兩的銀票「啪」地拍在桌上，蕭瀾胸有成竹：「大。」

墨雲城一笑，「可我覺得是小。」

周圍的賭客們紛紛下注，然後緊緊盯著骰色師面前的骰盅。

蕭瀾揚了揚下巴：「開。」

雙盅並開，六骰堆疊，三點。

眾人一片唏噓，皆是不可置信。誰不知蕭瀾聽骰盅從未輸過，便是三盅也不在話下，此番不過兩盅竟輸了？

蕭瀾瞇眼，居然聽錯了？

「再來。」

一連四把，把把皆輸。五千兩銀子不過半個時辰便輸光了。

蕭瀾面無表情，看著自己面前光禿禿的桌面。掌櫃的見她面色不佳，連忙奉上大把銀票，「小姐，您儘管玩個盡興！可別動氣傷著身子。」

若是平日，蕭瀾自然不會生氣，剛入賭坊時，輸個上萬兩也是有的。賭場輸贏是常事，沒什麼好計較的。可此番連連輸給北渝人……實在是不大好看。

墨雲城有意無意地撥弄了下面前一大堆的銀票，「姑娘若是沒錢了，墨某倒是可以相借。銀子麼，都是小事，可若是惹得美人不悅了，那便是天大的罪過了。」

蕭瀾敲了敲桌面，衝著骰色師道：「繼續。」

「慢著。」墨雲城轉了轉手上的玉扳指，「姑娘準備拿什麼跟我賭？」

蕭瀾聽出他言外有意，雲淡風輕道：「怎麼，你想換個玩法？」

墨雲城朝她身後指了指，「姑娘家的小侍衛看起來倒是十分穩重的，不知可願割愛？」

蕭瀾一笑：「墨公子這話……」

墨雲城從她眼中看出笑意，先是一愣，隨後才反應過來：「墨某不好男色，姑娘可別會錯了意。

只是瞧著他身段步伐皆與常人不同，是個練武的好苗子，自然是想納為己用了。」

「既然如此，便要看公子有沒有這個本事帶他走了。」

錢掌櫃和一眾伙計大氣都不敢出，賭錢也就罷了，現在居然還賭人？賭的還偏偏是晉安侯府的人！前線晉安侯率兵將北渝打得節節敗退，此人竟公然拿晉安侯府的人做賭。

錢掌櫃急得直跺腳，小聲嘟囔道：「失策失策，這人分明是來砸場子鬧事的！」

◆

又是一輪，雙盅落定。

蕭瀾剛要說話，便被人扯了扯衣袖。她側頭，身後蕭戎俯身湊到她耳邊說了什麼。

「怎麼，是在求主人別將你輸給墨某了？」墨雲城隨意將面前的銀票向前一推，「小。」

蕭瀾看了那緊緊扣在賭桌上的骰盅一眼，半晌後說道：「可我偏覺得是大。」

骰色師開盅，賭坊一片譁然。

只見盅內兩疊骰子整整齊齊，僅有最上面的兩點。

毫無疑問的「小」。

「不好意思，承讓了。」墨雲城起身，笑意盈盈地看著蕭瀾。

蕭瀾聳聳肩，淡道：「把骰色師的手給我砍了。」

旁人還未反應過來，那骰色師便被身後一腳踹得跪在地上，緊接著一雙手被摁在了賭桌上，一把鋒利的匕首猛地插了下來。

「啊不！不要！求貴人饒命！饒了小的！」刀鋒緊緊地插在他的指縫，稍偏一點，便能穿透手掌。

蕭戎面無表情，卻將骰色師的手腕近乎折斷。慘叫聲不斷，聽得人心驚。

「姑娘這是何意？」

蕭瀾搧著竹骨扇，「骰不出我想要的點數，這雙手留著也是無用的。」

墨雲城一噎，倒沒想到她一個姑娘家，路子竟這般得野。

「姑娘這是要耍無賴？」

蕭瀾甜甜一笑：「自然是的。」

「妳——」墨雲城問，「賭場願賭服輸，姑娘也不是新人，這般行徑也不怕旁人恥笑？」

「墨公子有所不知，這盛京城內，沒有敢恥笑我蕭瀾的人。若是有，眼睛笑了便挖眼；鼻子笑了便削鼻；嘴巴笑了，撕爛了就好。」

「聽聞大梁蕭家嫡長女專橫跋扈，原以為世人傳言總是有偏頗的。今日一見，真是領教了。」墨雲城盯著她，「只不過今日若是不將所贏之物帶走，怕也是丟了我北渝的臉面。」

驀地，一群帶刀之人從賭客當中衝了出來，將賭桌團團圍住。

忽然見了刀，眾人驚叫著四處逃竄，錢掌櫃豆大的汗水滴個不停。身為賭坊掌櫃的，他竟不知自己的賭坊何時混進了帶著刀的刺客！偏偏、偏偏還不知死活地邀請了蕭瀾！又與北渝牽扯！若是她今日在此出了差錯，怕是株連九族都不能善了！

「怎麼，要明搶？」蕭瀾面上波瀾不驚，反笑道：「說來也是有趣。從小到大，只有我搶別人的東西。」

「墨某只是要回自己該得的東西。」

蕭瀾不屑地看了拿著刀的北渝人一眼，「你們就這點人？」

她索性走到墨雲城面前，一雙靈動的大眼睛看著他。精緻美貌近在咫尺，墨雲城微微失了神。只聽她說：「驍羽營，聽說過麼？」

驍羽營三字一出，北渝人立刻面面相覷，緊接著便更加警惕地望向四周。

就在此時，一道黑影猛地閃了過來，眾人還沒看清是怎麼回事，便見墨雲城身子一僵，頸上赫然抵著一把匕首。只是輕輕一碰，立刻便是一道血口子，血珠冒了出來。

「公子！」護主不利的北渝人差點跪了下來。

蕭瀾看他們那緊張得不行的樣子，又看了墨雲城一眼。

莫不是什麼人物？不過是傷了下，何至於如此大呼小叫。

「不好意思墨公子，驍羽營正隨父親在北邊剿滅你們北渝軍隊，抽不出空來對付這幫無名小卒。」蕭瀾搖著扇子，「不過就是將你們打得幾次全軍覆沒而已，倒也不必如此草木皆兵。這般嚇破了膽的模樣，才叫人有機可乘。」

她的目光掃過抵在墨雲城頸上的匕首，又看了蕭戎一眼。面上雖沒什麼表示，卻暗讚不愧是親姊弟，就是心有靈犀。擒賊先擒王是兵家常用的伎倆，她雖飽讀兵書，卻沒想到他日日餵馬，竟也能瞬間會了她的意。

她暗自下定決心，就是把自己輸了，也不能把弟弟輸出去了。

「眼下是要命還是要面子，還請墨公子給個說法。」

墨雲城盯她半晌，忽然笑道：「墨某不過是開個玩笑，若是惹姑娘不悅了，還請姑娘恕罪。北渝天寒地凍，這位小兄弟即便去了也不會習慣的，還是讓他待在姑娘身邊便是。」

見他從善如流，蕭瀾說：「墨公子既然領教了在盛京城中亂撒野的後果，還請早日回北渝，將賭技練得精湛些。」

她瞥了地上差點被剁了手、驚魂未定的骰色師一眼。

「你是要自己交出來，還是要讓人用刀在你身上一刀一刀地戳出來？」

骰色師趕緊哆哆嗦嗦地在袖口翻找著什麼，「叮噹」一聲，一枚骰子滾落了出來。

「你！你竟搞這些下三濫的伎倆！」

「錢掌櫃，下回用人可得看仔細了。這種借著手藝高超出來壞規矩的，用了可是要砸招牌的。再者，咱們大梁人才濟濟，犯不著用這種北渝嘍囉。」

「你！你竟是……」錢掌櫃差點一口氣沒提上來，趕緊跪地，「小的確實不知！確實不知啊！他既是北渝人，莫、莫不成與這位公子……」

「自然是一伙的。起來吧，墨公子吃飽了撐的、有備而來，原也怪不到你身上。」

「謝小姐大人大量！」

「好了，今日被人擾了興致，也沒什麼玩下去的必要了。墨公子，請便吧。」

蕭戎放下匕首。墨雲城抹了把頸上的血跡，反而笑得春風和煦：「後會有期。」

蕭瀾皺眉，總覺此人笑起來反倒惹人心煩。

出了玉財坊，立刻有人問道：「公子，那女子不過是唱了回空城計，眼下只有他們主僕兩人，咱們是不是……」

墨雲城嗤笑一聲：「就憑你們？全部一起上也不是那小子的對手。從你們面前經過，都殺到我背後了還全然抓不住他，竟妄想取了人家的性命？一群不知天高地厚的廢物。」

「公子教訓的是！」

「去，查查那小子。」

「那個侍衛？公子不查那姑娘？」

「大名鼎鼎的晉安侯千金，倒也不如想像中的那般草包。日後有的是機會見她，先去把那小子的身分查清楚。不說別的，他絕不可能只是個侍衛。」

「是！屬下這就去辦！」

回府路上，蕭戎趕著馬車。

身後的車簾子忽然掀開，一張笑瞇瞇的臉蛋湊到他旁邊。

馬車還在飛快地跑著，蕭戎下意識抬臂擋在她面前，「妳坐回去。」

「阿戎，你怎麼看出那骰色師有問題的？姊姊我玩骰子玩了這麼多年，都是連輸好幾把才看出來的。」她戳了戳蕭戎的胳膊，「你是什麼時候看出來的？」

「第一把。」

蕭瀾不信：「他手法那麼快，你怎麼可能一下就發現！」

「聽的。」

蕭瀾回想了下，問：「開盅的時候聲音不對？」

「嗯。有骰子碰撞的聲音，擺明是換了。」

「你還有這般驚人的耳力？」正說著，馬車忽然顛簸了一下，蕭瀾下意識抱住了蕭戎的手臂，滔滔不絕道：「你最後才告知我，莫不是怕我真把你輸出去？」

不過是尋常姊弟般的親暱，蕭戎卻覺得半個身子都僵硬了。

蕭瀾全然沒發現，喋喋不休地說：「你放心，拿千金萬金我都不換呢，怎麼捨得把你輸出去？」

蕭戎轉過頭，對上她的眼睛。與先前在賭坊中的狡黠不同。

他看進她的眼底，裡面一片清明。

回到侯府的時候，還是照例，蕭瀾從正門進入，蕭戎馭著馬車從南邊的後門回馬廄去。

蕭瀾一進正院，便覺氣氛不對。柳容音端坐於正堂之上，旁邊的香荷戰戰兢兢，見蕭瀾回來了，連忙喚了聲小姐。

「娘，是誰惹您生氣啦？」她笑嘻嘻地走過去，「女兒回來了，這就替您出氣去！」

柳容音見她無事，還能耍嘴皮子，這才放下心來。接著便肅了神情，「妳可知錯？」

蕭瀾不以為然：「不過就是去賭坊輸了些銀子，又不是頭一回了，值得您這般大驚小怪？」說著便要坐到一旁。

「來人！把椅子給我撤了！」

蕭瀾挑眉：「您直接不讓我坐就是，還費什麼撤椅子的勁兒啊。罷了，您今日要是心情不暢，我便離您遠一些，省得在眼前晃得您更生氣。」

「妳給我站住！妳可知妳今日招惹的是什麼人？」

柳容音此話一出，蕭瀾立刻問：「是誰這麼耳報神？」

「哪還需要別人傳音？街頭巷尾早就傳遍了！妳平日欺負些豪門公子哥兒倒也罷了，橫豎盛京城裡的孩子們一起長大，斷不會有什麼紕漏。」

蕭瀾說：「今日與我發生衝突的不過是幾個北渝人罷了，難不成還能比王公貴胄的兒孫們高貴？」

「我問妳，那人叫什麼名字？」

蕭瀾記得清楚：「墨雲城。」

柳容音一拍桌子，「妳淨會給妳爹惹事！墨琰，字雲城，北渝秦皇后所出的八皇子！」

「倒真是個人物。那又如何？賭場有賭場的規矩，他跑到我們大梁賭場來使詐，難不成要我裝作沒看見？沒這個道理！」

「妳！」柳容音氣得想掐她，卻又遲遲下不了手，「妳把刀架在人家脖子上，又能有什麼說法？」

「那也是他的人先亮刀的！咱們家——咱們家的車夫不過是為了保護我！難不成要讓我被那姓墨的砍了，才不算惹事？」

「妳就只會頂嘴逞強！眼下兩國戰事膠著，北渝偏把最寶貝的兒子派了過來，要說沒有周密的安排誰會相信？他尚未進宮面聖，陛下態度不明，旁人躲之不及，而妳偏往刀口上撞！妳若有差池，妳讓妳爹如何在前線安心抗敵？」

蕭瀾嘟囔：「那我也不能讓北渝人在我們大梁的地盤上逞威風。」

「妳給我去祠堂跪著！什麼時候想明白了、認錯了再起來！」

「去就去。正好跟祖父祖母說說今日之事，讓他們評評理。」

「妳！來人！拿鞭子來！」

鞭子還沒到，挨鞭子的人便跑得不見蹤影了。

天黑了下來。

蕭戎清洗完馬廄，正準備在院子裡練武。忽地一瞥，立刻發現院外的人影。

「誰！」

香荷還沒反應過來，面前便是一堵肉牆。她嚇得後退了幾步，手中的東西差點摔了出去。

蕭戎一言不發地看著她，看得香荷心裡發寒。

「那個……」她顫顫巍巍地把食盒往前一送，「小姐讓我給您的。」

誘人的香味。蕭戎往她身後望了一眼。

「小姐今日不來，她……她在祠堂裡罰跪呢。今日在賭坊招惹到了北渝的八皇子，夫人生了好大的氣……」

見對方一言不發，香荷覺得四周冷颼颼的，趕緊把食盒放下，結結巴巴地說：「小姐說習武之人斷不得葷腥，讓您……都吃了，再練成絕世武功才好。」

說完她便要離開，身後卻忽然傳來聲音。

「她如何了。」

「您是問小姐麼……小姐不服責罰，怎樣都不認錯，連晚膳也未用，說是要跪到夫人親自去扶她才會起來。」

蕭戎沒說什麼，只拿起了食盒，轉身便回院子裡去了。

香荷總算鬆了一口氣。與他說話，簡直比跟老爺說話還嚇人。

未出一刻鐘。

侯府的後門發出「吱呀」的聲音，一道高高瘦瘦的身影閃了出去。

雲錦鋪子還未打烊，掌櫃的斷沒想到今日最後一位客人，竟是拿金子來買糕點。幾個管帳的伙計忙忙碌碌了半天，才將剛出爐的紅豆蜜乳糕和剩下的銀子交付給客人。

牛皮紙包著糕點，香味沁了出來，層層包裹的紙上透著餘溫，伴隨著香氣，讓人不禁喉頭吞咽。

卻未想，回府路上迎來了不速之客。

「跟了你這小子兩日，好傢伙，要麼是在那臭得熏天的馬廄裡，要麼便是寸步不離我妹妹，怎麼，還真想做人家侯爵千金的嫡親弟弟？」

蕭戎未置一詞。

「你也不撒泡尿照照你自己！我呸！長房次子？」蕭契啐了一口，「不過就是個野種！蕭瀾一時興起，帶你玩了兩日，你還真以為從此便是晉安侯府的少爺了！」

見他沒什麼反應，活像是一拳打在棉花上，蕭契氣不打一處來，「給我狠狠地教訓這臭小子！教教他什麼叫天高地厚！什麼叫長幼尊卑！」

蕭戎攥緊了拳頭。

「小子，動手之前可要想清楚了！若是敢還手，你那病懨懨的母親可就別想要有平靜日子過了！」

蕭戎後脊一僵。

「還有你那個只會惹事的姊姊！她此刻就在祠堂內跪著呢！若是大伯母知道她與你玩在一起，你和你母親活不活得成是一回事，她挨不挨鞭子還是另一回事！」

見他鬆了拳頭，蕭契笑得輕蔑：「就憑你？也敢對老子動手！今日就教教你往後在侯府，如何夾著尾巴做狗！給我上！」

侯府侍衛們一擁而上。

◆

夜已深。蕭瀾跪坐在軟墊上，上下眼皮子直打架。

香荷陪在一旁，打了一連串的呵欠，「小姐，要不……還是回房去睡吧？」

蕭瀾揉了揉生疼的膝蓋，「真是怪了，要是平時娘早就來找我了，這回居然不管我，也不使喚人送吃的給我，她莫不是個後母吧？」

「呀，小姐可別亂說！夫人都說了，您認了錯便可起來，也來瞧過您兩次，是您自個兒非要嘔氣，好說歹說都不認錯。這可怪不得夫人生氣。」

蕭瀾咂舌：「知道了知道了，就妳會說話——」

接著她忽然嗅到了什麼，四處聞了聞：「哎，什麼味兒啊，好香！」

香荷也仔細嗅了嗅，驚訝道：「似乎是……」

兩個姑娘相視一望：「紅豆蜜乳糕！」

「快快，扶我起來！」蕭瀾一邊揉著膝蓋，一邊一瘸一拐地走出去。

果不其然在祠堂外，發現了一包掛在窗簷上的糕點。

「小姐您看，夫人還是疼您的。」

蕭瀾打開牛皮紙，拿了一塊給香荷，又拿了一塊給自己品嘗。

她盯著手裡的這包糕點，總覺得有哪裡不太對勁。牛皮紙皺得不得了，裡面糕點的邊角也碎了許多。明知這是她愛吃的東西，家裡下人斷不敢粗心大意到這般程度。

「香荷，妳去為蕭戎送飯的時候，可告訴他我受罰了？」

香荷誠實地點了點頭。

「嘖，」蕭瀾敲了敲她的腦袋，「妳跟他說做什麼，是不是還說了我沒用晚膳？」

香荷又點頭，「他本就沒什麼銀子，我給他的銀錢，多半也是要留著讓孟小娘抓藥用的。」

「啊……」香荷根本沒想過這麼多，她訕訕地望著蕭瀾：「我不是故意的……」

蕭瀾一笑：「我當然知道。好了，妳先回去睡覺，我去瞧瞧他。真是怪裡怪氣的，人都來了，也不跟我說句話再走。」

「小姐，那您不跪啦？」

蕭瀾抱著那包紅豆蜜乳糕，朝南院走去，頭也不回：「日後再犯了錯，一併補上便是，不差這一會兒了！」

◆

南院很安靜。這裡原就破敗，到了夜裡顯得陰風陣陣，格外嚇人。

蕭瀾還沒進去，便看見院子裡晾著的粗布衣衫還在滴水。

她好奇地歪了歪頭，這麼晚了居然還洗了衣服？

走近一看，上面還有未洗淨的血跡，她便朝著那間還亮著光的木屋快步走去。

推門而入，映入眼簾的是蕭戎赤裸的上半身，布著累累青紫傷痕。他正專心地將碾好的草藥塗上身軀，門就驟然被推開。他轉頭看向門口，忘記自己還未穿上衣裳。

「你被人打了?!」

她將懷裡的糕點往殘缺了一角的桌上一放，走到蕭戎身旁，纖細的手指小心地撫上他後背的傷。

溫熱的觸感讓人一顫，他下意識地想去拿衣裳，卻恍然想起它已經被洗了。

「是不是墨雲城那廝找了高手來報復?你……你就算打不過也要跑啊。」

屋內原本只有藥草味，多出一個人後，便是滿屋子的糕點香和女子清新的香氣。

蕭瀾看他的唇角還是青的，又看了桌上的糕點一眼。

「那些吃食有什麼重要的，扔下趕緊跑了便是。」蕭瀾聞了聞，目光落在那些草藥殘渣上，「我看你是存心想讓姊姊心生愧疚。這麼重的傷，你就敷這些草藥？」

蕭戎抿了抿唇，「是妳自己過來的。」

「還敢跟姊姊頂嘴？」

「……」蕭戎習慣了她時不時就要來上一遭的不講理。

蕭瀾環視了他的住處，又小又破，一眼便看到了那件整整齊齊地疊在角落的長袍。但凡有點價值的東西放在這屋裡，便顯得極為格格不入。

她將衣物拿了過來，「買來就是要給你穿的，兀自放著是怎麼一回事？」

「餵馬用不上。」

蕭瀾立刻明白過來了。多半是覺著這般上好的衣物要是沾上馬廄的氣味，便是暴殄天物了。偏偏這位又是個執拗人物，再買新的，恐怕也不會平白收下。

蕭瀾顧不得這些，「我帶你去個地方。」

蕭戎將那件上好的銀蟒長袍穿上，蕭瀾則拿起了那包紅豆蜜乳糕。

夜裡很涼。她懷裡抱著早已不那麼溫熱的糕點，看了走在身旁的人一眼。

他一言不發，安靜地跟著她。

蕭瀾隱約覺得……懷中之物的溫度越發暖手，氣味也越發香甜。

深夜到訪的地方，是晉安侯府的武器庫。裡面不僅陳列著世間最為凶猛鋒利的軍械，更收藏著眾多重金難尋的名貴藥物。蕭瀾輕手輕腳地打開了庫門。

蕭戎是頭一次來到這裡。

「是不是好奇為何連個守庫的府兵都沒有？」她一邊朝裡面走去，一邊問道。

蕭戎被滿屋子的兵器所吸引。

「府外把守森嚴，暗中埋伏著的人數都數不過來。別說是刺客了，就是一隻蒼蠅都飛不進來……啊，自然是除了我之外。姊姊呢，不過是喜歡在夜裡出去賭個銀子、聽點小曲，不想讓母親發現，便時不時會翻個牆，他們都是睜一隻眼閉一隻眼的。」

忽然想到什麼，蕭瀾停下腳步：「不過那晚我翻牆回來，怎會剛好在牆根下遇著你？你若也是翻牆回來的，怎會無人發現？」

蕭戎沒說話。

蕭瀾瞇了瞇眼，要麼便是他根本沒出府，要麼便是他輕功詭譎，來去無蹤。

左看右看，卻也沒看出個所以然來。

她拿起一瓶東西扔給了蕭戎，「這個吃一粒，包你明日便能消腫化瘀。」

蕭戎沒多想，倒出一粒咽下，又把藥瓶遞給她。

「嘖！給你了你就拿著！這麼多藥呢，少一瓶能有什麼關係？」

他便將藥瓶收了起來。

見他這般聽話，蕭瀾覺得有趣，四處望了望，「喜歡什麼儘管拿，要是再遇著歹人，也不至於被打了，多少也得還擊個兩下！」

聽到可以任意取走兵器，她從少年眼中看到了欣喜。果然是極為喜歡。

看他對這些東西愛不釋手，蕭瀾挑眉：「姊姊早就把玉佩給了你，見玉佩就如父親親臨，誰也不敢說你什麼的。你怎麼也不來這兒挑些喜歡的拿走？」

他拿起一把極為小巧的折疊弩，仔細端察。

「你這般認生、守規矩，當真能因為餓了，便去後廚偷兔子？」蕭瀾摸著下巴，「果然是在撒謊。」

她自說自話了半天，也不見他答上一句，便知他已經全然淪陷在了這些刀槍棍棒中。

「你挑的這個，可是價值萬金的封喉折疊弩，出自宗師葉淮安。當年父親就是憑它暗殺了一軍主帥，破了三十萬對百萬雄兵的必敗僵局。

「阿戎，你喜歡這個麼？」

他點頭，「喜歡。」

「那你回答姊姊一個問題，不許說謊。答了這寶物便是你的了。」

「好。」

「今日對你動手的人是誰？」

他沉默。

「能讓你不還手不逃跑，必定是知道你的軟肋在哪。墨雲城初來大梁，斷不可能知道得這般詳細。況且打了你，他也得不到什麼好處。」

她問：「是蕭契對不對？」

蕭戎沉默半晌，最後淡淡地說了聲「嗯」。

「我就知道是這個欺軟怕硬的狗東西！他若再找你麻煩，你便用這封喉折疊弩往他腦門上射！地痞流氓一般的人物，居然敢欺負我弟弟！」

蕭瀾又仔細地看了蕭戎的臉，「他自己生得醜便嫉妒你！旁人求都求不來的臉蛋居然被打成這樣，你也不知道擋住！紅豆蜜乳糕哪有你的臉重要？」

一邊說著，她又打算拿藥給他擦。偏偏架子太高，踮了腳伸長了胳膊，還是搆不著。

「看著做什麼？還不替我把上面那墨綠色的盒子拿下來？」

他隨意一伸手，便將盒子拿到了她眼前。這一對比，蕭瀾下意識就問：「你是不是又長高了？不過短短幾日，似乎又高了一些。蹲低一點，我替你擦藥。」

清涼的藥膏塗到唇角，灼熱的疼痛感便立刻消了大半。兩人離得很近，近到可以輕輕鬆鬆聽見對方的呼吸聲。

一時四目相對。

眼前這雙漂亮的眸子似乎有一股魔力，乾淨溫婉，隱隱訴說著對他的關心。

這樣的目光，他只在母親身上看到過，卻又有所不同，是一種說不出來的不同。

這種說不出的感覺，令他感到陌生又好奇，隱隱卻又有種難以忽視的吸引力……

而蕭瀾，也從未這般與他親近過。一向都是他低頭，她仰頭，總是隔著些距離。

今夜靜謐無聲的獨處，近在咫尺的相視，她亦從他那雙好看卻淡漠的眼中，看到了不同於疏離和審視的東西。

似是一種好奇，又似是一種試探的隱忍。

這樣的眼神給了她一種錯覺。他像是在試探地朝她邁出第一步，細微隱忍的步伐邁出後，便會有撼動山河的磅礡力量將她緊緊包裹。

想到這裡，她心頭一顫。

許是從未一起長大的陌生，即便血緣親近，卻也看不透他的所思所想。

「怎麼……被姊姊的美貌迷惑了？」驀地一句玩笑，打破了夜裡的靜謐。

蕭戎一愣，收回目光，站直了身子。

「你可別學那墨雲城，他也是對著我須臾間失了神，才會被你用刀挾持的。」蕭瀾撫了撫頭髮，「倒也不怪他，任憑是誰，也是逃不過我這驚人美貌的。」

「……」

氣氛變得輕鬆了起來，蕭瀾瞧見陳列在不遠處的弓弩，忽然靈光一現。

「阿戎，後日皇家圍獵，咱們趁此機會好好教訓蕭契一回！」

秋獵是大梁開朝以來就有的規矩。

這日秋高氣爽，乾坤朗朗，嶽麓山上儀仗萬千。

梁帝威坐於正位，左右作陪的是皇后和正得寵的嘉貴妃。

忠臣攜家眷行禮過後，圍獵便在梁帝的首支獵鷹箭射出後開始了。

一聲令下，王公貴胄家的兒郎們馭馬飛奔，誰也不讓誰。朝中重文輕武的風氣漸輕，文不成的公子哥兒們，自然想在武學上入了陛下的眼。

「陛下，您瞧。」右手邊的嘉貴妃敬上一杯酒，「符兒這馭馬術可是精進了不少呢。」

「嗯？」梁帝瞇了瞇眼，瞧見了眾人當中穿著淺紫緞的少年，「是騎得不錯啊，這端弓的姿勢也穩了不少。」

一聽聞母族的子弟被誇，嘉貴妃笑得嬌羞，「都是仰慕陛下的風采，符兒入宮請安時便時常掛在嘴邊，說是要如陛下年輕時那般驍勇善戰呢。」

「哦？果真？燕相，你家孫兒倒是頗有志向！」

年逾古稀的國相燕文之顫顫巍巍地行禮，「陛下謬讚了。那孩子不知天高地厚，就他那兩下子，怎可望陛下當年的項背。」

梁帝笑著擺了擺手，「燕相此言差矣。年輕人麼，總是要有些熱血肝膽的！」

梁帝正喝著嘉貴妃遞過來的果酒，忽然瞧著不遠處一道嬌俏的身影出現，他仔細瞧了瞧，「那騎馬的女子，是不是晉安侯家的那丫頭？」

被晾在一旁的皇后終於開了口，「陛下瞧的沒錯，正是瀾兒那丫頭。今兒個也不知是來了什麼新鮮勁兒，竟也去騎馬了。臣妾倒是怕她摔著了呢。」

「高禪，去叫那孩子過來，朕倒是許久沒跟她說話了。」

高公公親自傳來口諭時，蕭瀾正騎著馬，慢騰騰地散著步。

「阿戎，隔著那麼遠，你也能聽見蕭契說要去哪麼？」

蕭戎牽著馬，點了點頭。蕭瀾還要說什麼，就見有人朝這邊走來。

「喲，我的老天爺，您騎得這麼高，摔下來可怎麼辦喲！」高公公說著，便差人要去將蕭瀾扶下來。可幾個年紀小的公公還未近身，便被一黑衣少年擋了回去，連蕭瀾的一絲衣袖邊都沒碰到。

「大膽！這幾個可都是在陛下身邊伺候的！你、你竟敢如此無禮？」

蕭瀾看著擋在前面的那個背影。從小到大，她身邊的人嘴一個比一個甜，聽慣了諂媚討好之語，每每此時心中都毫無波瀾，因為她知道那皆是假的。冷不防地遇上這麼一個沉默寡言的人，明明說不上幾句話，只是看著這樣的背影，卻又能安下心來。

當真是……血濃於水的緣故吧。

聽著高公公的厲聲言語，她回過神來：「高公公切莫動怒，可是陛下召見？」

見蕭瀾有意岔開話題，護著這名少年，高禪立刻緩了語氣：「自然是了。陛下說要與您說說話。

既然、既然這位小兄弟如此盡職盡責，那便讓他扶您下馬吧。」

蕭瀾扶著蕭戎的胳膊下來，順帶著又在他耳邊低聲說了什麼。

◆

整座山都是獵場，時不時會傳來高聲喝彩，便知是哪位公子或皇子獵到了好獵物，十分熱鬧。

蕭瀾到的時候，便看見嘉貴妃笑得千嬌百媚，坐在主位上緊緊貼著陛下，而旁邊的皇后是什麼臉色，可想而知。

「蕭瀾給陛下請安！給皇后娘娘請安！願陛下和娘娘琴瑟和鳴，伉儷情深！」

嘉貴妃當即笑容一僵。

「這才兩個月未見，妳這丫頭倒是懂禮了許多，可見晉安侯夫婦教女有方啊。」

梁帝笑著誇讚。

「陛下～」嘉貴妃嬌著嗓子，「您可別怪妾身多嘴。蕭瀾如今也是大姑娘了，比不得小時候年幼無知，此時見了陛下都不跪拜，可不是該有的禮數啊。」

蕭瀾在心裡翻了個白眼。

「嘉貴妃怕是忘了，瀾兒的跪拜之禮是陛下親自免的。」皇后看都沒看她一眼，「當年晉安侯在赤嶺之戰大獲全勝，陛下賞了無數卻仍覺得不夠，便又賞了蕭瀾的免跪拜之禮。陛下仁德寬厚，愛惜臣子。妳如今的言外之意，卻是要陛下收回賞賜，豈不是讓陛下出爾反爾？」

梁帝也斂了笑容，「貴妃說話的分寸是越發拿捏不準了。」

嘉貴妃嚇得花容失色，急忙跪地認錯：「陛下恕罪！臣妾一時口無遮攔，絕無惡意！」接著便要嬌滴滴地掉眼淚。

蕭瀾看陛下要伸手去扶嘉貴妃，立刻「撲通」一聲，搶先跪到了地上。陛下看過來，原本要扶嘉貴妃的手也收了回來。

「陛下，蕭瀾想了想，這跪拜之禮還是要恢復的！陛下的賞賜是一回事，但蕭家、父親為國征戰本就是分內之責，何須藉此便行特權？」

皇后滿眼讚賞地看著她。

「那時年幼無知，仗著陛下的寵愛便也算了。如今蕭瀾長大了，就該說有分寸的話，行有分寸的事。」

跪在地上的嘉貴妃惡毒地盯著她。

「只可惜辜負了皇后娘娘的疼愛，她始終記著陛下的寬厚聖明，事事為陛下著想。但蕭瀾斗膽，要逆了陛下和娘娘的一番好意了。」

梁帝看向皇后：「妳瞧瞧她這張嘴，怎能叫朕不疼她？晉安侯常年不在，定是妳母親悉心教導的。」

蕭瀾打鐵趁熱：「母親與皇后娘娘交好，母親教導蕭瀾的話，便都是從娘娘那裡耳濡目染的。不是蕭瀾扯謊，是母親自己與我說的。」

梁帝握上了皇后的手，「這個朕自然知道。朕的十五皇子文韜武略樣樣在行，便是皇后教導有方！皇后辛苦了。」

兩人一唱一和，將局勢扭轉。

「來人，賜坐。今日妳母親說是抱恙沒來，妳便挨著皇后坐。」

皇后一臉疼愛地拍了拍旁邊的位子。

氣氛頗佳的此時，便見高公公匆匆走來，覆在梁帝耳邊說了什麼。

梁帝當即變了臉色，「叫他們上來！」

蕭瀾一聲不響地喝著茶，有意無意地往旁邊瞧了一眼。遠處的樹下，黑衣少年朝她點了點頭。

蕭瀾朝他甜甜一笑，心道，日後為非作歹有了好幫手，看她如何把盛京城內那些紈絝子弟欺負得滿地找牙。

殊不知這滿懷心思的嫣然笑意，卻如輕柔的羽毛般飄了過去。撩得一顆原本淡漠死水般的心微微顫動。

第三章　相信

你推我搡著上來的正是燕符和蕭契。

「哎喲！我的符兒！我的孫兒！」

國相燕文之瞧見自家的獨苗被人打得鼻青臉腫，當即撲通跪地：「天子眼皮子底下竟有人敢毆打孩童，可憐我符兒年幼，竟被打成這般模樣！老臣、老臣求陛下做主！」

「孩童？燕國相這孫子已過了冠禮，都是可以娶妻成家的年紀了，這算哪門子的孩童！」蕭契的臉腫了大半邊，氣憤地繼續道：「陛下有所不知！本是我先瞧見那獵鷹的！我將牠一箭射落，這廝偏偏跑過來搶了去，還說這是他的獵物，想騙得陛下的彩頭！」

一邊是國相家的孫子，一邊又是軍侯府的公子。

梁帝皺了皺眉：「好端端的秋獵，你們就不能消停一些麼！」

而眾多的大臣就在跟前瞧著，此事若是就此了結，豈不顯得天子懼臣？

事實一時分辨不清，兩人又都受了傷，偏袒誰都說不過去。嘉貴妃本有心替自家侄兒求情，可剛被陛下說了不知分寸，眼下便不敢擅自開口。

在場之人各懷心思。

此時梁帝看向了蕭灡，「灡兒，妳倒是說說，朕該如何處罰他們啊？」

蕭灡挑眉：「陛下說公還是說私？」

「於公如何，於私又如何？」

蕭灡說：「於公，陛下便是君上。在君上眼皮子底下大打出手，自然是要移送衙門，將事情調查清楚了再做處置。君上與王法，便是解決之道。」

話還沒說完，燕相便連連擺手：「不過是小孩子打架！怎就要鬧上公堂去了！使不得、使不得啊，陛下！」

見陛下面色不悅，皇后輕拍了下蕭灡的腦袋，「妳這孩子，怎麼惟恐天下不亂？」

「我話還沒說完呢。於私麼，陛下是長輩，按照輩分，蕭灡還要叫一聲舅公呢。國有國法，家有家規，若是陛下捨不得他們吃牢獄的苦，便網開一面按家規處置吧。」

「如此甚好。」梁帝順勢便道：「燕蕭兩家各自把人領回家，好好以家法伺候！」

雙方正竊喜，原先還想不通陛下怎會問蕭灡的意見，現下看來，原是想大事化小，又不想惹臣民口舌。一個黃毛丫頭說的話，對了便是才華，錯了便是戲言，總好過「天子懼臣」。

「舅公有所不知，二叔和二嬸十分溺愛我堂兄，若是回府行家法，他們是下不了手的。不罰是違逆上意，罰輕了恐有欺君之嫌。父親一生光明磊落，可不能為了一件小事壞了蕭家的名聲。」

蕭契眼皮一顫，咬牙切齒道：「妳這個瘋丫頭，打的是什麼鬼主意！」

蕭灡白了他一眼，接著便提高聲音：「請陛下就地行家法，以示公正！」

「妳！」

蕭瀾看他氣得說不出話，笑得燦爛：「蕭府家規，凡惹事鬥毆者，杖責八十，閉門思過一個月！」

一聽到八十，蕭契嚇得腿都軟了。他從小便嬌生慣養，哪裡挨得過八十大棍！

「這……也罰得太重了些。蕭家人不愧是鐵血男兒，不過今日雙方都有錯，閉門思過一個月不變，杖責……就減半吧。」

原本能逃過一劫，卻因為蕭瀾的三言兩語，不得不在大庭廣眾之下硬生生挨了四十大棍，打得蕭契皮開肉綻，慘叫不斷。

連同燕相爺孫倆也看得戰戰兢兢，生怕蕭瀾一時口快，說出個什麼「一視同仁」來，燕符便也要活生生地挨板子。偏偏陛下寵愛，蕭瀾說什麼便是什麼。

蕭瀾看著對面不停地朝她遞眼色的爺孫倆，纖纖細指隨意比了比，對面兩人如獲大赦般連連點頭。

待陛下進了帷帳午憩，蕭契被抬回府，蕭瀾耍著一塊玉佩，慢悠悠地朝燕文之和燕符走去。

「燕相可真大方，兩萬兩銀子也是眼睛眨都不眨的，直接就答應下來了呢。」

「兩、兩萬兩？不是兩千兩？」

蕭瀾挑眉：「兩萬兩免一頓板子，不虧吧？」

燕相一噎，「不虧、不虧。」

蕭瀾哼著小曲離開。

燕符氣憤道：「祖父何必理她！此事已經翻篇，不給她又如何！您貴為大梁國相，怎可被她拿捏於手心？」

「符兒慎言！蕭家正如日中天，陛下尚且忌憚，咱們此時切不可與之為敵！」

燕符不以為然：「花無百日紅，蕭世城即便再英勇善戰，也總有老的一天！蕭家人丁單薄，您瞧那蕭契，不過四十個板子便被打成那副德性，如何撐得起蕭家！」

燕文之摸著鬍子：「能讓蕭家屹立不搖的，不是蕭世城，而是傳襲了百年的列國軍備圖，還有蕭家獨創的兵法。」

他看著遠處蕭瀾離開的身影，「誰若是得了這兩樣東西，誰便能成為第二個蕭家。」

話畢，他看向燕符，「你也不小了，到了該娶親的年紀了。」

◆

蕭瀾遠遠地便瞧見蕭戎正牽著馬兒，讓牠在河邊喝水。

「阿戎！」

蕭戎回頭，看見一道纖瘦嬌小的身影跑了過來。

中午的日頭本是毒辣的，日光灑在她身上卻顯得無比聖潔淡雅，伴著那股馨香飄近，蕭戎站在原地，像是被她的笑容感染了般，唇角不知不覺地微微勾起。

蕭瀾卻沒發現，只顧著大肆誇讚：「還以為你是個榆木腦袋，原本也只想讓你使個絆子，讓蕭契不知不覺摔個大跟頭，斷條胳膊斷條腿便算了！這下可好，又挨打又丟臉，起碼三年內都是盛京城內最大的笑柄！」

見蕭戎幹了壞事仍波瀾不驚，蕭瀾好奇道：「你是如何挑撥他們打起來的？還有陛下欽點的那隻獵鷹，當真是蕭契射中又被燕符搶去的？不可能啊，他那黔驢之技怎麼可能射得中。」

「不是他射中的，是用這個。」蕭戎將袖口挽起，一把小巧的封喉折疊弩緊緊地綁在手腕上。若不仔細看，絕看不出袖口裡竟藏了東西。

「這才一、兩日的功夫，你就使得這般熟練了？陛下的獵鷹可是有專人訓練過的。」

「這個不難。」

「那他們倆又是怎麼打起來的？」蕭瀾眨著大眼睛。

「他們同時射鷹，見鷹落下來，就都說是自己射中的。」

話說至此，蕭瀾便知道那兩個蠢貨是怎麼打起來的了。

「說來也是巧合，這邊兩個白痴打起來，偏偏那邊的皇后與嘉貴妃也鬧了齟齬，不然找還真找不到理由讓蕭契再挨一頓打！」她滿意地拍了拍蕭戎的胳膊，「咱們姊弟倆配合得這般天衣無縫，日後定能將這盛京城裡的紈絝公子哥兒們全都踩在腳下！」

話說到這裡，蕭瀾又說：「阿戎，蕭契欺負你的帳，咱們都還回去了，就不要難受了。你若還覺得委屈，姊姊便再找機會教訓他，總要讓你舒心好不好？」

蕭戎沉默。他從未感到難受和委屈，再苦再痛的事他都經歷過，這點傷根本不值得放在心上，她卻替他耿耿於懷，像是見不得他受一點委屈。

蕭戎看了她半晌，卻看不出絲毫偽裝的破綻。

他想不通為何，卻又忍不住想要相信。

◆

下午的圍獵空前激烈。各家的公子哥兒們為了能在黃昏時分，於陛下面前展示秋獵成果，得到陛下一番誇讚，個個鐵了心地寸步不讓。

有了上午燕蕭兩家的前車之鑒，即便是私底下大打出手，也沒有人敢多言語半句，但他們卻也十分看不慣某人過於囂張跋扈的做派。

蕭瀾優哉游哉地在山頂的涼亭中品著茶，手裡搖著一把竹骨扇，先前花了大半天去採置瓜果的香荷，將一盤盤清洗得乾乾淨淨的果子擺得整整齊齊。

「小姐……」香荷看了涼亭臺階下那堆獵物一眼，野兔野鹿，甚至野豹野蛇，各種各樣血糊糊地擺了一大堆。

「這……如此殺生怕是不太好吧……」

蕭瀾笑她：「母親最不愛殺生，我哪會忘記？但妳看這些獵物，皮毛粗劣，血跡泛黑，分明是體內有毒。嶽麓山盛產藥草，這些動物常年食藥，若是被獵人打回家，煮給妻兒吃了，妳想會有什麼後果？」

「啊……難怪嶽麓山每年秋獵前後都會封山，真是做了件好事！」

「是啊，」蕭瀾若有所思，「只不過這個建議，是十五皇子向陛下提出的。」

香荷沒多想：「十五皇子是皇后娘娘悉心教導的，娘娘母儀天下，皇子必定也是善良溫和的呀。」

「那可未必。我六歲那年入宮玩耍時，路過皇后的景仁宮，便看見他把一根筷子插進了奴才的眼睛裡。那時他也才不到十歲。」

香荷被驚得說不出話，連忙往四周望了望，怕有旁人聽見她們主僕兩人私下議論皇子。

此時一頭壯實的野山羊被扔了過來，憑那碩大的塊頭，若是直立，定是比人都高。

蕭瀾和香荷皆睜大了眼睛：「這也太大了吧！」

能將這般大的獵物制服，恐怕是需要一番殊死搏鬥的，誰知少年獵人不僅衣衫整齊，反而還用乾乾淨淨的衣物兜了一袋子果子回來。見石桌上已擺滿了瓜果，他腳下一頓，覺著她橫豎是不需要這些的，蕭戎轉身便準備把果子倒掉。

「哎哎！你做什麼？」蕭瀾起身迎上去，見他那一兜子果子，立刻便笑了。

「姊姊如今是見怪不怪了，扛回這麼大的獵物，竟還無事般地替我帶了好吃的。」

她伸手拿了一個，拿袖子隨便擦了擦便一口咬下去，驚嘆道：「這也太甜了吧！」

她一邊說著，一邊把手中的果子往蕭戎面前一送，「這個特別甜，你嘗嘗！」

蕭戎看著她白皙的手腕，又看了她咬過一口的果子一眼，有人這麼親暱地要餵他吃東西，這還是頭一回。

「怎麼，嫌棄我啊？罷了罷了，就是覺得這個太甜了，再挑一個可就不一定會這麼甜了。」

蕭瀾正準備將手伸回來，便見那張俊顏湊近，咬上了她手中的那顆果子。

熱熱的唇，碰到了她纖細漂亮的手指。淡紅的汁液流了下來，順著白皙嫩滑的手背滴到了地上。

蕭瀾忽覺指尖發燙，趕緊收回了手。而蕭戎將口中的那塊果肉咬開，果然……比想像中還要清甜爽口。

「哼！」一道嬌俏的聲音，打破了須臾的安靜。

香荷走過來，一邊拿乾淨的水和手帕替蕭瀾清理了手上的汁液，一邊說：「香荷辛辛苦苦帶著府上的家丁們採了大半日的果子，仔細清洗得亮晶晶的，還比不上這洗都沒洗過的果子！」

蕭瀾二話不說，立刻挑了一個又圓又大的果子擦乾淨，就往香荷嘴裡一塞。

果不其然，下一刻便聽到一聲誇張的讚嘆：「小姐！這果子也太好吃了吧！比香荷摘的甜多了！」

蕭瀾被她可愛的樣子逗得哈哈大笑。

偏偏天公不作美，最開心的時候就有人來找麻煩。

「喂！蕭瀾！哪有妳這樣的？找了個怪物漫山遍野地飛，整山的獵物一大半都被妳獵來了！」

一群穿得貴裡貴氣的公子哥兒們氣沖沖地跑了過來，為首的是工部員外侍郎的獨子元清風。

「你莫不是腦子有毛病吧？你自己獵不著東西，居然怪起旁人來了？」蕭瀾一個果核不偏不倚地砸在元清風的腦門上。

「啊！妳！妳又打我?!」

「對對對，就打你了，怎麼著？」身旁有個非常能打的幫手，讓蕭瀾比平時還要囂張，「你要不要打回來啊？來來，我就站這兒讓你打。」

元清風捣著額頭，惡狠狠地指著蕭戎，對蕭瀾說：「那妳就讓他走開！不然你們二對一，就是以多欺少！」

蕭瀾捲了捲袖子，「今兒個我就以多欺少了。」

話音未落，就見元清風那根指著蕭戎的手指猛地被人攥住，折得快要貼近手背。

「啊！疼疼疼！妳、蕭瀾妳快叫他鬆開！快鬆開！」

蕭瀾歪著腦袋：「那你且告訴姑奶奶，你剛才說誰是怪物？」

「我我我！我是怪物！我元清風是怪物！」

旁邊看熱鬧的公子哥兒們笑作一團。

「好了阿戎，他那根破手指頭不值錢，咱們掰下來也沒什麼用處。」

蕭戎鬆手，元清風捣著手指頭嚎得天崩地裂。

梁帝與皇后午憩後，從帷帳出來，便將這般鬼哭狼嚎聽了個清清楚楚。

「這幫孩子，都在家裡嬌生慣養慣了。」梁帝揉了揉耳朵，「不過就是打獵時摔了個跟頭，瞧這嬌氣勁兒。」

皇后笑得溫婉，「聽這聲音……像是清風那孩子。元侍郎家的獨子，總也是蜜罐裡長大的孩子。」

「哦……元侍郎。」梁帝笑道，「他近日差事辦得不錯，朕正準備賞賜些什麼。高禪，去把那孩子叫來，朕親自教導他幾句。」

「是是，奴才這就去叫。元公子小小年紀便有這般好福氣，竟能得陛下親自教誨。」

「工部差事辦得利索，省去朕不少心力，自然是要嘉獎的。」

元清風捧著腫得粗了一圈的手指頭，還在陛下面前忍著不敢哭，怕像蕭契那樣挨板子。

「清風的手怎會傷成這樣？」皇后看向身邊的婢女，「去請御醫過來瞧瞧。」

梁帝也皺眉：「清風，你這手是怎麼了？」

元清風一擦眼淚，「是清風自己摔的……」

「胡扯。小小年紀好的不學，竟學會了欺君罔上，你爹平時就是這般教育你的？」

見梁帝忽然不悅，元清風趕緊磕頭：「回、回陛下，是蕭瀾……」

一聽聞這兩個字，梁帝與皇后當即明白，這丫頭囂張跋扈的老毛病又犯了。

「……的手下。」元清風結結巴巴地把話說完。

「手下？一個手下也敢毆打朝廷命官的兒子？」見不是蕭瀾動的手，梁帝當即下令：「來人，去把人給我抓過來！」

侍衛們還未來得及動，便見蕭瀾帶著一個黑衣少年走了過來，後邊跟著一眾晉安侯府的家丁，七七八八地扛著許多獵物。

此時酉時的鐘聲響起，到了眾公子帶著獵物到陛下面前領賞賜的時辰。各大世家的奴才們拿著獵物，跟在自家主子身後。

獵物紛紛擺上供桌，那頭身形巨大的野山羊頓時奪走了眾人的目光。

梁帝仔細瞧了瞧，不由得哈哈大笑：「不想我盛京城裡的門閥子弟中，竟也有這般驍勇的人物，是哪家的兒郎獵得這野山羊的？朕定有重賞！」

其他人面面相覷，唯有蕭瀾站了出來。

梁帝挑眉：「瀾兒，妳平白站出來是為何？」

蕭瀾一笑：「回陛下，這是我的獵物。」

莫說皇帝不信，就連最偏愛蕭瀾的皇后也不相信。

「陛下！蕭瀾作弊！這野山羊根本就不是她獵的！她在後山涼亭裡坐著喝茶、吃果子，連衣角都未髒了半分，是別人獵來充數的！」

「哦？」梁帝心中也了然，無非就是這丫頭愛爭面子，卻也十分好奇她找了什麼幫手來。

「倒也不是旁人，是我弟弟獵的。」她白了跪在地上的元清風一眼，「橫豎都是我晉安侯府的人，誰獵的又有什麼分別？」

「妳胡說！妳只有一個堂哥！哪來什麼弟弟！」元清風質問道。

梁帝與皇后相視，自然明白這弟弟是真是假。

「陛下！就是他！就是他將清風的手指險些折斷，只不過就是因為……因為清風指了他一下！」

蕭瀾正準備開口替蕭戎辯解，忽地便聽見一道高呼由遠及近。

「邊關捷報！邊關捷報！」傳令兵高高地舉著大梁戰旗和邊關軍報，一路馭馬飛奔至百米外，才下馬跑了過來，滿頭大汗，雙手微顫地將軍報呈上。

「陛下萬歲！邊關傳來捷報，晉安侯率軍奪下北渝三座城池，此時已揮師深入，欲取北渝腹地朔安城！」

高禪忙將戰報呈到陛下手中，梁帝看畢，龍心大悅：「……好！好！一旦攻下朔安城，便離北渝皇城不遠了！有晉安侯在，朕自是不必擔心！賞！賞！今日凡是在場之人，統統有賞！」

眾臣紛紛叩頭，「謝陛下賞賜！恭喜陛下！賀喜陛下！」

梁帝望著一起跪在地上的蕭家姊弟，高興道：「瀾兒和……你也起來！你們父親立了如此大功，賞賜都來不及，跪著做甚！」

「蕭瀾攜弟弟蕭戎，恭賀陛下！大梁國力雄勝，一統天下指日可待！」

蕭瀾一番場面話正說到了梁帝心頭。「看來今日獵得這碩大野山羊便是吉兆，昭示我大梁將來，便是將北渝如這獵物般拿捏在手裡！」

梁帝看蕭戎年紀尚輕，頭一回見駕竟絲毫不緊張，問道：「你叫蕭戎？年方幾何？」

蕭戎沒說話。蕭瀾扯了扯他的衣袖，他這才說：「十五。」

蕭瀾糾正：「要先說回陛下，再說年歲。」

「無妨無妨。」梁帝此時心情大好，索性從主位上下來，走到了蕭戎面前。

蕭戎對上他的眼睛，卻毫無波瀾。

梁帝點頭：「一如當年晉安侯年輕時的樣子，天不怕地不怕，在朕面前也從不阿諛奉承。好！有風骨！蕭家得子如此，是蕭家之幸，也是我大梁之幸！」

蕭瀾見陛下大悅，看了氣得咬牙切齒、卻又不敢在此時多言的元清風一眼，故意道：「只是今日弟弟對元公子動了手，雖是元公子先出言不遜，但動手打人總是不該，還請陛下責罰。」

「十幾歲的小伙子有個口舌之爭，切磋個武藝有什麼值得責罰的？朕的皇子們尚且還有拌嘴打架的時候，區區小事，就到此為止！想來清風也不是個愛計較的孩子！」

「是是！今日本就是清風不對，蕭家弟弟一時動氣也在情理之中！」元清風趕忙將自己腫得發紫的手指藏進衣袖裡。

梁帝滿意地點頭，「來人，擬旨！晉安侯前線有功，嫡長女蕭瀾才貌俱佳，深得朕心，擢破例封為慕安郡主，享親王之女待遇！」

此話一出，便連皇后面上都是掩不住的驚訝。

如此厚賞，當真是要將蕭家捧到一人之上、萬人之上的位置！

「次子蕭戎，小小年紀天賦異稟，未來軍功可期，賞赤兔斬月刀一柄，再加黃金萬兩！」

蕭瀾聽著旨意，滿腹驚訝。父親也不是頭一回立功，卻沒想到陛下竟能破例賞賜她郡主身分，往前百年也無此一例。但此時容不得多想，她立刻拉著蕭戎叩首謝恩。

不遠處一方隱密的高地上，一名男子負手而立。

此人一身黑底銀龍王繡紋長袍，面容溫潤，腰間佩戴的是大梁皇族才有的白匣玉配。

「殿下，」身旁親信低低地問，「您既親自來了，要不要去通報皇后娘娘一聲？」

謝凜手握一把白紙扇，不搧卻也不闔，眼睛瞧著不遠處那熱鬧的景象。

「不必知會母后，橫豎便是叫我來見佳人，站在這兒一樣看得清楚。」

「殿下，娘娘是有意撮合您與蕭家大小姐……」

謝凜笑得春風和煦：「離開盛京城拜師不過三年，再次相見，便真長成絕色美人兒了。滿大梁恐怕也挑不出第二個，能在容貌身段上與她平分秋色的女子了。」

「那您便也是有意……」

謝凜冷笑，朝蕭瀾身邊的黑衣少年揚了揚下巴。「若是沒有他，娶便娶了。」

那人不明白：「這蕭戎雖是庶子，似乎卻是個武學奇才，陛下竟把平時都要摸上幾番的赤兔斬月刀賜給了他，想來也是打算器重他。殿下要是娶了他嫡親姊姊，便也不愁將來他不效忠了……」

「呵。父皇只怕並非面上那般高興吧。」

白面扇子在他手上輕搖，微風陣陣。「蕭世城英勇無雙，震懾世人已久，眼看著北渝平定，他也到了該回家頤養天年的時候。偏偏此時……冒出一個天賦異稟的小兒子。」

「殿下的意思是……」

謝凜一笑，「只可惜了美人兒。生在蕭家，原本是福。」

他看著秋獵儀典結束，陛下起駕回宮。也看著蕭瀾滿臉笑意，親暱地挽著蕭戎的胳膊，在黃昏中漸漸走遠。

「如今看來，卻也是禍。」

◆

深秋的天總是說變就變，臨到了府門口，居然被淋了個透。

但蕭瀾心情大好，剛換好衣物，便見香荷有些緊張地小跑了進來。

「香荷妳怎麼還未換衣裳？當心著涼。」

「小姐……您……要不要去南院看看……」

蕭瀾笑容一僵，「怎麼了？」

「夫人聽說了今日之事……徑直朝著孟小娘的院子去了。聽夫人院裡的嬤嬤說，夫人是讓人帶著刑杖去的……」

下一刻，蕭瀾便跑了出去。

瓢潑大雨澆在地上，濺起泥濘，弄髒了典雅乾淨的裙邊。

南院裡，十幾個家丁拿著刑杖，將一對母子圍在中間。孟婉衣衫單薄，淋雨之後臉色更加蒼白了。她拉著兒子跪在泥地裡，緊緊攥著蕭戎的手腕。

蕭戎還穿著那件昂貴的長袍，只是如今已經被泥漿沾染得不成樣子。他面無表情地跪在孟婉旁邊，拳頭緊攥。

貼身婢女小心翼翼地為柳容音打著傘，生怕伺候得有一點不妥，便要一併受罰。

「這些年只當妳已死了，這南院是妳的墓，我才從未來過。」柳容音居高臨下，「可是妳好好的死人不當，竟還敢唆弄起蕭家的事來了！」

孟婉冷地咳了幾聲，這才緩緩開口道：「夫人教訓的是。」

「當初妳跪在我面前，哭著喊著說這輩子不會再踏出這院子一步。是了，妳這病懨懨的確實是沒什麼用。」柳容音看向蕭戎，「所以妳讓這野種跑出去大出風頭，生怕外人不知我柳容音有眼無珠，曾被貼身婢女耍得團團轉是不是！」

孟婉連忙磕頭，「是婢子沒教導好孩子，請夫人恕罪，絕對……絕對不會有下次！」

「我若再信妳這賤人的話，便是蠢出生天了！來人！給我打！」

家丁們正要動手，只聽不遠處傳來蕭瀾的聲音。

「母親身子不適，來這兒大動肝火做什麼呀？」

見是蕭瀾來了，柳容音面色緩了緩：「雨水寒涼，妳平白過來又是想做什麼？」

蕭瀾走過來，接過了婢女手中的傘，親自為柳容音遮雨。「聽說今日之事惹您不高興了，便過來瞧瞧。否則這般髒亂的地方，我是瞧一眼的興致都沒有呢。」

聞言，蕭戎倏地抬頭看向她。但蕭瀾像是沒看見一般，繼續笑道：「今日聽得北疆捷訊，陛下一時高興，便賞了咱們府上的人。勿說是何人，即便是隨意的阿貓阿狗，只要是晉安侯府出來的，陛下自然是要賞的，您何必放在心上？」

柳容音看向她：「聽說是妳帶這野種去秋獵的？」

蕭瀾一笑：「一時興起罷了。」

柳容音冷哼：「妳這玩心也太大了。」

「好了，母親，我讓香荷去請了郎中為您診脈，走，我陪您去。」

柳容音看了跪在地上的母子倆一眼，蕭瀾連忙說：「父親在前線危險，母親與我在家中也應多為他祈福，少見血吧？」

直至所有人都離開，孟婉踉蹌著起身，卻見蕭戎仍跪在原地。

「戎兒？」

蕭戎盯著蕭瀾離開的方向，一言不發。

郎中診完脈，告知無事，蕭瀾這才放下心來。

此時只剩母女倆在房中。

「娘，您沒事我就放心了。」蕭瀾挽著她的胳膊，笑得乖巧。

柳容音撥開她的手，「別以為我看不出妳今日是去解圍的。」

蕭瀾挑眉。

「我知道妳打的是什麼主意。我沒有兒子，妳擔心若有萬一，侯爵之位落到蕭契手裡，將來我的日子會過得不舒心。」

蕭瀾低頭細撚著錦帕，沒有說話。

「妳的盤算是不錯，那個賤人倒也生出一個不惹事生非，還有一身本領的兒子，竟也能得到陛下的賞識。」柳容音握住了女兒的手，「但是瀾兒，若是有朝一日妳父親不在了，要讓我靠著她的兒子生活，我寧可搬回我的郡主府！即便讓世人恥笑，總也好過我心裡的那股難堪！」

蕭瀾看著母親的臉，沉默一刻，最後說了句：「我知道了。」

見蕭瀾明白過來，柳容音慈愛地摸了摸她的頭髮，「既然明白了，日後便不要與那蕭戎有來往了。區區卑賤婢女的兒子，如何當得了妳的嫡親弟弟？」

蕭瀾卻回想起那個次次有事都擋在她前面的背影。

她抿了抿唇，說：「娘，上一輩的事……其實也不關他什麼……」

話還沒說完，便被柳容音打斷，「那個蕭戎小小年紀，眼裡便藏著殺意，說不準這些年在外面學了什麼歪門邪道。娘看著他，總是覺得與尋常家的孩子太過不同。」

話說到這兒，她握著蕭瀾的手又緊了緊，「聽話，娘豈會害妳？這幾十年，宮裡宮外見的人多了，自然一眼便看得出孰邪孰正。總之我不喜歡他。」

見蕭瀾沒有答話，柳容音肅了神情：「其餘的事，母親何時阻礙過妳？這件事，沒得商量。」

蕭瀾不希望她動怒，便點了點頭。柳容音見此才放下心來，「那之前的事便不計較了。正巧靈文山莊來了請柬，邀妳去趙家姑娘的生辰宴。妳便藉著這機會離家幾天，出去散散心，別攪和到南院那對母子的事裡去了。」

「差點把宛然的生辰給忘了。」蕭瀾有些興奮道，「在城裡憋了好久，終於可以出城去了。娘，您不去麼？」

柳容音搖頭，「妳父親在前線立了功，這些日子只怕上門祝賀的客人要把門檻踏破了，我自然是走不開的。」

「那我為您帶桃花軟玉糕回來！」

◆

夜已深，南院木屋裡的咳嗽聲卻不斷。

蕭戎端來煎好的藥，將孟婉扶起來。孟婉起身喝完藥，看著兒子，溫聲問道：「戎兒，你……可是在生氣？」

「沒有。」他將空碗放到桌上，準備扶著母親躺下。

孟婉見他似是不悅，反而有些欣慰道：「即便母親不說，你也明白今日大小姐說的那番話，不過是為了穩住夫人罷了。她三言兩語勸說幾句，便免了我們母子一頓狠狠的責罰，你怎麼反而生氣了？」

蕭戎沒說話，轉身拿了空碗準備出去。剛走到門邊，就聽孟婉又說：「在府裡這麼多年，再難聽的話也沒少聽，從未見你往心裡去。今日這是怎麼了？」

蕭戎腳下一頓，卻未回頭：「無事。」

孟婉看著他僵硬又執拗的樣子，語氣溫婉：「戎兒如今也像個尋常家的少年般，有小脾氣了？」

木屋外，夜徹底黑了下來。

少年將藥碗沖洗了一遍又一遍，望了院門口幾次，卻不想今夜格外安靜。

◆

次日城郊的官道上，一輛馬車正慢悠悠地向前走著，車內滿是糕點的香氣。

香荷聽見車外傳來熱鬧的聲音，連忙拉開車簾，隨後驚喜道：「小姐，宛然小姐就在前面！」

蕭瀾一聽，立刻放下手中的糕點，興奮地望向車外：「她平時最不愛四處溜達的，怎麼今日竟到這兒來了？」

馬車越近，蕭瀾便越覺得不對勁。及笄禮將至，本該是值得高興的事，趙宛然卻是紅著眼眶，愁容滿面。

臨到跟前下，蕭瀾跳下馬車：「宛然，妳怎麼了呀？」

見到最要好的朋友，趙宛然顧不得身旁還有眾多家丁，拉著蕭瀾的手便哭了起來。

一路上的哭訴，聽得蕭瀾直皺眉。

「原本爹娘也是看好大師兄的，但瀾兒妳也知道，靈文山莊聲名在外，我爹又曾任武林盟主，及笄之禮的請帖剛發出去，便收到了好多提親的帖子。」

蕭瀾連忙拿出錦帕替她擦眼淚。

「其中更有與父親交好多年的世家，父親抹不開面子，不忍全部拒絕，便想了個折中的法子，讓武林人士說不出二話。」

蕭瀾眼角一抽：「不會是比武招親吧……」

此話一出，趙宛然哭得更厲害了：「大師兄雖得爹爹親傳，但始終年紀尚輕，哪裡比得過那些常年在江湖遊歷磨練的男子！我……我怕是要嫁給一個素未謀面的莽夫了！」

馬車一路走得慢，到達靈文山莊的時候，天已經黑了。

得知蕭瀾要來，趙家夫婦便雙雙出來迎接。見他們要行禮，蕭瀾急忙阻攔：「伯父伯母是長輩，看著我和宛然一起長大，又與父親是好友，可千萬不能向我這麼個小輩行如此大禮！」

趙夫人笑說：「好，橫豎也不在盛京城內，伯母便還是喚妳瀾兒可好？」

蕭瀾親暱地挽上趙夫人的胳膊，「自然是好！」

她一邊朝裡面走去，一邊悄悄問道：「伯母，宛然的婚事可還有轉圜的餘地？」

趙夫人低聲說：「妳趙伯父一生最要緊的便是義氣和面子，我也不知勸了他多少回。我與他只有宛然這麼一個女兒，他……唉。」

到了西廂房，蕭瀾便聞到了木芙蓉的香氣。趙宛然見她歡喜，就走上前來，「母親還記得妳愛用木芙蓉沐浴，一大早便命人採摘了，好好放著呢。」

蕭瀾甜甜一笑：「謝謝伯母！」

接著又俏皮地朝著一臉嚴肅的趙茂笑道：「也謝謝趙伯父！」

趙茂嚴肅慣了，卻冷不防地被蕭瀾逗笑：「舟車勞頓，妳好好休息便是。」

香荷替她放好了沐浴後要穿的衣服，抿抿唇問：「小姐，真的不用香荷在一旁伺候麼？」

「不用不用，今日妳也累了，去隔壁歇著吧，若有事我再叫妳。」

香荷聽見了，便順從地退出去，輕輕關上房門。

蕭瀾看著屋內的屏風，還有冒著熱氣的沐浴熱水，悠然道：「今晚可以好好享受一番了呢。」

她一邊說著，一邊解開了外衣的腰帶，眼見外袍脫了下來，只剩單薄的裡衣。

纖細雪白的手沒有半點猶豫，接著就準備將裡衣也一併脫下。

此時靜謐的房間內，傳來一聲不自在的咳嗽聲。

一道黑影從床後閃了出來。

蕭瀾歪了歪頭：「白日裡老是見著有道黑影在四周晃來晃去的，我還以為你打算一輩子偷偷跟著我呢。」

她的裡衣是進貢的白紗製成的，觸感絲滑，卻……有些透。譬如此刻，不必細瞧，便可輕鬆看見她裡面穿著的女子小衣。

蕭戎有些尷尬地扭頭看向別處。然而蕭瀾沒注意到這些，反而走近：「姊姊只是出個門而已，不過一、兩日便會回去了，你眼巴巴地趕來做什麼？」

女子特有的馨香撲鼻，蕭戎仍側著頭，「有話要問。」

蕭瀾挑眉，坐到了床榻邊，還順手拍了拍旁邊的位子。

蕭戎頓了頓，最終走過去坐下。

「你要問什麼？」

黑衣少年看向她，盯著她的眼睛：「妳昨日——」

話還沒說完，蕭瀾就抬手拍在他的胳膊上，「姊姊那是在替你解圍，你看不出來啊？雖然話是不怎麼中聽，但好歹也免了你們一頓皮肉之苦。」

她看著蕭戎，「我知道你不怕挨打，可……你母親總承受不住的吧？你若因為昨日那些不中聽的話便生了氣……」

「不是。」

「不是？」蕭瀾鬆了一口氣，忽而又問：「那你是要問什麼？」

「妳說……一時興起。」

蕭瀾先是一愣，最後仔細想了想才回憶起來，不禁笑道：「你就是因為這麼一句話，才大老遠跑來找我？」

見他又沉默，便知的確如此。

蕭瀾抬手摸了摸他的腦袋，習武之人對此頗為敏感，他卻未躲。「要真是一時興起才與你一起玩的，那昨日我還淋著大雨，去南院惹我母親生氣做什麼？」

蕭戎對上她的眼睛，試圖探出此話真偽。

蕭瀾坦坦蕩蕩地望著他，「阿戎，姊姊知道這些年你受了很多委屈，不願輕易相信外人。」

蕭瀾輕聲道，「可我又不是外人，我們是同父異母的親姊弟，是斬不斷的血脈手足。你明白我的意思麼？」

蕭戎點頭。

蕭瀾見他溫順聽話，忽然眼睛滴溜溜的一轉，打鐵趁熱地問：「既是至親手足，那就該不分你我對不對？」

蕭戎果真又點頭。

「既然如此，待陛下賞賜的東西到了，赤兔斬月刀歸你，黃金……姊姊替你保管如何？你放心！你母親買藥的錢自是要留的！

「其餘的麼……」蕭瀾一雙美眸閃著光，「姊姊替你去玉財坊走一遭，幫你贏個雙倍回來！」

蕭戎見她笑得高興，不自覺地也跟著唇角勾起，「好。」

此時外面傳來打更的聲音，昭示著夜已深了。

蕭瀾看了那已經有些涼了的水一眼，聳了聳肩：「算了，明日再洗。」

一邊說著，一邊脫了鞋襪躺到床的裡側，順帶著拍了拍身旁的位子：「你睡這兒吧。」

蕭戎一愣，連忙起身，「不用了。」

蕭瀾瞪他：「這三更半夜的，你是打算讓我把那些已經睡著的僕人叫起來，為你安排床鋪？」

蕭戎站得筆直：「我可以睡在樹上。」

「你乾脆說你還能睡在河裡算了。快點，又不是跟別的女子一起睡，自己的親姊姊又怎麼了？」

蕭戎依舊站著不動。蕭瀾坐起來，「好好好，那今晚咱們倆都別睡了。你站著我坐著，橫豎我是狠不下心讓你一宿不睡的。」

兩人僵持了不到一刻鐘，就聽見蕭瀾咳了幾聲。

蕭戎皺了皺眉，蕭瀾還是瞪著他。最後黑衣少年認命地走過來，合衣躺下。

蕭瀾得意地哼了一聲，「本姑娘才是整個晉安侯府最強的，你還差得遠呢。」

她扯過被子，蓋在了蕭戎身上。許是坐了整整一日的馬車，真的疲憊，闔上眼的下一刻，蕭瀾便睡熟了。

而身邊的人卻無比清醒。

她的黑髮又長又密，散落在枕頭上，傳來絲絲香氣。睡著時的人兒不像平日裡那般吵吵鬧鬧，反而恬靜溫順，縮成了小小一團，睡得安靜又香甜。

蕭戎微微側身，將裡面更多的位子讓了出來。這一動，竟惹得一縷髮絲落下，遮住了她的臉蛋。似乎是有點癢，她的睫毛顫了幾下。

他下意識伸出手，想要撥開那些許碎髮。不經意間，有些粗糙的指腹碰到了她白嫩乾淨的臉蛋，溫熱異樣的觸感襲來，他下意識地縮回了手。

第一次，與一個人同榻而眠，對象還是一個女子……

許是有些冷，蕭瀾朝著暖熱的地方拱了拱。

一整個夜裡，蕭家大小姐都睡得無比舒適，原本手腳發冷的毛病也未將她弄醒，反而像在夢中尋得了一個火爐，暖得睡意酣然。殊不知「火爐」本身卻是僵硬著一動也不動，任由她纏抱著，直至破曉來臨。

◆

清晨，蕭瀾伸著懶腰醒來，發現床邊空空的。

「阿戎？」

屋裡卻沒動靜。

「吱呀」一聲門被推開，趙宛然走了進來。外面似乎很熱鬧，蕭瀾探頭望了望：「宛然，這一大早的也有客人來？妳的生辰宴不是在晚上麼？」

趙宛然嘆了口氣，「是家僕在張羅比武招親的活兒，一個時辰過後就要開始了。」

她一邊說著，眼淚便撲簌簌地落了下來，「罷了，若是師兄要以命相搏，那我寧可不與他成親了！我看了來客名單，江湖高手有半數都在其中。今日……成敗已成定局了……」

看她哭得傷心，蕭瀾皺著眉，也不知該如何安慰。然而蕭瀾忽然想到了什麼，腦中靈光一現，「還有個法子，不知行不行，但也只能一試了！」

趙宛然臉上還掛著淚珠，雖不知蕭瀾想出了什麼法子，但見她頗為篤定，也只能相信了。

此次比武招親的陣仗堪比武林大會，江湖各路英雄奔波沉寂了多年，今日終得此機會，可以切磋武藝，一睹後生風采。

比武臺上，趙茂身姿挺拔，即便上了年紀，也絲毫不減當年武林盟主的氣度。

「今日我靈文山莊比武招親，為小女擇婿。承蒙諸位多年來對趙某的賞識、對宛然的憐愛，提親帖子過多，趙某與夫人實在不好定奪。既然如此，便乾脆以武會友，以定輸贏！」

話音剛落，便立刻有人答道：「趙莊主家教森嚴，趙小姐文貌俱佳，若有幸得此佳人，定不負趙莊主期望！」

鼓掌聲、叫好聲一片。趙宛然緊張地拉著蕭瀾的手。

「比武招親與以往規矩相同，兩兩對戰，勝者守擂，直至下一任勝者決出！最終站在這比武場上的英才，便是我靈文山莊的女婿！」

「既然如此，我先來！」此時臺下一位身高八尺的彪形大漢站了起來。此人魁梧健壯，一腳踏在臺階上，臺階立刻就有了裂縫。

蕭瀾一見，眉頭一皺，「怎麼頭一個看著便這麼難搞？」

「津南斧王孟克生，誠意求娶趙小姐！」

聲音粗獷地讓兩個姑娘下意識一顫，面面相覷。

趙茂問：「誰來迎戰？」

臺下一片安靜。若是拳腳功夫便也罷了，偏偏孟克生雙手持斧，素來便以下手狠毒為名，一樁婚事實在犯不著搭上性命。

趙茂看出眾人的顧慮，對孟克生說道：「孟公子是武林英傑，當知比武的規矩，切磋為主，點到為止。切莫傷了性命，傷了和氣——」

話還沒說完，就見一個黑衣少年走了上來。

蕭戎回屋見到蕭瀾留的字條，便照著字條上的意思來了比武場了。

見他面生，趙茂剛想問其來路姓名，蕭戎卻已經出手了。他大老遠就瞧見孟克生手上這對斧子，根本沒興趣聽廢話，只想見識見識這津南斧王的厲害。

快到幾乎反應不過來的一招，徑直朝著孟克生的面門而去。若不是趙茂側身得快，只怕就被結結實實地誤傷在這比武臺上。

孟克生抬斧便擋，只見那掌風忽然停住，面前的人倏地飛躍而起，踩著他的斧子一腳飛踢。孟克生全力一躲，蕭戎的腳尖擦著他的鼻尖掠過。

臺下皆是倒吸一口氣，實在太險！這結結實實的一腳，若是踢到了臉上，只怕連鼻子都要砸到嘴裡去了！

只是這一躲，讓大塊頭的孟克生失了準心，腳下一踉蹌，須臾間被人從後面掐住脖子，一隻胳膊從身後襲來，攥住他的手腕，奪了斧子。

緊接著孟克生整個人被猛地摁到了地上，膝蓋重重地砸在地面，那幾十斤重的斧子頓時高高舉起，少年的眼睛眨也不眨地將雙斧砍下——

「阿戎！」

蕭瀾驚出一身冷汗，下意識便叫了出來。

「砰！」

斧子擦著孟克生的臉砍入，深深地扎在了擂臺上。

幾縷頭髮被斧子斬斷，孟克生睜大眼睛，半天沒緩過神來。

蕭戎起身，理了理衣袖，「不過如此。」

堂堂津南斧王，不過區區幾招，便敗在了一個十幾歲的少年手裡？

直到孟克生被抬下去，也未有人敢上來與之一戰。平靜了多年的江湖，在今日掀起波瀾。

臺下幾個老者摸著鬍子，連連說：「後生可畏、後生可畏啊。」

此時一道突兀的聲音由遠及近。

「真是精彩！久聞靈文山莊少莊主美貌動人，文采俱佳，剛到及笄之禮，便提親帖子無數。如今見到各家英雄紛紛前來，當真是應了那句窈窕淑女，君子好逑啊。」

蕭瀾聽著覺得這聲音有些耳熟，定睛看了看，火從丹田湧來：「他來湊什麼熱鬧！」

墨雲城一身白衣，信步走了過來。

他身旁僅跟著一名侍衛，也敢大搖大擺地來此招搖。

「既然是以武取勝，便是武藝高超者皆有機會了？」墨雲城好似閒暇地走近，對趙茂道：「北渝劍客不遠千里，特來討教，就是不知趙莊主肯否捨得令媛遠嫁北渝？」

見墨雲城胸有成竹地來砸場子，蕭瀾倏地看向比武臺上的蕭戎。

原是想著讓蕭戎來抵擋幾人，總能讓秦孝多幾分勝算，幫趙宛然爭取一些機會。卻不曾想過武林高手並非想像般的好對付，初來一個津南斧王便讓她緊了心。

而這個北渝劍客……分明就是墨雲城找來的頂尖高手。

她望著蕭戎，卻見人家正饒有興趣地盯著北渝劍客手裡的那把劍，分明是等不及要應戰了。蕭瀾肩膀一垮。

這倒可好，請神容易送神難，事事都聽她話的乖弟弟，偏偏見了兵械不要命。

「敢問……來者何人，姓甚名誰？」

「鄙人一介書生，不足掛齒。」墨雲城笑道，「我身旁這位，想必大家也聽說過，獨孤劍仙門下僅有一名高徒——」

「莫、莫不是殷寒？」

墨雲城挑眉，「北渝第一劍客，趙姑娘若是嫁了，也不算委屈吧？」

趙茂根本沒預料到事情會發展到如此地步，原本僅是相識的世家之間的比試，眼下竟騎虎難下。若是不應戰，便是懼了北渝。若是應戰……恐必輸無疑。

「聽聞北渝獨孤劍仙盛名天下，尋遍了列國才找到一個合他眼緣的徒弟，將畢生所學都傾囊相授。且他天賦異稟，提前出師，是北渝皇族欽點的門客。」

趙宛然看了不遠處的秦孝一眼，低低地說，「我寧可抹脖子拒婚，也不能讓秦師兄與之比試。」

蕭瀾歪了歪頭，盯著墨雲城那張討人厭的臉，忽然計上心來。

第四章　疑心

此時正僵持不下，趙夫人聽了底下婢女傳上來的話，立刻起身說道：「既然今日是為我女兒擇婿，那諸位可否容我說幾句？」

「這是理所當然！趙夫人請講！」

趙夫人看了臺上的蕭戎一眼，又看了看臺下的殷寒。「剛才見出手的這位少年身手不凡，又聞北渝劍客天下無雙，靈文山莊既昭告天下比武招親，自然也不會食言。不過二位既是高手，那麼再加一條比試規矩來逗逗趣，想必也無傷大雅？」

未等兩位回答，家僕便已上來，在比武場上圈出了一塊地方。

「兩位都是天生武才，不如加上限制比武場地一條如何？若越了界，便算輸了。」

聽起來，倒也不是什麼刁鑽的規矩。

趙宛然不明所以：「灡兒，這法子當真管用？聽起來似乎……也沒多大的用處。」

蕭灡聳聳肩：「障眼法罷了，以前在一本武學古籍上看到的。聽聞練劍之人須得專注，若是時時要注意腳下不能越界，應該能使他分神一二。」

「那妳找來的那個高手，豈不是也要分神？」

「我那是讓他打不贏就趕緊踩線出來，免得被這什麼北渝劍客追著刺，萬一傷著了怎麼辦？」

趙宛然歪了歪頭：「妳怎麼這麼關心他？」

蕭瀾挑眉：「誰讓他長得好看呢，比妳的秦孝哥還好看！」

趙宛然臉紅了：「什麼我的……」

此時比武鐘聲響起，蕭瀾和趙宛然看過去，便見殷寒飛身上臺，身姿輕巧，落腳沒有半點聲音。

兩人站在同一圈內。

蕭戎難得主動開口說了話：「你若輸了，便把你的劍給我玩玩。」

殷寒冷笑：「自古劍客劍不離身。人在劍在，人亡劍毀。」

蕭戎轉了轉脖子，眸中有些興奮。

剎那間，殷寒拔劍襲來，劍身泛著銀光，如響尾毒蛇般瞬間便到了蕭戎的頸部。少年不躲反攻，一腳踢向殷寒握著劍的手腕，殷寒閃身換了方向，劍鋒直指蕭戎的胸膛。

臺下的蕭瀾看得心驚膽顫，眼睛緊緊盯著臺上交手的兩人，卻忽覺有人在盯著自己。她本能地看過去，就看見墨雲城正拿著酒杯，笑著朝她舉了舉。那笑容，挑釁又風流。

臺上打得如火如荼，每每雙方行至險招，眾人皆是滿臉震驚之時，兩人偏偏又見招拆招，化險為夷。驚險萬分，卻又無比過癮。

連連有人讚道：「好久沒見過這般熱血的比武了！」

只是整整三刻鐘都未見比武分曉。

蕭瀾正捉摸著要出個什麼歪主意，倏地便見蕭戎在殷寒一劍刺來之時，忽然手腕一動，殷寒猝不及防地突然收招躲避，腳下毫無意外地越了界。

越界即為輸。

殷寒怒道：「你使什麼暗器！」

蕭戎面無表情：「沒說不讓用暗器。」

正派劍道出來的殷寒，被這光明正大的耍賴噎得說不出話。

雖勝之不武，卻也將這北渝劍客擋了下來。趙茂立刻笑道：「趙某未將規矩說清楚，是趙某的錯。在我們大梁的比武擂臺上，各憑本事，想來與北渝的比武規矩不同，還請殷公子多擔待。」

墨雲城起身，「無妨無妨，本來也是切磋武藝，輸了一、兩分也沒無所謂。今日叨擾了，還望諸位海涵。」

趙茂從善如流：「恕不遠送。」

出了靈文山莊，墨雲城斂了笑容，側過頭來：「如何。」

殷寒頷首：「變化莫測，招招致命，必是血衣閣的招數。且他已練得爐火純青，百招之內，我並無勝算。」

墨雲城一笑：「果然有意思。」

此番比試下來，在坐諸位無不見識到了臺上少年的路數。

見沒人再敢上臺比試，蕭瀾忙對趙宛然說：「該讓你家的秦孝哥上場了。」

不用蕭瀾和趙宛然提醒，秦孝已經上臺了。再不上臺，恐怕就要默認這黑衣少年勝出，成為靈文山莊的乘龍快婿。

難得見一如此根骨天賦的好苗子，趙茂卻並不歡喜，他走到臺下，喚了聲「徒兒」。

秦孝立刻單膝蹲下，恭敬道：「師父自不必擔心，此人雖武功高強，徒兒未必能贏，但為了宛然妹妹，即便拚上徒兒這條性命也在所不惜。」

「好孩子。」趙茂拍了拍秦孝的肩膀，「為師自然是希望你能娶了宛然。」

他看向蕭戎，低聲道：「此人功夫詭譎，招招之間盡是果決殺意。小小年紀便習得如此狠毒嗜血的招數，必不是師從什麼好路子的。你多加小心。」

這邊趙茂叮囑著秦孝，那邊蕭瀾也匆匆跑到臺下，朝著蕭戎招手。蕭戎走過去蹲下，蕭瀾仰著頭：「這個秦孝絕對打不過你，一會兒你就踩線出來，讓他贏，好不好？」

蕭戎不說話。一見他是這個態度，蕭瀾美眸一瞪，又問了一遍：「聽沒聽見姊姊說話？」

蕭戎說：「我不喜歡輸。」

「……」蕭瀾被他氣得發笑：「那你贏吧，這可是比武招親，贏了就要娶媳婦的！」

蕭瀾指了指坐在不遠處的趙宛然，「喏，看見了嗎，就是那個漂亮姑娘，與你同年，是姊姊的好姐妹。你若贏了，她正好嫁到咱們府上，我倒是樂得自在。」

蕭戎順著她指的方向看過去，趙宛然正擔心地抹著眼淚。那副柔弱含羞的樣子，看得蕭戎皺起了眉。

蕭瀾打鐵趁熱：「此後你們便要同桌吃飯，同榻而寢……」

「……好了，知道了。」他站起身，想了想，從身上掏出個紙團還給蕭瀾，「下次寫清楚。」

蕭瀾打開紙團，「噗嗤」一聲笑了出來，也明白了他的意思。她怕他不識字，還專門畫了比武的場面叫蕭戎來比武，卻沒告知是比武招親。

「姊姊這不是怕你不識字麼。」

蕭戎沒好氣道：「母親教過我識字。」

「好好好，下回一定說清楚。一會兒讓秦孝贏得好看一點，咱們這可是在做好事。你乖乖聽話，姊姊有獎賞！」

讓一個輸比死還難受的熱血少年認輸，著實費了蕭瀾一番口舌。

好在蕭戎聽話，真真假假地與秦孝過了幾十招，將人打了個鼻青臉腫，最後自己腳一滑，踩過界線。原本一樁嚴肅的比武招親，最終以莫須有的一次失誤，惹得大伙哄堂大笑，直讚秦孝運氣好，也笑他與趙宛然是天生的姻緣。

遲則生變，趙茂當場就宣布了秦孝和趙宛然的婚事。好在是虛驚一場，趙宛然一把抱住蕭瀾，「瀾兒！妳可真是我們的福星！下輩子我要做牛做馬地報答妳！」

蕭瀾心裡也高興，「那我可就記下了，妳和妳那未來的夫君可是欠了我一個人情。」

趙宛然重重地點頭。

蕭瀾一笑：「好啦，我得去哄哄我家那位做好事不留名的高手了。」

蕭戎下了比武臺，就看見一張嫣然笑臉。蕭瀾迎上去，正準備與蕭戎一同離開時，聽見了身後趙茂的聲音，「貴客請留步！」

蕭戎沒興趣聽他們寒暄，便獨自離開了。蕭瀾挑眉，心想這小子脾氣還挺臭的。她轉過頭來對趙茂道：「趙伯父勿怪，他比較認生。」

趙茂看著蕭戎走遠的背影，問道：「聽夫人和宛然說，是妳找來這位高手的。你們……是怎麼認識的？」

蕭瀾剛想說這是我弟弟，還未開口，便見趙茂一臉嚴肅道：「我與妳父親從十幾歲時便認識。有些話即便難聽，伯父也需叮囑妳。」

蕭瀾也正色：「您請說。」

「此人身手招數不同於正道門派。他出招俐落，身形詭異，每一步，都是奔著取人性命去的。他似乎根本不知什麼叫切磋武藝，什麼叫點到為止。」

「伯父以為如何？」

趙茂直言不諱：「自然不是什麼好事！他恐怕不是什麼好人，如此年紀已有如此殺性，該是從小練出來的。據我所知，這是江湖上那些見不得光的組織培養殺手的法子。」

蕭瀾不可置信地愣在原地。

「伯父知道妳是擔心宛然才出此下策，想必也是花了重金才請到如此高手，銀錢伯父會一分不少地送到妳府上。瀾兒，好孩子，快快用銀錢打發他，此後切勿再見面了。否則他日血災臨門，便悔不當初啊。」

蕭瀾沉默許久，終道：「我知道了。」

◆

生辰宴上多喝了幾杯，夜裡蕭瀾口渴醒來，見屋裡有一道黑影，嚇了一跳。她定睛看過，這才鬆了一口氣：「你站在那裡做什麼？不是已經替你收拾好屋子了麼？」

蕭戎走過來，「他們還未離開。」

無須多想，蕭瀾便明白了。她坐起來，「那你消失了一下午，就是追著墨雲城和殷寒去了？」

「嗯。」

「你不回房睡，也是要在這兒保護姊姊？」

她說著話，被子一邊滑落了下來，露出有些透的裡衣。蕭戎一見，立刻別過眼去，「嗯」了一聲。

蕭瀾若有所思，「前線戰事正酣，他大老遠從北渝來大梁，卻又遲遲不進宮面聖，反倒四處閒逛，確實奇怪。」

外面傳來打更的聲音。肩頭露在外面有些冷，她重新躺下，往被子裡縮了縮，「那今日你還是同姊姊一起。」她一邊說著一邊往裡邊挪了挪。

蕭戎原本是想拒絕的，但想起上次兩人僵持了半天，最後還是聽了她的，這回便乾脆聽話地走過去，合衣躺下。溫熱的被子蓋了上來，伴隨著淡淡的香氣。
「你怎麼像個火爐一般呀？」蕭瀾舒適地往他身邊湊了湊，不經意間看到了他側頸的疤。那條疤猙獰地蔓延到了衣服裡面，蕭瀾想起了白日裡趙茂說的話。
纖細的手指，輕輕撫上了那道疤。少年身體一顫，側過臉來看她。
四目相對，心頭一蕩。
他看著她唇色殷紅，聽見了她婉轉好聽的聲音。
「阿戎，這些年……你是不是吃了很多苦，受了很多傷？」
他看著她，卻沉默著，好看的臉上看不出一絲波瀾。
「今日比武，有人看出了端倪，便來問我。」蕭瀾輕輕地說，「但是阿戎，比起他們說的，姊姊更願意相信你。但凡有一條陽關道，都不會有人願走那孤僻危險的獨木橋的。」
被子裡，她握住了蕭戎的手，上面是粗糙的繭和疤。
「或許……或許以前你做了一些事，甚至是一些不好的事。即便你不說，姊姊也明白，你不過是想活下去，是想讓你母親也活下去。」
他的眸中微微波動。
「阿戎，想活著並非什麼罪過。即便走錯了路，也並非完全無可救藥。」她看著蕭戎的眼睛，「若是為了銀錢，那便不必再擔心了。日後買藥、起居，自不會短缺你們一分一毫。姊姊說到做到。
「所以阿戎，若是那條路……身不由己又危險萬分，那便退回來可好？」

夜很靜，久久未傳來打更的聲音，屋內兩人的呼吸聲清晰可聞。

他沉默著，看著她一點一點地睡熟，回想著剛才的每一句話。

『姊姊更願意相信你。』

『阿戎，想活著並非什麼罪過……』

『若是那條路身不由己又危險萬分，那便退回來可好？』

夜色更深了，外面再次傳來打更的聲音。

只是聲音太大，在這靜謐的夜裡，掩蓋住了那聲低低的「好」。

翌日清晨，西廂房裡傳來一聲悶哼。天還未全亮，蕭瀾睡眼惺忪，只覺得手腕被人緊緊攥住，疼得她不得不醒了過來。

只是還未弄清原由，便覺得有些不對勁。

她睜眼，對上蕭戎那雙深邃……卻又帶著絲絲窘迫的眸子？

蕭戎聲音沙啞：「妳、妳放開。」

她的手上傳來異樣，似乎正握著什麼硬物。蕭瀾朝下望去，便見被子凸起了一處。

「啊！」她手上的東西竟活生生地還在變大，隔著衣物都能感受到那灼熱的溫度。

這、這是男子的……

她「唰」地紅透了臉，手忙腳亂地想要撤回手，偏偏忙亂間，手上使了力，須臾間只覺指尖傳來

溼潤的觸感，伴隨的還有一聲隱忍的呻吟。

她愣愣地仰頭望向他，只見任何時候都面無表情的少年，此刻正直勾勾地盯著她，眉宇眼梢，竟是從未見過的野性，似乎霎時便能將她拆吃入腹。

「對、對不起啊！」她慌忙逃出被子，穿著單薄的裡衣縮在一旁，耳垂紅紅的，「姊姊不是有意的，你別生氣。」

一聲「姊姊」，剎那間讓他恢復了原本的清冷淡漠，他起身將被子還給她。

「要不，」蕭瀾從枕下拿出一塊輕紗錦帕，「你先擦一下？」

他看著那塊錦帕，是她貼身之物。蕭戎接過來，又拿起了她的手，仔細地擦拭。

「抱歉。」

「啊？」蕭瀾一聽，連連擺手，「是姊姊不好，聽說男子清晨時便會……我睡得太熟，竟……阿戎，你別生氣就好。」

他點了點頭，一言不發，腦中卻閃過剛剛難以言喻的異樣快感。

她的手很小，又軟，握住後……

片刻的出神，瞬間讓下身再次蠢蠢欲動，蕭戎立刻起身，「我去換件衣物。」

「好好好，你快去吧。」

蕭瀾看著他離開的背影咂咂舌，回想起以往看過的話本，喃喃自語道：「阿戎年僅十五，那物……卻比尋常話本上的男子大了許多，會不會是什麼隱疾？」

香荷很快便來伺候更衣，蕭瀾一邊妝點著自己，一邊暗自思忖著這事。以他那木訥的性子，而那又是隱私之處，斷不會自己去看大夫。橫豎這事還是得由她這當姊姊的多操心一下才是，萬萬不能誤了弟弟將來娶親這等大事。

◆

原本只打算陪趙宛然過完生辰便離開的，誰知幫她解決了終身大事，反而被纏得脫不開身。女兒家的私房話說起來沒完沒了，原本兩日的安排，竟硬生生地拖了快半個月。

最終，還是蕭瀾一臉決絕地站在馬車旁：「趙大小姐，您回去陪您那未來的夫君不成麼？我娘都口信催了三回了，我回去挨鞭子，難不成妳還能替我挨麼？」

「哎呀，郡主娘娘又不會真的打妳。瀾兒，妳真的要走了啊？」

蕭瀾重重地點頭，「待妳成親時我再來吃喜酒！」

馬車終於駛上了官道。夕陽下，塵土飛揚著，趙宛然遠遠地目送著蕭瀾的馬車越走越遠，直至快要看不見。

秦孝陪著她站在原地，「宛兒，日子還長，妳們姐妹倆若是想見，隨時都能見的。」

聽了秦孝的話，趙宛然才輕嘆口氣，搗了搗胸口，「也不知怎的，這回見面，竟怎麼也不想讓瀾兒離開。就好像……或許是我近日睡得不安穩，神思憂慮了。」

馬車上，蕭瀾滿意地瞧著那盒桃花軟玉糕，「這是母親最愛吃的，她見了肯定捨不得罵我貪玩了。」

香荷笑道：「小姐買了這麼多，怕是早為自己也留出一份了吧？」

「嘖，就妳機靈。」說著，蕭瀾拉開車簾四處望望，「已經有好些天沒見到阿戎了，他莫非是先回去了？」

香荷搖頭：「不知道呢。蕭戎……少爺好像總是突然出現，然後突然就又消失了。」

蕭瀾點點頭，「這就是傳說中的神龍見首不見尾！」

回到侯府的時候，已到了晚膳時分。蕭瀾下馬車時，正碰見前面國相府的馬車離開。

她挑眉：「上次秋獵的銀子居然到現在才送來？下回我必得好好收拾收拾那燕符！」

柳容音見著女兒回來，柳葉眉一挑：「妳還知道回來？」

蕭瀾嬉笑地挽上柳容音的胳膊，「當然要回來，娘親最重要呀！香荷，快幫我把那盒桃花軟玉糕呈上來。」

「妳就仗著這張甜嘴。」柳容音笑著捏了捏她的臉蛋，「國相府上的馬車妳瞧見了麼？」

「自然是瞧見了，滿盛京城也就他家的馬車最花枝招展。怎麼，娘也喜歡那樣的馬車？那改日我也弄一輛來！」

「少貧嘴了。燕國相夫人今日親自登門，替他家的獨苗求親。」

蕭瀾一愣：「他們想讓我嫁給燕符？」

柳容音點頭。

「我呸！真是太不要臉了！就燕符那文不成、武不就的阿斗樣子，還妄想跟咱們家攀親？娘您沒答應吧？」

柳容音先是皺眉：「姑娘家的怎麼如此粗俗？」

蕭瀾抿抿唇，「就是被氣到了呀。娘您不會答應了吧？您若是答應了，我立刻去北渝找爹爹做主！」

「嘖，妳這孩子，娘怎會害妳？自然是不答應的。只是國相夫人走的時候面色不佳，想來是一輩子順風順水，臨到老了，竟被人駁了這麼大的面子。」

蕭瀾不以為然：「那也是她咎由自取。自己孫兒是個什麼德行，莫非心裡沒數？還妄想般配與我，那廝怕是在爹爹手下連三招都過不了，更別提進咱們晉安侯府的大門了。」

聞言，柳容音上下打量了她：「瀾兒，妳如今看人，竟是把身手武功放在首位了？莫不成將來也要嫁個像妳爹那樣的將軍？」

蕭瀾歪歪頭：「橫豎是不嫁王公貴族的，您與皇后娘娘就省點心吧。」

說完，不等柳容音反應過來，蕭瀾便拉著香荷跑了出去。

兩人去南院溜達了一圈，也沒見到蕭戎。蕭瀾留了張字條在南院門口，便回房沐浴睡下。卻未想到會在當日夜裡，就被十分吵鬧的聲音擾了美夢。

她睜眼便瞧見屋裡有個黑影，那人迅速過來捣住了她的嘴巴，蕭瀾借著微弱的光看清了來者的臉，這才鬆了一口氣。

「你剛回來？」

蕭戎點頭，「看見妳的字條就來了。有事？」

「倒也沒什麼大事，就是問問你這些日子去哪了。」她裹了裹身上的被子。

蕭戎沒說什麼，從身上拿出一樣東西放到她手上。

蕭瀾一看，立刻笑出來：「不過是一塊錦帕，你怎麼還親自去買？嗯……」她仔細看了看，「倒是與原先那塊相差無幾。哎，對了，原本那塊你放哪去了？」

蕭戎一頓，隨後道：「扔了。」

蕭瀾見他面色尷尬，後知後覺這問題問得不妥，都擦了他那些東西……怎會拿回來還給她？真是……說話不過腦子！

蕭瀾收起新的錦帕，此時忽然響起「咚咚」的敲門聲。

蕭戎立刻起身，蕭瀾一愣，清晰地看見他袖口的一圈血跡。還未等她應，門邊已經開了，香荷氣喘吁吁地推門進來，卻見一黑影，當即嚇得腿一軟，下一刻便被蕭戎捣住了嘴。

「香荷別怕，是阿戎。」

香荷立刻點點頭，蕭戎也鬆開了手。

「這麼晚了，妳這般匆忙地過來有何事？」蕭瀾問道。

「小、小姐，今夜全城戒備，出了大事！」

蕭瀾起身披了件衣服，走到香荷面前，拍著她的後背幫她順氣：「妳慢慢說。」

「今、今夜國相府進了刺客，燕符死了！」

◆

外面街上喧嚷，屋內一片安靜。香荷退下後，屋內就只剩下兩人。

蕭瀾轉過身來，對上蕭戎的眼睛，「阿戎，是不是你？」

蕭戎看著她，「不是。」

「那你可知是何人所幹？」

蕭戎沉默。

蕭瀾了然於心。她走近，輕輕握住蕭戎的一隻手，「這血跡……你是受傷了麼？」

她仔細地翻開他的袖口檢查，而近在咫尺的蕭戎只要微微低頭，便能看見她裡衣內的好光景。他頓了頓，別開目光，開口道：「妳信我？」

沒看到有什麼傷處，蕭瀾抬起頭來：「你既說了不是，我又何必懷疑？姊姊就是擔心罷了。」

她拉著蕭戎的手坐到床榻邊。「你一連幾日不現身，偏偏今夜回來，燕符便死了，怎能讓我不擔心呢？平時旁人近我的身，你都不許，若是燕符那廝仗著家世要娶我，我怕你一時衝動。」

「我答應過妳，便不會食言。」

聽見這話，蕭瀾挑眉：「那殺他之人，你當真知道是誰？」

「知道。動手之時，我在。」

蕭瀾睜大了眼睛，「那你衣物上的血跡……」

蕭戎點頭，「燕符的。」

見她不明白，蕭戎又說：「回來聽聞他家前來提親，原準備警告他一番，碰巧遇上他的仇家索命。」

「可你看見了刺客的臉，對方竟也沒動你？」

蕭戎難得一笑：「他打不過我。」說著還看了衣袖一眼，「故意濺了我一身血。」

燕符那廝驕縱頑劣，有仇家不足為奇。橫豎不是蕭戎殺的，蕭瀾便也不再多問，只是些微皺起了眉。

蕭戎看著她，「擔心什麼？」

蕭瀾說：「阿戎，你說會不會太巧了？前腳國相夫人來我家提親，後腳燕符就死了。我們兩家不睦已久，若是聯姻，原本可緩和一二，可偏偏……母親是拒親。你說，旁人會怎麼想這件事？」

蕭戎從未涉入朝堂，但蕭瀾深知其中利害。

「旁人會覺得，燕符一死，即便陛下賜婚也無濟於事，文武大臣的和睦相處自然告吹。而且……」蕭瀾面色不佳，「國相府會將此事歸咎到誰頭上？」

越想越覺得事有蹊蹺，蕭瀾叮囑道：「這沾了血的衣服你記得燒掉，別留痕跡。今夜之事，只有你我二人知道，切不可告訴旁人。」

「好。」

◆

此後一連數日，蕭瀾都格外注意國相府的動靜，事情卻並非她所料的那般。國相府下葬了燕符，刑部則繼續搜查凶手。而燕家也並未懷疑到蕭家府上，反而公開致謝了蕭府所設的路祭。連日來的消息都沒有出現端倪，蕭瀾這才放下心來。

闔宮宴飲如約而至。

蕭瀾坐在馬車裡，正百般討好地哄著柳容音。

「母親就別生氣了，此次是陛下和娘娘親自允許蕭戎去的，若是不去，豈不是抗了聖旨？」

「妳少誆我！若不是妳帶他去靈文山莊比武，一時聲名大噪傳到了宮裡，陛下和娘娘豈還能想得起他是誰麼？」

蕭瀾挑眉：「怎麼想不起？當日秋獵他便入了陛下的眼。娘，橫豎您才是嫡母，子女們有出息，誰不說是您教導有方呢，對不對？」

還未等柳容音答話，便已到了宮門口。

柳容音下了馬車，看見蕭契和蕭戎一左一右地站在一旁。

不比不知道，這一比便能看出高低。即便她再挑剔，也不得不承認孟婉那賤人的確命好，馬廄旁竟也生得出這般英武不凡的兒子。

蕭瀾一看那套為蕭戎在琳琅閣新買的衣物，他穿著正合身，臉上立刻漾起笑意。柳容音在，也不好明著誇讚，便悄悄地朝蕭戎眨了眨眼，那模樣好生招人喜愛。

再看蕭契，蕭瀾立刻變了臉色，「不要臉，我有讓你來幫我過生辰了麼？瘸著腿也要跑來，也不嫌自己丟人！」

「瀾兒，怎麼跟兄長這樣說話？」柳容音看了蕭戎一眼，「當真不知是誰出來丟人。」

蕭契忙說：「大伯母，妹妹是開玩笑的。勿說是挨了板子，即便是再重的傷，也不能錯過妹妹的生辰。」

柳容音笑了笑：「契兒大度，不與妹妹計較便好。」

蕭瀾一聽就來氣，正準備再嘲諷兩句，便見著前面有人來了。

此人身形勻稱健碩，一身銀白蛟龍長袍，白面紙扇在手，笑得溫文爾雅。

「謝凜見過郡主娘娘。母后得知您酉時入宮，便叫我在此迎接。」

柳容音當即笑容滿面，「十五皇子萬不可向臣婦行禮，免得叫旁人瞧見了，說是晉安侯府武將出身，連當家主母也不知禮數深淺了。」

一邊說著，柳容音一邊將蕭瀾拉了過來，「瀾兒，見過十五皇子。」

雖說幼時見過，但已是過了多年，早就不記得了。偏偏自家母親還有意撮合，蕭瀾敷衍地行了禮：「見過殿下。」

「幾年不見，瀾兒妹妹果真是靈動驚豔了。」

「殿下身分尊貴，還是喚我名字比較得體。」

柳容音一聽蕭瀾又在大言不慚，暗自掐了自家女兒一把，蕭瀾吃痛地皺了下眉，模樣可愛極了。

微風拂過，輕舞起她的髮絲，襯著她白皙無瑕的肌膚。一雙美眸含俏，勾起了男子心中的漣漪，令面前這位高貴的皇子殿下一時看愣了神。

驀地，一道不善的目光射在身上。謝凜下意識挪了目光，對上一副冷若冰霜的眸子。

那少年俊美得很，他想，卻也渾身是刺。不過深秋季節，此人竟已周身寒氣。

一路上，柳容音與謝凜相談甚歡，蕭瀾被柳容音拉著，時不時還要搭上兩句話。終於到了宴廳，蕭瀾如臨大赦，立刻拉著蕭戎到小輩席上吃瓜果。

戌時三刻，陛下和皇后駕到，眾臣攜家眷跪地行禮。

見蕭瀾坐在小輩席上，梁帝笑道：「今日的壽星不上座，怎麼反而坐到尾席位去了？」

高禪立刻代陛下有請：「請慕安郡主上座——」

盛情難卻，蕭瀾行了禮，坐到了專門為壽星留出來的位子上，恰好也在謝凜旁邊。

「今日，是晉安侯嫡長女蕭瀾的生辰，」梁帝舉杯，「晉安侯多年來為國征戰，為朕平定邊疆，功不可沒。今日他雖不在，朕卻知他必將凱旋歸來！」

眾人紛紛舉杯，「賀慕安郡主生辰！賀晉安侯凱旋！」

一杯飲盡，梁帝看向蕭瀾：「瀾兒，妳如今也到了議親的年紀，可有心上人啊？」

蕭瀾一笑：「這事自有父母做主，蕭瀾不敢擅專。」

「妳可別誆人，朕可知道妳是什麼脾氣，妳父母還管得了妳？橫豎妳也是朕看著長大的，論輩分還要叫朕一聲舅公。妳的婚事，朕也是不得不操心的。」

這話中有話，蕭瀾下意識看向柳容音。

柳容音連忙起身行禮：「黃口小兒的婚事，豈敢叨擾陛下費心，臣婦——」

話還未說完，梁帝便擺手：「清河不必擔心，朕必不會委屈了瀾兒。高禪，宣貴客覲見。」

高禪清了清嗓子：「有請北渝八皇子上殿——」

蕭瀾面色一僵，百般詫異地看向梁帝。

墨雲城身著北渝皇族的飛羽雲霞袍，身材周正，舉手投足間從容風雅。

「北渝墨琰，見過皇帝陛下。」

梁帝指了指蕭瀾，「八皇子求親聖貼上所說的蕭瀾，可是眼前這位姑娘？」

墨雲城一笑，「正是。」

蕭瀾不明所以地看著他，只聽墨雲城說：「大梁與北渝交戰多年，在北渝，晉安侯的名字可謂是如雷貫耳，雖是敵人，卻也不得不仰慕晉安侯的驍勇風采。戰事打了多年，民不聊生，何不添椿喜事，共築兩國安康？」

梁帝一笑，「八皇子所言之語，當真代表你父王的決斷？」

墨雲城淡然一笑：「想必陛下還未知曉，兩個月前，父王冊立東宮，如今……北渝太子的話，自是可以算數的。

「我北渝，願將晉安侯所奪下的三座城池獻給大梁，日後每年進貢金銀財帛，兵械馬匹。凡兩國之事，當尊崇大梁聖意，此後相安無事，萬里無虞！」

一席話出，眾生譁然。兩國爭鬥了幾十年，原本的寸步不讓，怎的忽然軟了心性？新官上任尚且三把火，這新晉的東宮太子，竟是如此草包懦弱之輩？

梁帝哈哈大笑：「這等聘禮，是否太過貴重了啊？」

墨雲城挑眉：「將門嫡女，又是陛下親封的慕安郡主，我既誠意娶之做為未來的太子妃，太過吝嗇……總說不過去吧？」

梁帝滿意地點了點頭：「太子妃，自然不算委屈。既然如此，此事就這麼說定了。」

蕭瀾當即便要起身，卻被謝凜暗中拉住了衣袖，「事關兩國戰事，若當眾駁了陛下的面子，於妳、於你們蕭家，皆百害而無一利。」

蕭瀾看向柳容音，後者面色不佳，卻也不動聲色地朝她搖了搖頭。

席間樂聲不斷，梁帝與墨雲城談笑風生。

蕭瀾看著眾臣恭維討好的樣子，心生厭惡。

「瀾兒妹妹與其在這兒生悶氣，不如去瞧瞧妳帶來的那位小兄弟。」旁邊謝凛搖著一把白面摺扇，莫名香氣撲鼻。蕭瀾下意識皺了皺眉，沒見過男子也這般愛用香的。她望向下席，本該坐在那裡的少年已經不知所蹤。

蕭瀾接著便起身，卻聽到墨雲城玩味的聲音：「這宴席才剛開始，蕭姑娘便乏了麼？」

「瀾兒，」梁帝喝得面色微醺，「妳這是要去哪兒啊？」

「父皇，」還未等蕭瀾回答，謝凛就已經起身，「欽天監上報，今晚月色甚好，是幾十年難得一見的景象。慕安郡主聽了饒有興趣，便想獨自一人去看看。」

「既是賞月，一個人未免太過孤單。」墨雲城笑道，「還望陛下——」

梁帝笑得爽朗：「去吧去吧，你們年輕一輩總是愛看這些稀奇景觀。橫豎是未來的夫妻，一同去賞月也無妨。」

「謝陛下成全。」兩人一同出了大殿。

皇后溫婉笑道：「未曾想今日居然能將瀾兒的婚事定下，陛下當真是讓臣妾措手不及，此時反倒沒有了吃酒的興致呢。」

「哦？皇后何來的措手不及？」

「陛下都親自操心瀾兒的婚事了，臣妾做為皇后，豈有撒手不管的道理？瀾兒既是晉安侯嫡女，又是您親封的慕安郡主，這嫁妝、禮法，臣妾可得仔細操持呢。」

「原來是這樣，」梁帝滿意地點了點頭，「還要勞煩皇后操心了。」

皇后立刻起身行禮，「臣妾看著瀾兒長大，如今她要嫁人了，欣喜之餘難免有些不捨，一時傷感，恐擾了陛下的興致。還望陛下體諒，允臣妾先行退下。」

梁帝擺擺手，「皇后仁善、疼愛小輩是好事。來人，送娘娘回宮。」

「陛下，臣婦陪娘娘一同回去吧。」柳容音笑容得體，「瀾兒的婚事如何操持，還需娘娘指點。」

「也好也好，妳這做母親的，自然是要百般費心了。」

柳容音上前，按照宮中禮儀扶皇后回景仁宮。面上雖坦然，卻無人知曉她藏在袖中的手，已在微微顫抖。

御花園中。

蕭瀾睨了跟出來的墨雲城一眼，「你究竟想要做什麼？」

墨雲城挑眉，「還能做什麼，娶妳，自然是看上妳了。」

「上回沒扎死你，真是一大敗筆。」蕭瀾對上他的眸子，「你要什麼就直說，反正你是娶不到我的。」

「這麼肯定？」

蕭瀾一笑，「我爹若是得知這消息，他是絕對不會同意的。到時候他脾氣上來，說不定直接殺到你們北渝皇宮裡去，這樁婚事自然成不了了。」

「呵。」男子走近，「蕭家人果然都是清一色的狂妄之徒。妳爹在戰場上大殺四方，妳便在盛京城，甚至在這皇城之中耀武揚威？」

蕭瀾諷刺道：「總比有些人打不贏仗，就靠娶女人這招來得體面。」

墨雲城也不惱，只低頭看著她，「莫不成蕭姑娘還不知道，北疆突發寒潮，如今不過深秋，便已凍死了許多人。原本穩贏的局面……現也成了變數。」

蕭瀾面色一僵，「你說什麼？」

「若是靠你們蕭家在戰場上就能贏，陛下又何必冒著得罪重臣的風險，讓妳聯姻呢？」

墨雲城好似閒暇地望向夜空中的圓月，「若想要妳爹平安從北疆歸來，還是聽話點，嫁給我可好？」

「為什麼非得是我？」

墨雲城笑說：「蕭家百年軍侯，雖是北渝最大的敵人，卻也是最欽佩的人。在北渝，妳爹的名聲可比你們這不倫不類的皇帝陛下響亮多了。」

他湊近，「誰不知道晉安侯獨寵嫡女，成了他的女婿，對我們北渝皇室來說總不會是什麼壞事。再說——」

他的手指輕佻地要觸碰蕭瀾的臉蛋，「又是難得一見的美人兒，何樂而不為？」

但還未碰到，就見一道黑影襲來，銀光直衝墨雲城的頸部。

他迅速側身一閃，刀鋒擦過，留下一道血痕。

摸了一把頸部，墨雲城不怒反笑：「真是快。」

蕭戎根本沒有廢話，還未看清動作，他人已經到了墨雲城的面前，須臾間便可將匕首插進他的胸膛。

「阿戎！」蕭瀾忙喝道，「皇宮大內不得動手。過來。」

蕭戎頓了頓，最終收刃，回到了蕭瀾身邊，「我可以弄死他的。」

他聲音淡漠，遠不像平時溫順聽話的樣子。這冰冷至極的聲音，聽得蕭瀾不禁抬頭看他。這張側顏她看過好多次，卻從未有一次覺得這般駭人。

她想起了聽到過很多次的話——

小小年紀便有如此殺性。

起初從未感覺到，所以從未相信過。可今夜，卻是真真切切地感受到了。

她下意識地雙手握住了蕭戎的手。溫熱的觸感襲來，他這才低頭看她。

「姊姊有話要與你說。」

蕭瀾又看向墨雲城，「你想要什麼我明白，我考慮清楚後便答覆你。但今夜動手之事，你若敢聲張半點，我保證你走不出盛京城。你們北渝沒了太子，想必少不了一場大亂。以我爹的性子，即便冷死也會趁機殺進皇城，生擒你那年逾古稀的父皇。」

墨雲城能屈能伸，半點都沒猶豫：「那我等妳答覆。」

話畢他便離開，只剩蕭瀾和蕭戎兩人在靜謐的花園涼亭中。

蕭瀾仰頭望向蕭戎，「你做什麼去了？」

蕭戎沒說話。

「是不是打算埋伏在宮外，尋機殺了他？」

見他還是沒回答，蕭瀾說：「阿戎，他不能死。至少現在不能死。」

蕭戎看著她：「妳不許去北渝。」

蕭瀾一愣，不禁笑道：「好，姊姊當然不會去北渝。只是阿戎，此刻如果他死了，任誰都會把罪責推到咱們蕭家身上。若他說的是真的，那父親在北疆的境遇便十分艱難，一旦墨雲城出事，北渝傾舉國之力反擊，父親就危險了。」

但蕭戎不為所動。蕭瀾口中的「父親」，於他而言不過是帶著血緣的陌生人罷了。

蕭瀾握著他的手，哄道：「況且姊姊也不想要你殺人，雖然我知道你做得到。只是，一旦沾了人命，便無法回頭了。」

她的聲音溫柔動聽，在冷下來的夜裡，如絲絲暖流劃過，一路溫潤到心底。

見他神色緩和了些，蕭瀾這才放下心來，繼續說：「墨雲城不過是想讓父親退兵而已。北疆寒潮肆虐，父親和邊疆將士們的日子不好過，北渝士兵也好不到哪裡去。聽聞近些年天災不斷，收成也不好，想來連軍餉也必定吃緊。否則，他不會才剛當上太子，便匆匆來到大梁，那邊應該也是火燒眉毛的光景。想來提出聯姻，要麼是想擾亂軍心，要麼便是真的求和。」

說到這裡，蕭瀾冷哼：「但太子妃人選若真是大梁人，北渝皇室的臉色也必然好不到哪裡去。既然如此，待我與母親書信一封，與父親商議此事。他們二人與陛下打了這麼多年的交道，總能尋得解決之法的。」

蕭瀾想了想，又說：「眼下還有一件重要的事情，姊姊需要由你去做。」

感受到那雙手漸漸變涼，蕭戎單手握住了她的雙手。他掌心灼熱的溫度傳來，立刻讓蕭瀾覺得沒那麼冷了。

她說：「陛下知道我是不願嫁的，約莫從今夜起便會派人看著我了，我不便走動，你去城隍廟內替我取一樣東西。

「若陛下執拗，不願退兵，這東西，就是咱們最後的籌碼。遲則生變，但眼下也找不到比你更值得信任的人了。」

蕭戎沒問是什麼，只應道：「好。」

蕭瀾低聲告知了具體位置。

蕭戎點頭。

「宴席應該也要散了，我出來太久也不妥。」蕭瀾叮囑：「你要小心一些，墨雲城這人心思多。上次靈文山莊比武一事，我便覺得他是衝著咱們來的。如果遇到什麼變數，即刻離開，任何東西都沒有你的安危重要。」

少年愣了愣，對上她的眼睛。

月光下，那對眸子靈動聖潔，此時此刻，裡面只有他。

立時樂聲傳來，昭示著宴席即將結束。纖細乾淨的手要從他手中抽出來，「姊姊先回去了。」

還未完全抽出，手腕忽然被握住。

蕭瀾被拉入了一個炙熱的懷抱裡。

溫香軟玉的身子嵌入懷裡，蕭戎才恍然發現自己做了什麼。

蕭瀾小巧精緻的臉蛋貼在他的胸膛上，有點不明白：「阿戎？」

此時頭頂傳來聲音。

「姊，等我回來。」

她一愣，「你、你叫我什麼？」

下一刻，蕭瀾便抱住了蕭戎的腰，「我還以為你一直不想認我！」

一時喜極，她溼了眼眶，在他懷裡仰起小臉，哽咽著說：「你再喊一聲。」

見了這副可憐又可愛的模樣，蕭戎難得一笑。

「你再叫一聲啊。」

他的手不由自主地撫上她的臉蛋，幫她擦了眼淚。

「姊。」

「我、我……」蕭瀾有點哽咽，「這是我過過最開心的生辰了！」

「好了，別哭了。」他輕輕拍著她的後背，「東西拿到我就回去找妳。」

「好，好。」蕭瀾點頭，「姊姊等你。」

第五章　覆滅

景仁宮內，柳容音跪在地上。

「求娘娘為瀾兒指條明路。您看著她從小長大，當不忍她成為棋子遭人利用……」

皇后坐在主位上，也是嘆了口氣，「容音，妳先起來。」

見柳容音不起，她便親自起身，將她扶起。

「我何嘗捨得那孩子？」皇后無奈地搖了搖頭，「妳我二人的母親同出一族，自我入宮，你們柳氏一族便是站在我這邊的，我心裡宛如明鏡。」

她握住了柳容音的手。「可是容音，此事已並非是聯姻這麼簡單的一件事了。陛下冒著得罪你們晉安侯府的風險，做出此舉，妳可知意欲何為？」

柳容音點頭，「這些年陛下恩寵不斷，但我們心中有數。此次北疆平定後，世城……也是打算頤養天年的。」

皇后看著她說：「陛下寧可用聯姻換得與北渝的和平，都不願再等等，等晉安侯凱旋歸來，妳可知又是為何？」

柳容音愣了愣，「請……請娘娘明示。」

「你們的籌畫自然是好的，待晉安侯回來，便上交兵權，頤養天年。遠離朝堂紛爭，遠離陛下的忌憚……」皇后無奈地笑了笑，「可你們又如何能明白陛下的心思？此役若是輸了，是整個大梁的損失。可若是贏了，便是你們蕭家滿門的功德和榮耀。

「北渝寒潮元氣大傷，眼下晉安侯一路殺到朔安城。若是勝了，那麼經此一役，晉安侯府的地位便再也無人可撼動，成為大梁真正的一人之下，萬人之上。」

皇后的聲音有些顫抖，「這樣的光景，即便你家侯爺交出兵權又如何？他在軍中的威勢早已根深蒂固。只要他想，沒有兵符又有什麼所謂？」

一席話，聽得柳容音冷汗不斷，「娘娘，天地可鑒，世城從未有過逾矩之心！蕭家世代忠良，對陛下忠心耿耿……」

「是啊，百年侯府，統軍百萬，戰功赫赫。」皇后看著她，「所以在北疆，世人只知晉安侯，不知梁帝。」

柳容音幾乎快要站不穩了，面色越發蒼白。

皇后見此，深深地嘆了口氣，「此事尚未成定局，即便瀾兒遠嫁，總還需時日備嫁。容音，妳當做好準備。」

柳容音當即再次跪了下來，「請娘娘指點！」

「若是陛下執意賜婚，妳與晉安侯是否能答應瀾兒遠嫁？」

柳容音沒有半點猶豫：「我們絕不答應。瀾兒是我們的命，即便傾盡所有，也絕不會這般斷送她的一生。

「即便因此惹怒了陛下，也絕不答應？」

柳容音神色堅定：「是。」

同是為母者，皇后感同身受。她親手扶起柳容音，繼續道：「那便使出你們最後的籌碼。」

柳容音倏地抬起頭，對上皇后的雙眸：「娘娘是說……」

皇后點了點頭，「亮出你們最後的籌碼，即便陛下百般惱火，也會退讓幾分。瀾兒的婚事，或可就此作罷。」

柳容音頷首，「臣婦知道了。從未想過……真會有用到它的一日。」

「除此之外，妳還需斬斷陛下的顧慮。也算是……你們整個晉安侯府的誠意吧。」

景仁宮內很安靜，兩人心照不宣。

皇后繼續道：「一個蕭世城，已經讓陛下心生隔閡了。偏偏你們蕭家，還有一個天賦異稟的武學奇才，妳讓陛下如何放得下心？

「那日秋獵，陛下讚許他時，我瞧著便覺陛下臉色不對。沒過幾日，靈文山莊比武一事傳遍了整個江湖，更是傳到了陛下耳中。陛下當時的臉色，即便我不說妳也猜得出來。

「小小年紀就有如此造詣，焉知日後會不會成為第二個震懾列國的晉安侯？」

此時外面傳來奴才稟報的聲音：「稟皇后娘娘，慕安郡主來了，此刻正在殿外候著。說是宴飲結束了，來此等待晉安侯夫人一同回府。」

皇后看向柳容音。後者匆匆擦了眼淚，躬身行禮：「娘娘提點，容音銘記於心。望娘娘在陛下面前，能再為瀾兒勸上幾句。」

「妳放心。」

◆

蕭瀾到了之後，未及一刻鐘的功夫，就見柳容音出來了。

她迎上去：「娘，您跟皇后娘娘說了什麼？門窗緊閉，還不讓旁人進去。」

柳容音看她一個人，問道：「他們二人呢？」

「蕭契喝得爛醉，被抬回府了。阿戎……也先回去了，我把我的權杖給他了。」

奴才婢女們一路送到宮門口。見到宮門口的人馬，蕭瀾挑眉：「還出動了禁軍，陛下真是看得起我。」

「瀾兒，」柳容音肅了神情，「不可妄議君主。」

蕭瀾撇撇嘴，扶著母親上了馬車。一路上禁軍寸步不離，一直護送到了晉安侯府門口。

蕭瀾下了馬車，回頭看見柳容音對車夫說了什麼，聲音極低。

應該……是要與父親通信之類的事情？

蕭瀾未多想，扶著母親下車回府。閉門之前，禁軍已將整個侯府看守了起來。

回到柳容音的院子，避退了左右，蕭瀾這才認真問道：「娘，咱們現下要做什麼？」

「妳去燃一柱安神香，待我平復下來，再與妳細說。」

蕭瀾見她神色疲倦，點點頭，轉身從香匣中取出了香點上。頃刻間，房內清香四溢，令人心神寧靜了下來。

柳容音親自倒了兩杯茶水，一杯遞給了女兒。

蕭瀾一飲而下，看向柳容音，正色道：「娘，今日在御花園，我與墨雲城交談過。他其實並不是真的想娶我，北疆……」

眼前忽然有些模糊，她晃了晃頭，繼續說：「北疆突發寒潮……」

然而眼前母親的樣子，卻越來越看不清。

蕭瀾覺得渾身無力，驀地看向手邊已經空了的茶杯。

她不可置信道：「娘……妳……」

柳容音紅了眼眶：「瀾兒，記住母親今夜與妳說的話。」

蕭瀾想站起來，卻根本使不上力。

「今夜陛下突然賜婚，娘已有十分不好的預感。後來去了景仁宮與皇后娘娘交談，我便更知情況不妙。」她握住蕭瀾的手，「皇后一向謹言慎行，但今夜她告知我的事，遠遠超出了她平日的謹慎。瀾兒，這只能說明，真正的情況遠比眼下我們想像到的更為糟糕。」

「娘……妳、妳不能……」

「皇后今日必定是有所隱瞞的，她有心提醒我們，卻又不敢說得太多。」眼淚滑落，柳容音撫上女兒的臉蛋，「瀾兒，陛下只怕對妳父親，甚至……對整個蕭家動了殺心。」

可蕭瀾此刻已經幾乎聽不清聲音。

柳容音起身，將她擁入懷中。「所以瀾兒，母親只能將妳送走。妳到了安全的地方，即便情況再糟，總還是好的。」

她撫著女兒的長髮，聲音哽咽。「今夜一別，或許不日危局解開，妳便能回來。或許一年、兩年、十年……爹娘都不能與妳相見，瀾兒，妳一定要好好照顧自己。」

蕭瀾已經完全沒了意識，只能靜靜地靠在母親懷中。

柳容音萬般不捨，最終也還是狠下了心。她沉聲道：「香荷，進來。」

守在門外的香荷趕忙推門進來，一看蕭瀾暈了過去，嚇得差點叫出聲。

「妳帶小姐從我房內的密室出府，密道外已經有人接應。記住，無論發生何事，都不許小姐回來。」

「夫……夫人……」

「待小姐醒了，妳告訴她，待一切風平浪靜，娘和爹會一起去接她回來。在此之前，絕對不要暴露蹤跡，聽到沒有！」

香荷立刻跪地磕頭：「香荷知道了！香荷一定照顧好小姐！」

密室的門緊緊關上。

柳容音擦了眼淚，理了衣襟，打開房門。院外的婢女們見她出來，且臉色不好，個個嚇得大氣都不敢出。但柳容音聲音平靜：「瀾兒今夜在我房內安歇，任何人都不得鬧出動靜吵著她，可聽清楚了？」

下人們連忙應是。柳容音又看向貼身伺候的嬤嬤，「孟氏此時身在何處？」

嬤嬤俯首回道：「孟氏一直在南院，未曾踏出一步。夫人……可是要去南院？」

「那對母子忝居侯府多年，今日騰出手來，也該替侯爺清理清理門戶了。」

◆

城外。

破敗的城隍廟內，蕭戎按照蕭瀾所說的那般，在城隍座底摸到了一個密封的匣子。匣子很小，牢牢地固定在城隍神的座下，若非仔細去尋，根本發現不了任何端倪。

他將匣子收好，卻在轉身的一瞬間，看到一支利箭射來。

那箭太快，幾乎擦著他的下頷飛射而過，若不是躲得快，定會被一箭射穿頸部。

待少年站定之時，原本漆黑的城隍廟外，現已火光通明。

火把、弓弩、持劍兵馬，將此處重重圍住，外面傳來國相燕文之的聲音。

「護城軍聽令！裡面便是深夜闖入國相府，殺害我孫兒燕符的凶手！凡取其項上人頭者，賞黃金萬兩，良田千畝！」

忽然，後窗傳來異響，十幾個黑影緊接著飛身而入，霎時將蕭戎圍在了中間。見他手無寸鐵，年紀又輕，黑衣人不禁面面相覷。

為首者道：「夫人有令，城隍廟內有侯府之物，擅入者，殺無赦。」

搜查城隍神座的手下並未發現密匣，便起身朝著首領搖了搖頭。

「小兄弟，你若自己交出來，我們便可以替你留個全屍。」

可話音未落，蕭戎已出手襲來。那人從容側身，黑衣人們揮刀而起，齊齊朝著蕭戎砍去。

裡面的打鬥聲越發激烈，立時傳到了外面。燕文之疑惑地看了看，隨後冷笑著打了個手勢。

手勢令下，上百位弓箭手立刻拉動弓弦，漆黑的夜色下，那淬著劇毒的箭頭泛著駭人的銀光。正要下令放箭，廟門卻「砰」地打開，幾個黑衣人飛出來，重重地摔在了地上，口吐鮮血，面門上扎著銀針。

門外的眾人一愣，皆看見了那個身材消瘦，卻將沉重的刀揮得毫不留情的黑衣少年。他的刀身上鮮血滴落，那張俊美的臉上也沾了不少血汙，火光照映下，顯得格外驚悚嚇人。

他們眼見著蕭戎手起刀落，招招致命。

燕文之下意識後退了兩步，顫著手指著蕭戎：「豎子倡狂！竟敢在本相和護城軍面前大開殺戒！今日不將你碎屍萬段，當難解我符兒死前憤恨！放箭！」

弓弩手聽命行事，剎那間，數百支箭射向了正在與黑衣人打鬥的蕭戎。

此番作為當即誤傷了不少黑衣人，那為首者見屬下們避之不及，立刻閃身到一旁，撤了黑色面巾，朝燕文之喝道：「燕相！你竟敢私調護城軍！」

護城軍統領聞言一顫，看清了那人的臉，不可置信道：「驍羽營的左前鋒怎麼會在這兒！」

聞言，蕭戎一愣，看向那位為首的黑衣人。此人後頸赫然刻著一個「驍」字。

這是蕭家手持的兵馬中，最驍勇善戰，也最引以為傲的一支。這本該……是自己人。

然而片刻的出神，錯過了最佳的躲避時機。

護城軍副統領眼裡冒著精光，在蕭戎看向黑衣人的一瞬間拉弓出箭，箭身「嗖」地射向蕭戎的胸膛。他下意識地側身，飛躍而起，使得箭頭錯過了要害，可不巧卻又剛好沒入了腰間，整支箭在肉身中穿刺而過，血立刻滴了下來。

「好！」燕文之滿是皺紋的臉上，露出了惡毒的神情，「殺了他！為我符兒報仇！我燕文之保你後半生榮華富貴，應有盡有！」

蕭戎立刻折斷箭身，下一刻手腕翻轉，細如髮絲的銀針精準地刺入了副統領的眼睛。

一聲慘叫劃破天際，看得燕文之渾身發抖，「就是這銀針！就是這銀針要了我孫兒的命！令他噴血不斷，血盡而亡！」

話音未落，蕭戎手中的大刀便已揮了過來。燕文之身旁的護城軍蜂擁而上，一波又一波地砍向蕭戎。打鬥間，腰上的毒箭頭沒入更深，血流不止。

見他傷勢加重，原本被打傷了的黑衣人再次殺了過去，刀尖直衝蕭戎置於懷中的匣子。刀鋒頃刻間劃破了少年的衣襟、砍在他身上，皮肉翻出，怵目驚心。

他死死地護住匣子，不肯退讓一步，反倒殺紅了眼，任由鮮血濺滿雙手，直至滑得近乎握不住刀柄。

偏在此時的拚死搏鬥間，一句不屑的嬉笑傳入耳中。

「可惜了這身硬骨頭，偏偏成了蕭家的犧牲品。用兒子換老子的命，也不知道到底值不值？」

那聲音被淹沒在刀劍鐵戈的聲音之中，蕭戎循著聲響望過去，卻看不出是何人所說。但他的速度，確實是在一點一點地變慢。

蕭戎隱隱感覺到腰部開始發麻，力氣逐漸從身體中一點一滴地消失……

再拚下去，只怕是出不了這城隍廟了。

可是她說，會等他回去。

他的眸中瞬間猩紅一片。渾身是血的少年拚盡力氣，縱身一躍，反手便是數支短箭射出，眾人紛紛躲避，總算贏得片刻逃跑的時間。

踉蹌地跑了一路，直至追殺聲漸漸遠離，蕭戎才繞回了侯府附近。見外面官兵重重，他只得從曾經私自出府時用過的狗洞，鑽了回去。

馬廄裡，傳來濃烈的血腥氣。

蕭戎撥開遮擋狗洞的稻草，正準備起身，卻因胸前和腰間的傷口，痛得跪在了地上。

喘息調整片刻，他艱難地起身，跌跌撞撞地跑出馬廄，驀然看見了南院內，木屋的門正打開著。

而門邊，是一雙穿著粗劣繡花鞋的腳。

蕭戎走近，看見了那張已無任何血色的臉。

孟婉的屍身如敝履一般，映入了少年滿是通紅血絲的眼中。

後廚的人聽見一聲巨響，慌忙跑出來看，只見南院的門四分五裂地碎在了地上。

下一刻，那個曾經將惡毒打罵都通通忍下了的少年，紅著眼、瘋了似地掐住了小廝的脖子。

「誰來過南院？誰！」

那雙浸滿血汙的手，控制不住地收緊。

「是⋯⋯夫⋯⋯夫人來⋯⋯」

還未等那人說完，只見他手上一折，那小廝便被活生生地掐斷了脖子。

「啊——！」

「殺人了殺人了！」

一時間，整個後廚的廚子婢女們瘋了似地逃竄。

他們眼睜睜地看著如地獄羅剎般渾身是血的蕭戎，朝著正院走去。

此時，正院的府門緊閉。外面禁軍足有一千，將晉安侯府圍得嚴嚴實實。

莫名聞到血腥氣，近身的嬤嬤還未看清是何人，便聽見一聲驚呼。定下神時，原本站在廊前的柳容音已經被抵在廊柱上，脖子上那把鋒利的匕首甚是駭人。

嬤嬤嚇得語無倫次：「夫……夫人！妳、妳！」

難聞的血腥氣頓時浸滿鼻腔，即使是柳容音身上上好的香料荷包，也絲毫掩蓋不住半分。

她對上蕭戎那雙殺意盡顯的黑眸，反倒勾起了笑意。

「我便知道，低賤婢女生不出什麼好東西。」

傷口劇烈地疼痛，血浸溼了他的衣袍，滴在地上。蕭戎額間全是疼出的冷汗，他聲音沙啞地問：「她在哪。」

柳容音看到流得停不住的血，先是一愣，隨後冷哼：「你母親自然是在那逼仄的院子中，而你，也不該出現在正院，辱沒了蕭家門楣。」

可他仍問：「她在哪。」

柳容音盯著他的雙眸，這才明白了「她」指的是誰。

見她明白過來，卻閉口不言，一股怒火湧得更烈。

匕首的刀鋒，毫不猶豫地劃開了她的肌膚。

「夫人！」嬤嬤連忙想要前去拉開蕭戎，卻被他手中的利器嚇得不敢上前。

柳容音一生沒吃過什麼苦頭，而頸間的疼痛不禁讓她開始掙扎。

「你這逆子，你母親便是這樣教養你的？」

提到孟婉，蕭戎戾氣更重，柳容音被輕而易舉地禁錮住，而那匕首又割深了一分。

而這一番掙扎禁錮間，一塊沾著血的輕紗錦帕掉在了地上。

柳容音看到那錦帕上歪歪扭扭的繡圖，剎那間愣了神。而後猛地抬頭，死死地盯著蕭戎：「我女兒的貼身之物，怎會從你身上掉出來！」

蕭戎看了那錦帕一眼，未置一詞。只是身為過來人的柳容音，卻清楚地看出了異樣。

將女子貼身之物置於胸膛，絕不是尋常姊弟的舉動⋯⋯

她忽地渾身顫抖，近乎咬牙切齒地警告蕭戎：「你離我女兒遠一點！你難道還不明白麼？瀾兒不過是一時興起，她對你沒有半分感情！

「她早就離開了這是非之地！她不願帶你，也根本沒想過要帶你！

「今日的蕭家之禍，都是你和你母親惹出來的！她若不生你，你若從來不曾出現在這世上，便根本不會這麼早就引起陛下的忌憚！」

蕭戎猛地掐住了她的脖子，近乎失控：「她說了會等我！」

「等你？」柳容音的唇色發紫，卻滿眼厭惡地一字一句道：「她是什麼性子，你會不知？若她真的執意等你，又有何人能強行讓她離開？」

蕭戎的手顫抖不止，卻又執拗地不肯相信。

可今夜城隍廟的襲擊，實在太巧。若說燕文之與護城軍是早有埋伏，那麼驍羽營為何會對他痛下殺手？

他開口：「今夜驍羽營的人，為什麼會出現在城隍廟？」

柳容音眼神一閃，看向了他身上的傷：「是啊，你說為何如此之巧？偏偏⋯⋯你也在？」

那般輕巧卻又惡毒的語氣，如重錘般砸在少年的心上。可他仍不死心：「她不會把親生母親扔下不管。」

柳容音一笑：「我女兒自然不是這種人。等你死了，消除了陛下的忌憚，而世城贏了勝仗，凱旋而歸，蕭家重獲榮寵之時，屆時瀾兒自然會回來。

「而我，是陛下的親外甥女，當朝的清河郡主，又有誰敢動我？」

聽著這些話，胸口的傷，讓蕭戎痛到眼前幾乎一片空白。

一切的一切，原是早已安排好的棋局。

那把蛇紋匕首，因力氣喪失而掉在了地上。而一滴熱淚，滴在了冰冷的刀尖上。

此時，府外忽然傳來兵馬集結的聲音，只聽馬蹄聲和兵刃聲，便知人數眾多。

「陛下有令！晉安侯蕭世城不尊聖命，私自回京，已然伏法！」

柳容音渾身一震，倏地望向大門，「不，不可能！」

而禁軍統領陳蒙繼續大聲道：「蕭世城治軍不嚴在先，以下犯上、違抗聖旨在後！今昭告天下，褫奪蕭氏侯爵之位，蕭氏府內男子一律斬首，女子流放！」

府內立刻哭嚎聲一片，奴才婢女紛紛收拾東西想要逃竄，卻出府無門。

柳容音跌坐在地上，「陛下……竟真的……」

她悲愴地抬頭，卻見眼前之人，竟是如此得無動於衷。

親生父親伏法身死，家族面臨滅頂之災，可他卻只是淡然轉身。

柳容音垂眸，看向了就在手邊的那把蛇紋匕首。

無論如何，瀾兒還活著。她絕不允許，有這樣個揣著不倫心思和恨意的人活在世上。

在身後的匕首捅上來的一瞬間，蕭戎便已預料到般地擒住了柳容音的手。

柳容音看著他不怒反笑，不由得一路涼到心底：「你、你笑什麼？」

此刻少年的眼中已恢復一片清明。

他湊近，聲音不大：「妳這樣惡毒的人，唯一在乎的就是她了，是麼？」

柳容音莫名心慌：「你這是什麼意思？」

伴隨著一聲慘叫，蕭戎折斷了她的一隻手腕。

百般痛苦中，迴盪著他冷漠的聲音：「我若找到她，一定毀了她。」

◆

府外，陳蒙皺著眉。

府門遲遲不開，意味著無人自願伏法。而晉安侯府門牆高築，堅不可摧，內還設有兵械庫和軍用機關。

沉默片刻，他下令火攻。上千支燃著火油的利箭，如暴雨般射入晉安侯府，頃刻間濃煙四起，大火漫天。街頭的百姓被兵械聲和火光吵醒，家家戶戶小心翼翼地探頭往外望。

北風起，火愈烈。府內的慘叫聲不斷，最後漸漸在廢墟中消失。

陳蒙帶領禁軍，立於侯府門口，待火勢漸小，這才下令兵馬進府。

看著一具具屍體抬出，他望著侯府門楣上碩大的牌匾。

「一品軍侯，百年將門，在今夜……就此覆滅了。」

而此時的城外，血跡在叢林中漫了一路。

一匹乾瘦得不知是誰家的馬兒，馱著一個渾身是血，幾乎毫無生氣的少年，漫無目的地走著。

最終，到了一處荒涼的懸崖邊。

第六章　再遇

一晃三年。

夜裡，殺機再現。

刺目銀光劃過漆黑夜幕，鮮血飛濺到了牆上。

「嘖。」

一名身著紅衣的男子皺了皺眉，「你能不能別老是搞得這麼血腥？」

此人膚白如玉，天生媚骨，說話調子懶懶散散的，一副誰都看不起、誰都嫌棄的模樣。

而他對面正立著一個身著黑衣的男子，黑髮黑眸，高大挺拔，絲毫不像只有十八、九歲的身段。

這人正是蕭戎。

聽見蘇焰的廢話，他理都沒理，縱身飛躍而出。蘇焰見怪不怪，跟著他一道上了屋簷。

蕭戎回過頭來：「你還要跟多久？」

蘇焰笑得嫵媚：「怎麼，心虛了？這三年來你夜夜外出，搞得本公子很是好奇呢。」

蕭戎的眸中是毫不掩飾的厭煩，「離我遠一點。」

「怎麼怎麼，是要去什麼見不得人的地方麼？」

奈何蘇焰輕功出神入化，寸步不離地跟著蕭戎，無法輕易甩掉。

前面黑色身影忽然停住，蘇焰挑眉，往下瞧了瞧街上熱鬧的場景。

「嘖嘖，果然沒猜錯。」他看了下面的「煙雲臺」三個字一眼，咂咂舌評價道：「盛京城內最大的青樓，確實值得一逛。」

黑夜之中，屋頂之上，蕭戎的手微微顫抖。

熟悉的香味。

是木芙蓉浸泡過熱水後散發出的獨特味道。

他飛身而下，循著那味道，迅速閃入一扇半掩著的窗內。

「哎，你竟也有這番面貌啊？」身後的蘇焰沒跟上，只得自說自話：「平日裡這般冷冰冰，還以為是個不近女色的，到了青樓就這麼猴急？」

廂房內，一道黑影毫無聲息地出現在屏風前。

屋內水氣氤氳，幽香繚繞。隔著精緻繡紋的屏風，可以隱隱約約看到剛剛起身出浴的女子，其曼妙的身姿。

纖纖玉手將衣物拿起，仔仔細細地穿到身上，驟然覺得身後不對勁。她轉過身來，驀地看到一個男子，煙嵐嚇得說不出話來，纖瘦的身子穿得單薄，不禁瑟瑟發抖。

只見眼前的男子先是一愣，眸中波瀾驟起，隨後猛地近身，一把掐住了她雪白的脖頸，將她抵在了冰涼的牆上，眼淚瞬間噙滿了女子的眼眶。此人周身的殺氣雖不知從何而來，但煙嵐卻有一種今夜便要喪命的恐怖預感。

看著那張精緻動人的臉蛋，蕭戎掐在她脖子上的手不禁收緊，女子的臉色霎時變得蒼白。此情此景，她那雙靈動勾人的雙眸中充斥著疑惑，也布滿了乞求。然而這副不解又可憐的模樣，卻看得他戾氣更甚，恨不得立刻掐死她。

恨了三年，找了三年。而此刻兩人四目相對，她卻沒有立刻認出他。

當年的「弟弟」、當年的「阿戎」，彷佛都成了笑話。

暴怒湧上，他已準備要掐斷她的脖子。

「公、公子……」微小又沙啞的聲音傳來。她纖瘦嬌小，幾乎半個人都嵌到了他的懷裡。

「若……若煙嵐無意間惹公子不快……還望公子念奴家孤身一人，無依無靠……饒我一命……」

蕭戎一愣，眸中盡是不信：「妳不認得我？」

她委屈又艱難地點了點頭。

蕭戎看進她眼底，裡面只有盈盈淚水，在無聲地訴說著畏懼。

從前的那個她，是天之嬌女，不知畏懼為何物，從來不會露出這樣的神情——

乞求，憐憫。

那隻掐在白皙脖頸上的手，不經意地鬆了一些。煙嵐愣了愣神，小心翼翼地抬頭看他。

蕭戎一時沒有動作，只是緊緊地盯著那張乾淨聖潔的臉蛋，出神片刻。

這時，他卻突覺胸前有異樣，一低頭，看見一雙乾淨白皙的手，正試探著拉開他的衣襟。而那雙小鹿般的眸子還噙著淚，可憐又害怕地對上他的雙眸。

「只要公子放我一命……奴家願意、願意侍奉公子……」

他一僵。

只見她踮腳，仰頭輕輕親上了他的下巴。唇很軟，帶著絲絲溫熱。

蕭戎莫名喉頭一緊，掐在她脖子上的手徹底鬆開。

女子鬆了一口氣，以為他是同意了，卻又不見他有什麼動作。她頓了頓，紅著臉，低頭拉開了自己的腰帶。軟絲裡衣滑落，露出香肩，隱隱散發著香氣，更似有似無地能看見那豐滿的白嫩渾圓。

「公子……」她仰起頭，無措地看著他，不知接下來該做什麼。

蕭戎一言不發，死死地盯著她。

而眼前之人除了畏懼和嬌羞，竟沒有絲毫猶豫和掙扎。但凡還記得一點點，便不會對自己的嫡親弟弟做出這番舉動來吧。

忽然，門外腳步聲靠近，似乎在叫著「煙嵐姑娘」。

驟然腰上一緊，煙嵐還未反應過來，便被扣著腰身，從後窗跳了出去。

她下意識驚叫，雙手緊緊地抱住了男子的腰。

祁冥山，血衣閣。

蘇焰正跟一幫少年殺手，惟妙惟肖地學著蕭戎夜闖姑娘閨房的樣子。

「嘖嘖嘖，是你們沒看見。」蘇焰一臉神祕，「就憑我這出神入化的輕功，竟還是沒跟上他！」

忽然林中鴉雀驚起，驚慌地四散而飛。一行人齊齊望去，看見一道黑影落地，他懷裡隱約還有道嬌小的身影？

蘇焰「唰」地起身，「青樓沒玩夠，竟還帶回來了？」

蕭戎這才看見齊齊看過來的一行人，立刻將懷裡只穿著單薄裡衣的人放到了身後。

頭一回在閣裡看見外來女子，還是閣主親自抱回來的，下屬們愣了半天，才想起自己應當行禮。

「見過閣主！」

「閣主萬安！」

蕭戎看了正一臉興趣、盯著他身後之人的蘇焰一眼。隨後沉聲道：「出師考核將至，勿讓旁人擾了心性。」

行禮的幾人面面相覷。大師兄貴為閣主，偏和身為二閣主的二師兄不對盤，眼下幫著哪邊都是不妥。

蘇焰「嗤」了一聲，「得了得了，都散了。師兄我明日再好好指點你們。」

說罷，還風騷地眨了眨眼：「順便把今日沒講完的豔事給講完！」

一行人連忙四散離開。

蘇焰一臉戲謔地走近，朝蕭戎身後道：「美人兒，出來讓公子瞧瞧？能勾得咱們血衣閣閣主這般冷血怪物，都情不自禁地帶妳回來，定是有當紅顏禍水的上佳資質了。」

那副討人厭的輕佻樣子，讓蕭戎看得皺起眉頭：「滾一邊去。」

他攥住女子的手腕，要將她帶回房去。蘇焰半點不惱，反而腳下輕巧地移動，輕而易舉地繞到了煙嵐面前，接著便聽見一聲讚嘆：「果然是有讓人見色起意的資質！」

月光下，煙嵐面容姣好，臉上無半分粉黛妝飾，眉彎如月，眸似星辰，伴著一汪春水般的嬌媚靈動。鼻頭小巧精緻，唇色淡著殷紅，髮絲垂順下來，更顯嬌柔驚豔。而此時，那雙溼漉漉的眸子正怯怯地望著他，像隻受了驚的小兔子般，瑟縮在蕭戎身後。

蘇焰湊近：「妳叫什麼名字？」

此時蕭戎擋在他眼前，「關你何事？」

蘇焰當時便是一愣，隨後哈哈大笑起來。

「真是天要下紅雨了，你竟還有這般護短的樣子？」

一邊說著，一邊曖昧地瞧了蕭戎某處一眼，「看來是嘗到了甜頭。」

感覺到握著的手腕漸漸變涼，蕭戎沒再理他，只將今夜受了驚的人兒帶回房間。

閣主寢殿很大，甚至有些空曠。煙嵐跟在蕭戎身後進來。

他拿出身上的匕首，身後的女子下意識退了一步。

蕭戎沒看她，徑直走向了寢殿更裡處的浴池。煙嵐愣了愣，也跟上去，走到了他的身後，見他沒什麼反應，她便伸手接過他脫下的衣物。男子結實的後背，就這樣一覽無遺地展露在她眼前。

煙嵐看著那遍身的傷疤，一時驚得說不出話來。滿背盡是猙獰，可謂怵目驚心。

感受到身後的目光，蕭戎轉過頭來，看到她害怕的模樣，開口道：「去替我溫壺酒。」

不必看著那駭人的景象，煙嵐連忙點點頭，「是。」

桌上燃起了燈，她嫻熟地溫著酒，整間屋子不一會兒就都溢滿了酒香。

沐浴出來，就看見那道曼妙的身影站在窗前，正仔細地將酒壺拿起，倒了一杯新釀。

一股灼熱的男子氣息包圍過來，煙嵐轉過身，小心翼翼地將酒杯遞給他。

「公子……酒溫好了。」

蕭戎沒有接過，就那樣低頭看著她。兩人離得很近，煙嵐垂著眸不敢看他。沉默片刻，他接過那杯酒，一飲而盡，溫度恰到好處，一路暖到心頭，一嘗便知是做慣了的。

可從前的那位大小姐，集萬千寵愛於一身，別提溫酒，就是自己喝一杯茶，也是婢女恭恭敬敬地遞上來的。

婢女。

酒杯被放到桌上，原本拿著酒杯的那隻手挑起了她的下巴。

「香荷在哪。」

可她眼中盡是一片茫然：「公子說的是誰？」

「妳的婢女，香荷。」

她淡淡一笑，「公子說笑了，奴家自己都是低賤的人了，哪裡用得起婢女？」

眼底清明，沒有絲毫的遮掩。

窗子半掩，吹進了夜裡的風。她輕輕瑟縮了下。

那隻大手鬆開，「過來伺候。」

往裡走，便沒有那麼冷了。只是這偌大的寢殿中就只有一張床榻，煙嵐站在一旁，欲言又止，但想了想，還是決定開口問他：「公子今夜……還需要煙嵐服侍麼？」

看著那張又害怕，卻又隱隱試探的臉蛋，一股凌虐之意莫名湧了上來。

他曾經百般呵護，生怕她磕著碰著，不願她受到一點點傷害。而今，她卻自薦枕席，如此自輕自賤。

「就在這兒守著。用得上妳的時候，自然會叫妳。」也就是說，他不讓她睡，便不准睡。

煙嵐點點頭，安靜地走到一旁。

床榻之上，男子閉著眼，看似熟睡，而屋內的木芙蓉香氣充斥著鼻腔。還有……那小心翼翼的呼吸聲也異常清晰，像是生怕吵到他。

半晌。

蕭戎睜眼看過去，只見她靜靜地坐在不遠處的木椅上，睏意來襲，腦袋一頓一頓的。

屋內就這樣安靜了許久，最終他掀開被子，起身下床。

煙嵐被這動靜吵醒，睜眼見他起來，連忙走過去：「公子，可是有什麼吩咐？」

蕭戎穿上外衣，「去把劍拿來。」

煙嵐看了看外面仍漆黑一片的夜空，「公子現在練劍麼？」

蕭戎盯著她。煙嵐知道自己多嘴了，立刻聽話地去將劍捧了過來。

蕭戎二話不說，便走了出去。

煙嵐等了他將近三刻鐘，他卻沒有要回來的跡象。實在太睏，又有些冷，她不敢隨意出門走動，只能看向寢殿內唯一的那張床榻。上面的被子很厚，看起來很暖和的樣子。

她看了看緊閉的房門，最後輕輕地揭開被子，窩在床榻的小小一角，一閉眼便沉沉睡去。

◆

這一夜很暖，很靜。

她睜眼時，天已全亮。煙嵐一驚，趕緊起身下了床榻，匆忙地將被子恢復原樣，然後回到了昨晚的木椅上。此時門從外面被推開，煙嵐站起身，怯怯地喊了聲「公子」。

蕭戎將劍放回架子上，看了心虛的某人一眼。

不用走近，便能聞到床上的木芙蓉香氣。

「愣著做什麼，過來伺候。」

他剛練完劍，定是要沐浴。煙嵐學著他昨晚的樣子，擰動了浴池的某處，乾淨的泉水頃刻間漫了上來。蕭戎脫了衣服便走了進去。

煙嵐「唰」地紅了臉，昨晚只伺候到一半便去溫酒了，可今晨卻完完全全地看見了那雙修長強勁的腿，還有……

可他卻神色如常，視她為無物。許是真的將她當成了低賤的奴婢，與街上流浪的阿貓阿狗沒什麼兩樣。

想到這裡，煙嵐垂眸。

「妳在青樓待了多久？」他閉著眼，淡淡地問。

「回公子的話，將近……三年了。」

「怎麼去煙雲臺的？」

沒想到他對這些感興趣，煙嵐說：「我在野外受了傷，醒來時，發現被一位姓林的公子所救。是他將我安置在了煙雲臺，還叮囑煙雲臺的媽媽好生照看我。雖素未謀面，他卻待我很好，我不必像其他姑娘那樣接客，只須在林公子來時，陪他說說話，下下棋。」

蕭戎睜開眼，「姓林？」

煙嵐點頭，「對，且林公子看著不像是尋常人家的公子，舉手投足都十分有氣度。若不是他，我恐怕早已命喪黃泉了吧。」

蕭戎側過頭來，「妳失憶多久了？」

煙嵐一愣：「公子怎知我失憶？」

說到這兒，她忽然想到昨晚初見時，他的眼神……

那是一種近乎瘋狂的恨意。

煙嵐對上那雙黑眸，「莫不是我失憶前，曾得罪過公子？」

她仔細想了想，卻只能搖搖頭，神色黯然道：「我什麼都不記得了。唯一記得的，就只有醒來後，遇到林公子的事。」

蕭戎從浴池出來，她頓了頓，紅著臉，上前伺候他穿戴。

他低頭看著面前忙碌的人兒，煙嵐仔仔細細地替他繫好腰帶，抬頭望著他說：「雖不知是什麼事情惹到了公子，但昨晚相見時，能讓你那般震怒，想必……不是件小事。」

見他眸中微動，煙嵐溫聲說：「公子那般憤怒下，仍能放我一條生路，煙嵐便知公子不是濫殺之人。若……煙嵐過往做錯了什麼，公子能否給煙嵐一個贖罪的機會？」

婉轉嬌柔的語氣，在他聽來卻是有意無意的撩撥。

當初，她也是這般甜言蜜語，真切無比地哄著他。可最終，卻毫不留情地拋棄他，甚至要殺了他。

腰上驟然一緊，煙嵐被猛地扣在了他堅硬結實的懷中。她滿目驚訝，「公子？」

蕭戎低頭，「既然想贖罪，就要拿出誠意來。」

兩具身體緊緊地貼在一起，煙嵐甚至感受到了他那處明顯的變化。

她身體僵硬，不敢亂動，只得低低地答道：「煙嵐任憑公子吩咐……只求公子，給一條生路。」

一隻大手捏著她的下巴，迫使她仰起頭。這般卑微的模樣，這般乞求的樣子……

不知落在那曾經高貴無比的清河郡主眼裡，她會露出什麼樣的表情？

那年，重傷瀕死的少年咬牙切齒的誓言，此刻清晰地迴盪在耳邊——

『**我若找到她，一定毀了她**。』

忽然，外面傳來異響，煙嵐連忙從他懷裡掙脫出來，「公子……我去開門。」

門一打開，就看見了一堆好奇的臉。

為首者一身紅衣，個子很高。明明是男子，偏又生了一副妖媚惑眾的容顏。

她嚇了一跳，「你們是找公子有事麼？」

「美人兒，告訴妳家公子，」那張精緻的俊顏湊近，「這都日上三竿了，閣中還有一堆事要稟報於他呢。」

這話說得曖昧，煙嵐臉一紅，「我這就去喚公子。」

只是剛轉身，就看見蕭戎走了過來。冬日的陽光映在那張英宇不凡的臉上，輪廓巧然天工般，完美得恰到好處。鼻梁高挺，眉眼深邃。她竟一時看愣了神。

只聽他開口說話，這才回過神來。蕭戎將她拉到身後，看著蘇焰，「你是個擺設？」

蘇焰挑眉：「有個正經八百的閣主在呢，我這二閣主哪敢擅專？要不……您老人家退位讓賢？」

蕭戎懶得理他，看向一旁的幾個少年：「何事？」

「稟閣主，戰風師兄和古月師姐回來了。」

正說著，便見不遠處有一男一女走了過來。

那男子一身麒麟錦繡黑袍，黑髮棕眸，五官深邃，竟有些異域風情。他手上把玩著 柄精巧的飛刀，那刀刃薄如白紙，在他指尖肆意繞轉，只怕稍有不慎，便能削肉見骨。

而旁邊的女子身姿纖瘦，長髮高高束起，穿著黑色的夜行衣，腰細腿長，英氣十足。

「一回來就聽說閣裡來了個女人，搞得我早膳都沒用就來了。」

戰風腿長，步子也大，三兩步便邁到了寢殿門口，還探身往裡面瞧，「在哪兒呢？」

只可惜閣主人高馬大，把嬌小的人兒擋了個結結實實。但這番不害臊的舉動，著實看得蕭戎皺緊了眉。

一個嘴上聒噪的蘇焰已經夠煩了，偏偏這廝也在這個時候回來。

蕭戎看向一旁安靜的古月，「妳正好回來，將妳的衣物拿來幾件。」

「是，閣主。」古月應聲，便立刻轉身，朝著相反方向走去。

「嗯？沒穿衣服？」

戰風長手長腳地就往裡鑽，結果被蕭戎一把推了出去，「北邊的事如何了？」

「還能如何，死了唄。說好了這回要分我一半的，那老賊難纏得緊，我跟古月聯手，差點都沒能脫身。」

此時古月拿來了衣物，蕭戎轉頭看向身後的女子。也不知是在房中的何處翻到了布料，圍在身上，看著活像個乞丐。於是他道：「把自己收拾好。」

這時一張小臉從他身後探出，雙手接過了古月手上的衣服。隨後溫婉一笑：「謝謝月姑娘。」

「喲，」戰風一眼便看清了煙嵐的全貌，瞇著眼睛，摸著下巴，「這臉蛋可不得了，可比小古板漂亮多了！」

古月無視戰風挑釁的手指，對煙嵐道：「叫我古月就好。」

「對對，叫名字。叫什麼姑娘，血衣閣可不分男女。」戰風盯她半晌，神祕兮兮地補充：「不過美人兒可以除外，妳叫什麼名字？」

煙嵐看了蕭戎一眼，溫聲道：「我叫煙嵐。煙嵐雲岫的煙嵐。」

蘇焰一聽，立刻接話：「昨晚我問妳妳不說，怎麼他問妳就說了？」

「自然是誰好看，便聽誰的。」戰風瞥了蘇焰一眼，「你成日騷裡騷氣的，誰見了不害怕？」

原本懶懶地靠在一旁的蘇焰，倏地站直了身，「你再說一遍？」

眼見二師兄和三師兄要打起來，面面相覷的小師弟們趕忙開口：「師兄們，後廚上了早膳，再不去就涼了。」

一聽見有吃的，煙嵐悄悄地扯了扯蕭戎的衣袖，他低頭看她。

她眼巴巴地問：「公子……我可以去麼？」

從昨晚到現在什麼也沒吃，一知道外頭有吃的，便更覺著饑腸轆轆了。

於是今日的用膳廳變得格外熱鬧。

再次出現在眾人眼中的煙嵐，身著白衣，長髮簡單挽起，髮絲溫順地垂落下來。她素著顏，整個人乾淨純潔，一如落入凡塵的聖潔仙女。這副模樣，看得閣中那群少年眼睛都直了。

蕭戎坐在主位上，左手邊的副位空著，但煙嵐不敢擅自去坐。按著大梁的禮儀規制，主人左手邊的位子都是留給極為尊貴的客人坐的，怎麼輪也是輪不到婢女的。

她站在原地思忖著，卻沒注意到有太多的目光，定定地落在自己身上。

主位上的男子皺眉，「過來。」

煙嵐連忙走過去，站到了蕭戎身側。

蘇焰和戰風不約而同地咂舌。如此佳人，夜裡折騰也就罷了，白日還要美人來做婢子。且血衣閣這麼多年，就沒見過誰用婢女的，這種不憐香惜玉的做派可要不得。

於是戰風做主：「美人兒請坐。」

接著蘇焰搭腔：「以後妳都坐咱們蕭大閣主旁邊。」

「原來公子姓蕭？」她看向蕭戎，見他沒什麼反應，這才落座。

「你們春宵一夜，竟都不知他姓什麼？」

煙嵐臉紅，「沒有……」

戰風一聽，立刻來了興趣：「沒有？沒有什麼？」

其他人雖都忙忙碌碌地吃著飯，卻沒有一個不豎著耳朵聽的。

煙嵐不知怎麼回答，此時蕭戎發話：「溫酒。」

她有些遲疑：「公子，早膳也要喝酒麼？」

蘇焰見怪不怪，「他酒癮大。」
煙嵐點點頭，起身溫酒。見古月也端杯飲下一杯酒，煙嵐不由得多嘴一句：「月姑娘，冬日飲冷酒，恐對女子身體有損。還是喝溫酒吧？」
一邊說著，她便先為蕭戎倒了一杯，然後又將古月面前的酒杯滿上。
「多謝。」古月從未特意喝過溫酒，向來都是同大家一起飲冷酒，從未覺得有什麼不妥。
「還有我，我也來嘗嘗煙嵐姑娘溫酒的手藝吧？」
煙嵐一笑，正準備為戰風也倒上一杯，就聽見身邊「砰」的一聲，一個空了的酒杯放到桌上。
「妳是誰的婢女？」
煙嵐啞然，看了手中的酒壺一眼，又看了看蕭戎，垂眸道：「自然，是公子的婢女。」
她滿眼歉意地望了望戰風，然後乖巧安靜地坐了回去。
氣氛冷冰冰的，手下的少年們用完早膳，便趕緊練武去了，生怕一個不小心惹怒了閣主，不死也要脫層皮。
蕭戎放下筷子，煙嵐也趕緊放下碗筷，儘管還沒吃飽。
他看了她一眼，「吃完去收拾我的東西，今夜要出門。」
煙嵐點頭，「是。」
待蕭戎離開，她才再次拿起筷子，一小口一小口，卻吃了很多。
戰風和蘇焰一邊一個，托著下巴瞧著正在吃東西的女子。而古月雖然已經用完膳，卻也未離開。

「煙嵐姑娘，你們是不是早就認識了？」蘇焰手指敲著木桌。

煙嵐搖頭，「我不知道，我……失憶了。」

「失憶？撞到頭了，還是誤服了什麼藥？」

蘇焰來了興趣，「手伸過來，我把把脈。」

「喲，」戰風似笑非笑，「你還敢摸她啊？」

一想到剛剛席間，不過是想為戰風倒杯酒，那冷血大魔王都擺出一副有人搶了他東西的樣子，蘇焰這想法就瞬間作罷。

「我也曾看過大夫，」煙嵐說，「可他們都查不出是什麼病症。

「但我覺得……我應該是認識蕭公子的吧。否則昨夜他見到我時，也不會露出那般眼神了。」

用完膳，她便立刻起身，「我該去替公子收拾東西了，大家慢用。」

席間的三人看著她離開的背影。戰風瞇了瞇眼，「我看大概沒什麼以前，定是咱們大魔王清心寡欲了十八年，忽然見著美人兒，見色起意了。」

蘇焰白了他一眼：「本公子賭，他們倆之前有一段不為人知的密事。」

話畢，兩人看向了一直一言不發的古月。戰風戲謔地問：「小古板，妳覺得呢？」

原本古月是根本不會搭理戰風的，今日她卻也開了口：「我只覺得，他們似乎有點像。」

蘇焰挑眉：「哪裡像？」

古月張了張嘴，卻又搖搖頭：「說不清楚。」

「這有什麼不清楚的，民間怎麼說的來著？」戰風還認真地想了想，才補充道：「夫妻相唄。」

古月和蘇焰懶得接話，紛紛起身離開。

◆

今夜所到之地，是離祁冥山較遠的一座孤山。

此山荒僻無人，常有毒蛇猛獸出沒，且遍布毒草毒株，有孩子的尋常人家都會囑託，切不可冒入此山。

然而，血衣閣的出師考核便在此山中進行。

山頂的住處不大，煙嵐將屋內的東西放置整齊，轉身走出房門。

蕭戎站在懸崖邊，背對著她。而山中已經傳來野獸的嘶吼，還有短兵相接的聲音。

毒藥氣味刺鼻，她不禁皺了皺眉，輕聲道：「公子，屋子都收拾好了。」

蕭戎沒有回頭，只是緊緊地盯著山下漆黑的叢林。見他沒有要安歇的意思，煙嵐頓了頓，安靜地轉身離開。

走到小院門口，忽然聽見有人說話。「美人兒，夜裡出來也不害怕？」

煙嵐聞聲望過去，便看見蘇焰一襲紅衣，慵懶愜意地靠在涼亭柱子上。

見她看過來，他嫵媚一笑：「趁著妳家公子不在，過來陪我聊聊？」

煙嵐說：「公子就在附近。」

蘇焰被逗笑，「我又不是要輕薄於妳，他在不在附近有什麼關係？」見她不過來，蘇焰挑眉，自顧自地走了過去。「妳家公子一時半會兒是不會回來的。今夜不知要死多少人，其中有不少都是他看著長大的孩子。」

煙嵐不解地看著他。蘇焰揚揚下巴，「要不要跟我去看看？」

鬼使神差的，煙嵐點了點頭。

後山陡峭，卻也具極佳的視野，半座山的情景都能映入眼簾。

蘇焰居高臨下，看著半山腰處的刀光劍影。今晚夜色原本甚美，卻不知為何，反而將整座山映得更加寂寥嚇人。

「妳平白被擄來，可知自己到了什麼地方？」

煙嵐搖頭，想了想又說：「應該是江湖中的某個門派吧？」

蘇焰一聽，笑得勾人：「妳見過哪個正道的江湖門派的當家，會幹出半夜闖入女子閨房，還將人擄回來這種事？」

知道她猜不出，他繼續道：「想必妳也知道所在之地，不是什麼好地方。

「至於妳口中的公子，」蘇焰挑眉，「自然也不是什麼好人。

「不妨告訴妳吧。祁冥山，血衣閣，是專以殺人為生的江湖殺手組織。」

煙嵐倏地對上他的雙眸，啞了半天，卻一句話也沒說出口。

「怎麼，嚇著了？」蘇焰一邊說著，一邊看向遠處那道立於山巔的身影。煙嵐也順著他的視線望過去。

「蕭戎，字雲策，便是這血衣閣第二代的閣主。座下九十一位殺手，個個背負著數不清的血債人命。」

一字一句，聽得煙嵐手腳漸漸發涼。

「為什麼叫血衣閣呢？」蘇焰見她聽得有些害怕，反而很有興趣地繼續說，「因為殺手們的出師考核太過血腥，每每都是白衣進，紅衣出。」

他眨眨眼，「被血染的。」

煙嵐後退一步，「我、我想先回去了。」

蘇焰腳下一挪，便擋在她面前，「我還沒說完呢。」

煙嵐低低地說：「一會兒公子該回來了，我還得回去侍奉……」

「不是都說了麼？他一時半會兒是不會回去的。他在等著看，最後穿著血衣出來的究竟是誰。」

風忽然大了一些，令人作嘔的血腥味立刻沁入鼻腔。

此刻整座山中都傳來瘋狂的嘶吼，煙嵐嚇了一跳，接著便往山下看去。由於太黑，看不清具體。但隱約能知道，山中似乎多了許多人，廝殺聲頓時密集了起來。

「此刻入山的，都是些窮凶極惡的亡命之徒，」蘇焰面上雲淡風輕，「死便死了，不可惜。只是……」

「只是什麼？」見他神色有異，煙嵐不由問道。

「原本將死之人，一旦看到生的希望，便會奮起搏殺。用他們來試煉殺手，是最有成效的。」蘇焰仔細看了看，「只不過，這回的數量也太多了一點。」

再次看了立於山頭的那道黑影一眼，蘇焰咂舌，「真是心狠手辣，不留半分同門師兄弟的情面。」

話行至此，煙嵐便也知道這是誰的命令了。她看著蕭戎的背影，此情此景，竟是那般淡漠。山下接連不斷的死傷殺戮，也未見他有絲毫要叫停的意思。

煙嵐問：「閣主他……也曾經歷過這些麼？」

雖然發問，但她心中卻也已經有了答案。

定然是經歷過的吧。

想必當初一身血衣出來的人當中，也是有他一個的。只有經歷過，才能如此毫無波瀾。

「他？」只聽蘇焰說，「呵，何止是經歷過。」

煙嵐看向蘇焰。

「這樣的晝夜廝殺，近乎絕地求生的出師考核，他經歷了整整兩次。第二回出來的時候，是個奄奄一息的血人。

「他就是個瘋子。」蘇焰笑著搖了搖頭，「小小年紀，天賦異稟，是師父在所有徒弟中最看好的一個。可三年前，他卻非要退出血衣閣。」

「為什麼？」她問。

「誰知道呢，他從小就是個強種。那時候他年方十五，還沒出師，師父為了挽留他，便說若他能通過出師考核，就給他自由。誰都沒想到他竟敢一口答應，而且真的活著出來了。

「那次考核，他獨自在這座山裡殺了整整一夜。就憑一把破匕首，似乎還有一柄折疊弩，硬生生殺掉了三百多個惡徒。至於野狼猛獸，就更數不清了。」

「那……他那般決絕地要離開，怎麼如今又……」

蘇焰聳聳肩：「那就更不知道了。他離開還不到一個月，也不知在外面遇到了什麼事，被毒箭射穿了腰，胸前也被砍得不成樣子，被師父撿回來的時候已經快不行了。

「我們想盡了一切辦法，把他救了回來。他醒來後，在師父門前跪了三天三夜，說要回血衣閣。但血衣閣從來就沒有退出後又回來的先例，師兄弟們都在看著，師父不便偏袒。於是，那個瘋子就自己提出再入一次這山頭的主意，七日後他若能活著出來，便讓師父重新收他為徒。

「至於結果，他自然是做到了。只不過他重傷未癒，又經歷了七天七夜的搏命廝殺——」蘇焰摸著下巴，「雖然他一直沒承認，但這山中無論活物還是花草，都有劇毒……所以我一直懷疑他是喝死人血、吃死人肉才活下來的。」

煙嵐只是聽見，便已覺腹中翻湧，根本不敢想像那番場面。

見她面色發白，蘇焰歪歪頭，「美人兒，妳到底明不明白我為何與妳說這些？」

煙嵐愣愣地看著他。

「我與他自幼相識，十幾年的光景，也算是對他有幾分了解。」蘇焰說，「他是個冷冰冰的人。

不討厭任何人，不喜歡任何人，更不相信任何人。」

他對上煙嵐的眼睛，「但有一點我可以確信，他曾被信任的人背叛過。而且對方，是一名女子。

「他重傷時昏迷不醒，有過幾句囈語。我聽得不是很清楚，事後問他，他也不承認。」蘇焰的聲音透著涼意：「但這些年，他對待叛徒的手段之殘忍，是妳永遠也想像不到的。」

煙嵐心中莫名一顫。

「此番他帶妳回來，雖不知為何，我卻要提醒妳。順著他，聽他的話，永遠不要背叛他。

「身為摯友，我不願看他再瘋一次。」蘇焰頓了頓，「而這偌大的血衣閣，也同樣經不起他再瘋一次。」

煙嵐的眸中仍有不解。

蘇焰挑眉，「妳應該也好奇過，他年紀輕輕，怎麼就坐上了閣主之位吧？」

她點了點頭。

「呵，因為他是個瘋子。

「師父待他百般疼愛，他卻翻臉無情。將師父弄成殘廢，囚禁在地牢裡，然後自己坐上了閣主之位。」

意料之外的震驚，已讓她完全說不出話來。

「所以我說了，美人兒，」蘇焰彎下腰，湊到她面前，男子的氣息頓時將她包裹，「順著他，千萬別惹怒他。」

煙嵐愣愣地點頭。卻聽此時忽然響起一道男聲。

「你們在做什麼。」

她一驚，連忙後退幾步，離蘇焰遠遠的，這才看見了不知何時過來的蕭戎。

第七章　夢魘

蘇焰轉身瞧見面色不善的某人，聳聳肩：「我又沒碰她，瞧你那摳搜小氣的模樣。」

蕭戎說：「過來。」

這話自然不是說給蘇某人聽的。煙嵐連忙走了過去，聲音小小的：「公子可是要安歇了？」

蕭戎沒說話，轉身就走。他個高腿長，步子也大，煙嵐一路小跑著才跟上去。

伺候著他沐浴過後，煙嵐將床榻上的被子鋪好。見他躺下後，閉上了眼，她便自行退到了一旁。

煙嵐等了片刻，瞧著他應該是睡熟了，這才十分輕聲地脫了衣物，沐浴梳洗。

山上很冷，又沒有炭火，熱水沐浴過後才真正暖了全身。

她不出一點聲響地將裡衣拿了下來，正穿到一半，忽然聽見急促的喘息聲。

煙嵐愣了愣，赤著腳從屏風後走出來。靠近床榻，只見躺在上面的人額間全是冷汗。

他眉頭緊蹙，唇色發白，置於床邊的手忽地緊緊攥住了床沿。

屍身遍地，腐肉散發著惡臭。

對面那隻野狼正虎視眈眈地盯著他，滴著口水，對地上的死屍視而不見。連畜生都知道，活物吃起來總比死物更加新鮮可口。

可此時的他，連站起來都嫌費勁。先前經歷連日的搏殺，因體力不支，從山頂摔到了山腰，膝骨狠狠地砸在岩石上，此刻整條左腿腫得幾乎要撐破褲子。

這樣的人狼對峙，整整持續了一刻鐘。誰也不敢妄動，卻也不曾離開。

狼眼冒著綠光，忽地仰頭嚎叫，要將同伴招來。

就在此時，他拚命撲了上去，滿是血汙的匕首凶狠地捅進了狼的眼睛，那鋒利的獠牙頓時咬住了少年的胳膊。而他不躲，反而縱身壓著狼的脖頸，將插在牠眼中的匕首，死死地向旁邊一扯——

一道深得見骨的口子，豁然橫在了狼眼與狼嘴之間，甚至嵌入了獠牙之間。

可狼卻未死，有力的爪子踩在他的膝蓋上，那一剎那幾乎讓他痛得暈厥。但是不能！絕不能暈過去——

「公子？公子？」

手上驟然傳來溫熱的觸感，蕭戎猛地睜眼。

煙嵐只覺手腕一痛，還未來得及驚呼一聲，便被扯向了床榻。嬌嫩的後背砸在了算不上柔軟的棉被上，雙手被禁錮，脖子緊接著被人掐住，頃刻間便喘不上氣來。

他雙目猩紅，毫不留情地要掐死她。直至她掙扎間，香氣襲來，嗚噎的哭聲傳入耳中，蕭戎背脊一僵，這才清醒過來。

他看著身下滿臉是淚、嘴唇發紫的人兒，一雙美眸盡是恐懼地望著他。柔軟的身體止不住地微微顫抖，掙扎間衣衫散開，露出白皙光滑的香肩。

這般可憐，卻偏讓他在剎那間生了褻瀆之心。

若不是她，何來那些血腥難忍的場面？這些年夢魘夜夜糾纏，讓他從沒睡過一個安穩的好覺。

煙嵐見他似乎清醒了過來，抽泣著想從他身下起來，卻沒想到那隻原本掐在她脖子上的手，竟順著脖頸，一路滑至光裸的肩頭。

她不敢置信地睜大了眼睛。男子粗糙的指腹撫著那嫩滑的肌膚，引得女子身體陣陣顫慄，這反而讓他有了反應。

衣衫被那隻遊走在身上的手扯了下來，她掙脫出雙手，想要護住胸前，奈何手腕被攥得死死的，動不得半分。

「公子……」煙嵐帶著哭腔，「別……」

原本落在她誘人身段上的目光，被這句乞求勾了過去，落在那張殷紅的唇上。

小巧的下巴倏地被挑起，男子的氣息撲面而來。煙嵐被這一舉動驚得忘記掙扎，全然不敢相信那般淡漠冷冽的人，竟這樣毫無預兆地吻了她。

他的唇很涼，如同那把他常用的劍，涼得刺骨。

可她的唇又軟又熱，嘗起來居然還不錯。

輾轉幾次，他離開了那張小嘴。上面還殘存著他的津液，此刻無比誘人。

屋內安靜至極，男子的聲音在這番靜謐中，顯得更加寂寥又危險。

「張口。」

短短兩個字，卻足夠讓她戰戰兢兢，不由得試圖去猜他是何意。

僅僅一時之間，她沒能明白蕭戎的意思，也不敢開口去問。

他再次吻了上來，感知到她還是牙關緊閉，不禁失去了耐性，那隻大手在細軟的腰上一捏，女子立刻驚呼一聲。靈活的舌尖趁機探了進去，交纏吮吸間，胯下之物又硬了幾分。

房內津液交纏的聲音隱隱約約，反倒曖昧至極。

嘴唇順著她的下頷到了耳際，她輕顫著抽泣，而後又感受到溼熱的舌尖一路到了胸前。

哭聲隱忍，偏在這寂靜的夜裡格外清晰。蕭戎抬頭，就看見她閉著眼，眼淚不住地從眼角流下，甚至沾溼了耳邊的碎髮和被褥。她兩隻手腕紅腫，豐滿白嫩的渾圓因為哭泣和顫抖微微聳動。

這番景象落在任何男子眼中，只怕都是控制不住的。可她哭得實在厲害，又將唇咬得幾乎要出血，不讓自己哭出聲。渾身上下都寫著不願，卻不敢開口求他一句。

蕭戎一手撫上了她的臉蛋，觸到了淚水。

感覺到他停下，身下的人兒睜開了眼，正對上那副黑眸。

四目相對，蕭戎眸中微動。若是以前的那個她……怕是早就狠狠地一巴掌搧了過來。她向來以姊自居，從來都不曾對他有過姊弟之外的言語和舉動。自然是接受不了這般不倫骯髒的場面。

可現在的蕭瀾，失了憶，沒了家，無依無靠地被擄來，任由他隨意地拿捏在手裡。雖不知是聽信了什麼話，但今夜這樣的恐懼和順從，實在是很合他的心意。

莫名，一股肆虐之意湧了上來。

「這就是妳想要贖罪的誠意？」

聞言，煙嵐驀地想起了清晨時的對話。

那時他說：『既然想贖罪，就要拿出誠意來。』

連她自己也說過，只要繞她一命，便願意侍奉左右。而侍奉，自然包括了男女間的床第之歡。

只是……

她怯怯地說：「我、我還沒準備好……請公子、再給我一點時間……」

「多久？」

「一……」煙嵐看了看他，生怕說得太久他便要發怒，今夜蘇焰的警告還清晰地迴盪在耳邊。

她小聲試探：「一個月？」

蕭戎起身，隨手扯過被子遮在她身上。看來是同意了。

煙嵐連忙在被子裡穿好衣物，擦乾眼淚，紅著臉下了床榻。

此時天已破曉。蕭戎穿上了外衣，臨走到門口，扔下了一句話。

「日後我熟睡之時，不許靠近。」

身後之人點點頭，溫聲回答：「煙嵐記住了，公子。」

◆

古月拿著藥來時，煙嵐剛好打開房門。

她見到門外之人，先是一愣，隨後笑著將古月拉進來。在全是男人的地方見到了女子，煙嵐心中才總算有了幾分安穩。

「月姑娘是來找公子的麼？」她一邊說著，一邊替古月倒茶，「公子在破曉之時便出去了。」

茶杯遞到手中，暖了指尖，古月低頭看了看，茶還冒著熱氣。她見煙嵐滿臉溫婉笑意，毫無防備的樣子，當真只將她當成了一位姑娘，而非血衣閣四大殺手之一。

「我是來找妳的。」一瓶藥放到了煙嵐手中。

古月看著她頸間被掐過的痕跡，這才明白今早見到閣主時，為何叫她送藥過來。

「謝謝月姑娘，我正想出去找點藥的。月姑娘怎麼知道我需要它？」

煙嵐轉過身去，對著鏡子將藥塗在脖子上。

「閣主的吩咐。」

鏡子裡的煙嵐一愣。

看她塗了很多，卻仍遮不住那痕跡，又見她身子嬌弱，古月想，應該是要疼上幾天的。她頓了頓，說：「血衣閣不分男女，只以身手高低排行，向來是強者為尊。閣主不會對女子手下留情，妳須忍著點。」

煙嵐點點頭，轉過身來：「月姑娘，那妳一定很不容易。」

古月一愣，這才搖頭：「我還好，習慣了。」

「習慣了？」煙嵐詫異，「公子經常打妳麼？」

見她那副吃驚的樣子，古月難得一笑：「若犯了錯，會按閣中規矩懲罰，他一般不會親自動手。」

煙嵐這才放心地點點頭，又問：「公子平日可有什麼忌諱？月姑娘可否告知於我，我也好避著些。」

古月想了想，卻也覺得為難：「我雖是自幼生長在血衣閣，但其實與大師兄相處的時日並不多，他又向來沉默，喜怒不形於色。」

煙嵐抿抿唇，「那我便少說話，多做事，總不會輕易惹到他。」

古月點頭：「閣主甚少需要人服侍，他獨來獨往慣了，身邊也是初次有女子服侍，脾氣、秉性這些，恐怕還須煙嵐姑娘自己摸索。」

「初次？」煙嵐喃喃，回憶著昨晚之事，怎麼也不覺得他像是初次對待女子。

「嗯。」古月說，「公子與尋常男子不同，不近女色，不愛煙花之所。」

聽了這話，煙嵐遲疑地問：「公子他……真的不近女色？」

古月半點沒猶豫：「是。」

見她似乎不解，古月說：「像我們這樣的人，是最忌諱有情感、有軟肋的。這些年來，閣主殺伐果斷，從不會感情用事，所以他刀下的亡魂，除了敵人，更有自己人。這也是為何血衣閣九十一位殺手，個個都有叱吒風雲的本事，卻無一人敢生反叛之心。即便只有一絲苗頭，都會死無葬身之地。」

煙嵐想起蘇焰提到過的那件事。她試探著問：「那你們的師父……就是上一任閣主——」

古月面上平靜：「血衣閣強者為尊，師父敗了，閣主之位自然是坐不下去的。他也是唯一敗在大師兄刀下，卻沒有被殺之人。算是還他十幾載的授業之恩吧。」

煙嵐點頭，明白了幾分。

古月看著性子冷，卻偏與她說了許多，又同是女子，煙嵐溫聲說：「多謝月姑娘告知我這些，日後侍奉公子，或許我也能找到些許章法。」

「不必客氣。」

兩人在房裡說著話，便聽見外面有些吵鬧。

煙嵐上前打開門，「今日是什麼特殊的日子麼？怎的這般熱鬧？」

「今日後廚僕人會下山採買，置辦年節所用之物。」

古月走到煙嵐旁邊：「藥一日塗三次，姑娘切莫忘了。我還有事，不在此久留了。」

煙嵐點頭：「我記住了，月姑娘且去忙吧。」

她看著古月離開的背影，不由得又喊了聲「月姑娘」。

古月回過頭來。

「冬日天寒地凍，切莫再飲冷茶冷酒。」

古月笑了笑，「好。」

煙嵐看著她走遠，又看向那群下山採買的僕人。

山下鬧市，街頭巷尾掛著紅燈籠，年節的喜氣引得採買之人越來越多。鋪子掌櫃的、小攤伙計個個滿臉笑意，盤算著在年前大賺一筆；茶樓上富家子弟倚窗品茶，侃侃而談；街角孩童們吃著糕點，你追我趕；街邊院內的夫妻攜手出門，笑語不斷。

一片繁華喧鬧間，誰也沒有注意到那道穿著灰色家僕衣物的身影。

混在家僕之中的下山之路極為通暢，有幾個新來的小廝竟還與她搭話。下山後四散採買，約莫黃昏前就能結束。

她一路身形急促，避著人群，穿過條條小道，最終隱身到了樹林當中。

漫無目的地向前走，總能離那祁冥山越來越遠。

天漸漸黑了下來，樹林中越來越冷。她走走停停，腳下疲軟，不由得坐到了一塊岩石上休息。

四周逐漸黑得看不見五指，時不時傳來怪叫，令人心驚。她雖怕，卻也只得繼續趕路。

悉悉窣窣地穿梭在林間，衣衫被帶刺的藤蔓勾破幾次，但她顧不上這些。

不知走了多久，終於隱約間看見前方閃著燈火，像是村舍。

她心中歡喜，腳步也不由自主地加快。

哪裡都好。只要不是煙雲臺中那四四方方的廂房，也不是充滿殺戮和恐懼的祁冥山，便是哪裡都好。

即將到來的自由，擁著她不禁小跑起來。卻不想地上藤蔓蜿蜒，猝不及防地纏在腳踝處，煙嵐重重地摔在地上。

一聲悶哼，腳踝處疼得厲害。她費力地撐起身子，轉過頭卻看見面前有一雙蟒繡黑靴。她一驚，抬頭，便看見那張俊美的臉，還有那雙驚為天人的深邃黑眸。

蕭戎一步步走來，煙嵐不得不向後退：「公……公子……」

可還未等她開口解釋，便猛地被扯進了一個堅硬的懷抱中，整個人騰空而起，霎時滿林子都響起了鳥兒們四散逃竄的驚慌叫聲。

而此時此刻，整座祁冥山燈火通明，一群家僕正瑟瑟發抖地跪在大殿之中。

古月也跪在一旁，任憑戰風拿著女子手腕粗的鞭子，在她身邊繞來繞去。

「小古板，妳上回挨鞭子是什麼時候啊？似是好幾年前了吧？」

古月面無表情。

「妳說說妳，師兄們一會兒不在閣中，妳便連一個手無縛雞之力的姑娘也看不住？」

蘇焰嗤笑一聲：「哪裡是看不住，是壓根兒就沒看，否則那丫頭也逃不出去。」

戰風摸著下巴：「難得妳也會犯錯，今日這頓鞭子，三師兄我一定好好賞給妳！」

正說著，就見門外響起信號彈的聲音。

緊接著，四散在外的少年殺手們紛紛往回撤，直至盡數歸位。

蘇焰歪頭往門外看了看：「閻王爺回來了。」

話音未落，便看見一個女子被扔在地上，身上的衣物髒亂，還被劃破，原本白皙乾淨的臉蛋上也沾了泥汙，髮絲凌亂，一看便知此番逃跑，定是不怎麼順暢。

毫不憐香惜玉的動作，絲毫不顧及她已經有些腫了的腳踝。

煙嵐跪在地上，看著蕭戎走向主位的背影，才忽覺那是這般高大且肅殺。

她跪在中間，左手邊是緊緊叩首，不敢多說一句的僕人們，右手邊是跪得筆直的古月。而戰風手中那條比尋常粗上三倍的鞭子，看得煙嵐心中一抖。

此時她對上了蘇焰的目光。他挑了挑眉，張了口卻沒出聲，但煙嵐看清了他的嘴型——求饒。

逃了許久都未喝上一口水，喉嚨已經乾得發疼，煙嵐的聲音有些沙啞：「公子，今日……都是煙嵐的錯。擅自下山理應受罰，請……請公子責罰。」

聲音顫抖，任憑誰聽了都能感受到其中的懼怕之意。但主位上的男子面上沒有任何波動，甚至連看都沒看她一眼。

目光落在了古月身上。

戰風把玩著鞭子，恰好擋在了古月面前，戲謔道：「國有國法，家有家規，古月看管不力，理應受罰，閣主以為罰多少合適？」

「古月失職，百鞭。」

煙嵐一驚：「公子！不關月姑娘的事，是我的錯，是我——」

只聽古月叩首道：「古月領罰！」

戰風轉過身來，「那走吧，小古板，師兄我下手也沒個輕重，一會兒血肉模糊的也不好看，走，去院子裡。」

古月起身，沒有半點猶豫地去了院子。緊接著一道道鞭子抽打聲震天響起，抽得人心惶惶。

此時蕭戎看向那群已在殿中跪了兩個時辰的家僕們，沉聲下令：「來人。」

霎時便有穿著黑色夜行衣的少年們，將這群家僕包圍了起來。

「閣主饒命！小的們知錯！真的知錯了！求閣主饒我們一命！」家僕們不住地磕頭，哭喊著求蕭戎饒命，年紀小的新來小廝已經嚇得尿了褲子。

緊接著主位上傳來兩個字：「殺了。」

家僕整整三十人，但少年們沒有任何猶豫，齊齊舉刀。

「不！不要！」煙嵐面色慘白，顧不上腳上的傷，爬到了蕭戎面前，「不要！求求公子不要！他們是無辜的，最小的、最小的才十四歲！」

喉頭傳來血腥味，煙嵐狼狽地磕頭求饒：「是我的錯！公子！求你不要殺那麼多人，煙嵐願一力承擔，求你！公子！」

此時一隻大手攥住了她的下巴，他低頭看著她：「妳混在他們中間逃跑的時候，就該知道他們會是什麼下場。」

小巧的下巴被捏得發疼，眼淚不住地流到了蕭戎的手上。

她哭得可憐，「是我的錯，我不該下山……不該逃走。對不起，公子，煙嵐真的知道錯了，不要因為我殺這麼多人，我……我承受不起，真的承受不起……直接殺了我，求你直接殺了我。」

「呵。」那隻大手鬆開，男子起身，居高臨下地看著她，「既然想一力承擔，我便成全妳。」

他抓著煙嵐纖細的胳膊，將她拉了起來，拽著她走向側門。

原本悠閒地坐在一旁看戲的蘇焰，見狀倏地起身：「你來真的？」

可這句話被遠遠地甩在了身後。

◆

大殿的側門出來，便是圈養狼群的地方。

烈性野狼被關在暗無天日的地窖內，幾日餵食一頓，狼群與生俱來的同生共死之性，被消磨得乾乾淨淨。

自相殘殺、相護咬食之事日日發生，存活到最後的狼將被放逐到荒山中，成為出師考核中殺手們出師的一道殘忍關卡。無論是狼還是人，活下來者才可走出荒山，重獲自由。

地窖壓抑，新關進來的狼群正焦躁地走來走去。牠們驟然聽到一聲驚呼，聞到了活生生的人肉香氣，狼群猛地望了過來，獠牙露出，滴著口水。

地窖沒有燈火，漆黑一片，煙嵐幾乎看不見裡面到底是何景象。只是陣陣異味傳來，她心中便產生了不好的預感。

攥著她胳膊的手忽然鬆開，她腳下不穩地摔坐到地上，抬頭間，一雙幽綠的眼睛和一張獠牙大口近在咫尺——

「啊——」她匆忙地往後退，卻被身後之人擋住了去路。

雙眼適應後，這才發現自己身處怎樣的地方。

狼，全是狼。

隔著圍欄與牢籠，虎視眈眈地盯著她。

而地上，隱約間能看見一些殘存的布料。那分明……是人的衣物！

腦中驀地一片空白，疼得不行，一些看不清的碎片一閃而過，她的心猛地抽痛。

她還未反應過來，便被抓住了後領，猛地靠上了牢籠。瞬間群狼瘋嚎，要不是有牢籠阻礙，恐怕已從四面八方撲了上來。

「啊——不！不要！公子！蕭戎！」

他一把拉起她，將她抵在冰冷的柵欄上，身後就是垂涎瘋狂的野狼們。

煙嵐唇色發白，緊緊地抱住了蕭戎的腰，哭得說不出話。

「妳剛才喊我什麼？」

煙嵐身子一抖，小臉埋在他懷裡：「煙嵐太、太害怕了，對不起……」

殊不知，那聲蕭戎叫得他心中一顫，竟以為她是想起了什麼。

見他停下動作，煙嵐跪下，卑微地拽住他衣襟一角，仰頭抽泣著：「公子，我不敢了，煙嵐再也不敢了……」

一聲聲啜泣，卻未見他面上有一絲鬆動。蕭戎蹲下身來與她平視，「妳想逃走，是不是為了回去見那個林公子？」

兩人離得很近，煙嵐眸中之色清晰地映入他的眼中，若有一絲閃爍、一絲謊言，根本逃不過他的眼睛。

煙嵐不敢撒謊，「不是……」

一隻大手撫上了她的臉蛋，擦去她的淚水，「那是為何？」

她有些瑟縮，卻也任由他摸著臉蛋，「……我害怕。我、我只想去一個安全自由的地方，煙嵐不想回煙雲臺，但也不想……留在這裡。」

這是實話，沒有摻雜半點謊言。煙嵐低著頭，「但我知錯了，以後會一心一意地侍奉公子，求公子饒過煙嵐這一次。也……也饒過那些僕人。」

「不逃了？」

她立刻點點頭：「煙嵐再也不會逃了，會、會一直陪著公子。」

蕭戎單手挑起她的下巴，迫使她抬起頭來看著他。

「這可是妳說的。」

蘇焰站在地窖門口，看著某人四肢健全地出來，不由得鼓了鼓掌。

「果然是有兩下子，頭一回見到有跟著閻王爺去了陰曹地府，又出來了的。」

煙嵐的腳踝疼得厲害，跟在蕭戎身後一小步一小步地走。出來見到蘇焰，雖然剛剛哭過的痕跡明顯，身體也發軟，她卻也盡力地行了個禮，「謝公子指點。」

蘇焰擺擺手：「是妳自己造化好。」

看她行動不便，蘇焰挽了挽那扎眼的紅色衣袖，「過來扶著我。」

煙嵐立刻看了前面已經走遠的高大身影一眼，搖搖頭，「不必了，多謝好意。」

蘇焰摸著下巴，瞧著那嬌小的身影一瘸一拐地去了閣主寢殿，瞇了瞇眼：「有意思得很呢。」

◆

待煙嵐走回寢殿時，蕭戎已經沐浴完，換上了衣物。

「公子，那煙嵐也先去梳洗乾淨了……」她低低地說。

見蕭戎沒說什麼，也沒喚她過去伺候，煙嵐這才走到屏風內，脫下了髒亂不堪的衣物。水聲輕柔，穿衣細聲，生怕吵著房中之人。

煙嵐坐在鏡子前，將溼髮擦得半乾，然後動作很輕地走出來，卻發現蕭戎坐在床榻邊，那樣子分明是在等她。

煙嵐一驚，連忙踉蹌地走過去，「公子可是有什麼吩咐？」

他看了床榻一眼，「今晚睡這兒。」

來了近三日，她都戰戰兢兢地不知該睡哪，要麼是趴在桌上，要麼便是等他出了門，才縮在床榻一角睡去。今夜明說，便是讓她日後不必一副小心翼翼的樣子守在一旁。只是短短幾個字，並不能讓人足夠清晰地明白他的意思。

煙嵐紅著臉，看了床榻一眼。明明答應過要給她時間準備，怎麼今夜卻突然……

只是他喜怒無常，又剛發怒，眼下逆了他的意，實在不是上策。

煙嵐抿了抿唇，猶豫再三，最後還是上了床榻，跪坐在床榻裡側。隨後低頭，拉開了裡衣的帶子。

蕭戎回過頭來，便看見了那酥胸半露的白皙春光。喉頭下意識一緊，「妳做什麼？」

煙嵐手頭一頓，眸中滿是疑惑。

男子盯著她，先前在地窖時，她害怕地緊緊抱住了他的腰身，胸前的柔軟就那般貼在他身上，隔著衣物都能感受到香氣和豐滿。

明明嬌軟纖瘦，偏偏某些地方卻又生得恰到好處的勾人。

雖生了誤會，但此時此刻，他也不打算解釋了。

見她發愣，蕭戎盯著她，「還愣著做什麼。」

煙嵐連忙點點頭，靠近他，試探性地看了他一眼，這才伸手解開了他的衣衫帶子。

赤裸結實，卻又布滿傷痕的胸膛立刻映入眼簾。雖已見過，但再次看到，煙嵐還是忍不住倒吸了一口氣。

乾淨的手指，不由得輕輕撫上那些疤痕。

她抬頭，正對上蕭戎的眼睛。「現在還疼麼？」

那雙黑眸猝不及防地閃爍了一下。

曾幾何時，在那逼仄的馬廄前，他也曾聽到過同樣的話。

無論是否失憶，她總有這般令人心顫的本事。

煙嵐不知這句話是如何刺激到他的，還未反應過來，便猛地被壓到了床榻上，炙熱的吻落了下來。

有了上次的經驗，她乖巧地小嘴微張，任由那火熱靈巧的舌尖探入，輾轉糾纏。津液在兩人口中交換牽絲，曖昧聲音漸大。

指腹粗糙，撫上嬌嫩的肌膚時，不由得引起身下人兒的輕顫。

煙嵐緊張地抓著被褥，清晰地感受到溼熱的吻落在耳際。他含上她已經紅透了的耳垂，煙嵐不禁輕哼出聲。而摸慣了兵刃刀劍的手，此時遊走在泛著粉色的白嫩胴體上，挑逗地把玩著從未有人碰過的雙乳，且一路向下，撫過平坦光潔的小腹，探入了褻褲。

她猛地夾緊了腿，將他的手也一併夾住。這一動，便碰到了受傷的腳踝，她疼得發抖。

感受到她忽然抖得厲害，他一頓，抬頭看她。

煙嵐不是故意要掃他的興致，實在是……從未經歷過這般過於親密的舉動。

「對……對不起公子，我……」她眼眶發紅，「我害怕。」

怕得抖成這樣？

他往下看去，這才藉著床榻邊的燭光，看清了那已經腫得青紫的腳踝。

看她走路踉蹌，以為是嚇的，原是受了傷。

蕭戎起身，下了床榻。

煙嵐不明所以地坐起來，攏好衣衫，安靜地等他。直至看見蕭戎拿著一個盒子回來。

「自己塗。」

那盒子說大不大，說小也不小，驟然放到身上還覺得有些重。打開蓋子，裡面全是藥瓶。

見他側身睡在外側，沒有要繼續剛才之事的意思，煙嵐鬆了一口氣，溫聲說：「謝過公子。」

煙嵐塗過藥後，便安然睡在裡側，呼吸均勻，睡得很熟。

中間留出了大片位子，卻也擋不住女子的體香和溫熱氣息，飄灑到外側。

原本是被噩夢困擾得無法入睡，尚且說得過去。而如今堂堂血衣閣閣主，卻因某處蠢蠢欲動的堅硬，被惹得一夜未眠。

◆

清晨，外面傳來鳥兒的叫聲。

祁冥山的鳥兒們似乎不懼冬日，即便寒冬臘月仍舊有活力得很。

大約是像到了這血衣閣當中的眾人，無論如何寒冷，都仍舊穿得單薄，且從不用炭火。

煙嵐起身，驚覺僅僅一夜，腳踝處便消了腫。她動了動，除了有些痠軟，幾乎已感覺不到疼痛。

她倏地看向昨夜順手放在身旁的盒子，下一刻便穿好了衣物，連梳洗都顧不上，抱著盒子就打開房門，徑直朝著某處走去。

臨到不遠處的廂房門口，她頓了頓，神色黯然。

平白無故害她被罰……

煙嵐彎腰，將盒子放在了房門口。一轉身，卻正巧碰上練武回來的古月。

煙嵐驚訝：「月姑娘昨日挨了責罰，怎麼……」

古月看見地上的盒子，又看見煙嵐一臉歉意，不由得唇角勾起：「進來再說。」

煙嵐看她沒有半分不悅，反而輕鬆地拿起地上的盒子，推開了房門，便也跟著她走了進去。古月打開盒子看了一下，「都是上好的藥，妳把閣主房裡的藥統統拿給我，也不怕他不悅？」

煙嵐顯然沒有想到這些，啞了啞，說：「這事……應該不至於要了性命。若要責罰，那便責罰吧。」

她擔心地看著古月：「月姑娘，是我罔顧妳的信任，害妳平白被牽連。妳……妳要是不嫌棄，我便每日來幫妳換藥，這些藥好像很厲害，昨夜我腳踝傷到，塗了一夜便好了。」

一邊說著，煙嵐一邊在藥箱裡翻找：「應該是有止痛祛疤的藥膏的，妳看用哪個合適？」

古月握住了她的手腕，「不必了，昨晚也沒挨幾下。」

「怎麼沒挨幾下，公子罰的可是百鞭！」

但見古月如此精神抖擻地站在面前，煙嵐不信她有金剛不壞之身，卻又忽地莫名想到了戰風的臉。

「莫不是……」戰風放了水？還在蕭戎的眼皮子底下？

古月見她已經猜到其中有異，也不瞞她：「他自告奮勇掌刑，不想卻是個不會用鞭子的，十鞭有八、九鞭都打偏了，我也算是撿了回便宜。」

煙嵐回憶了下初見戰風時他玩飛刀的樣子，她仍記得那鋒利至極的刀刃，是如何靈巧地穿梭在他的指尖。然而這般人物，竟是個不會使鞭子的？

但人無完人，見古月說得如此篤定，煙嵐便也相信了。

橫豎古月無大礙，她心中的一塊大石頭也放了下來。

同是女子，古月也能明白她的做法。「煙嵐姑娘，血衣閣做的雖是殺人的生意，但也並非全無章法。我明白妳身處這樣的地方，會覺得不安和害怕，幼時的我也曾經歷過妳的感受。

「只是妳也要明白，祁冥山不是誰想來就來、想走就走的。妳在這裡見到的人、聽到的事，都將干係整個江湖，甚至朝廷動盪。若妳平白離開，又被有心之人抓住，嚴刑拷打之下，妳當真能什麼都不說麼？」

煙嵐沒有說話。

「妳此番擅自逃走，按照血衣閣的規矩，是不可能活下來的。因為一旦洩密，哪怕只有一個名字，都將掀起一番腥風血雨。

「所以包括我在內，還有那些後廚的僕人，都該受到懲罰。妳不必感到愧疚。」

話行至此，古月說：「或許強行將妳擄來、留在這裡，違逆了妳的本意。但閣主就是這樣的性子，若不能贏了他，便只能聽他的。」

雖然句句肅然，但煙嵐聽得出這是真話。她點點頭：「我明白了。」

古月在門口看著煙嵐離開的身影，不由得嘆了一口氣。如同看著一隻漂亮的鳥兒，被硬生生地關在牢籠之中。

此時屋頂傳來一道戲謔的聲音：「小古板，平時都看不出妳話這麼多。」

她頭都不用抬就知道是誰，理都懶得理，轉身就準備關上房門，結果一隻腳卡在了門口，戰風揚了揚手上的藥瓶，「我的藥好，用我的。快把衣服脫了。」

話音未落，就見一道銀光劈頭蓋臉地砍來。古月一改與煙嵐說話時的隨和，眸光凌厲，招招直衝戰風的面門。

戰風東躲西躲，還不忘調侃兩句：「師兄又不是要幹壞事，真是要幫妳上藥，不脫怎麼上藥啊？哎哎哎，妳往哪兒刺呢！」

不一會兒，屋頂上的打鬥便引來了閣中眾人的目光。

蘇焰原本坐在亭中品茶，冬日雖冷，日頭卻不小。陽光照在那張精緻的臉龐上，鼻梁高挺，面色如玉，尤其是那雙丹鳳眼，眼梢吊著男子本不該有的妖媚。雪地裡的一襲紅衣，卻未減半分男子氣概，反倒於靜默間更添了幾分血色野性。

原本安靜地喝著酒，賞著雪景，偏偏被那聒噪的打鬥聲擾了興致。

正巧小廝上來，換上一壺新酒，「二閣主，那兩位又打起來了。」

蘇焰懶洋洋地看了不遠處屋頂上的那兩道身影一眼，嗤笑一聲：「就是賤唄，成日晃到人家跟前找打。走，換個清淨的地方去。」

◆

年關已至，後日便是除夕。

可煙嵐沒想到，蕭戎竟讓她收拾東西，說是要出遠門。

「公子，」煙嵐一邊擦拭著劍鞘，「我們不在這裡同大家一起過年麼？」

還未等蕭戎回答，就聽見房門被人大剌剌地推開。

蕭戎看見來人便不耐煩：「你不會敲門？」

蘇焰吊兒郎當地甩著一個錦袋進來，「青天白日的，難不成還有什麼見不得人的事？」

他繞過蕭戎，輕佻地走到煙嵐身側，將錦袋放到她面前，「喏，妳家公子必不可少的東西。」

煙嵐拿起來看了看，好奇地問：「是什麼呀？」

蘇焰眨眨眼：「富陽春，壯陽用的。」

女子的臉一下子紅到脖子根，看得蘇焰哈哈大笑。

「美人兒，怎麼說什麼妳都信啊？那東西……」蘇焰回頭打量了下蕭戎，「約莫他也用不上。這些是他身體不適時需服的藥，切記配冷水服用。」

煙嵐看向蕭戎，「公子的身體可有大礙？」

見她殷切，蕭戎吐出兩個字：「無事。」

「確實也不是什麼大事，」蘇焰插話，「冬日年關這幾日，他內力會紊亂些，不宜耗神，需要靜養。約莫十來天便會好了，妳就像平日那般服侍著就行。」

忽然想到什麼，蘇焰笑瞇瞇地看向煙嵐，「有些事情，便要節制些了。」

蕭戎皺眉：「你舌頭要不要了。」

「好好，橫豎現在有了佳人，看誰都不順眼。」蘇焰擺擺手，「趕緊走，走了這祁冥山便是我說了算，定要帶著那幫剛出師的小傢伙們好好熱鬧一番！」

第八章　獨處

浮林孤島位處大梁東境，距祁冥山百里之遠。

此島三面環水，僅有一條林中小路延伸至繁華世外。冬日裡白雪皚皚，屋頂院內，林中樹木雪白一片，美得令人不禁讚嘆。馬蹄將小路踩出印跡，一路蜿蜒到孤島之上。

煙嵐被抱下馬，望著眼前的美景，不禁感嘆：「這也太美了！公子，這便稱得上是世外桃源了吧？」

蕭戎牽著馬，跟著前面的女子。不是煙雲臺那小小的廂房，也不是四處布滿機關的祁冥山，如此天高地闊，如此美景，煙嵐笑得開心極了。

住處是一所不大的木屋，正臨闊海之景，三面林木環繞。樹木枝椏上的雪看起來沉甸甸的，纖細的手指輕輕一碰，那雪花便撲簌簌地落下來。

微微冷風吹過，雪花黏在身上，瞬間化成漂亮的圖案，令人看得著迷。

「喜歡這裡？」

身後之人驟然發出聲響，煙嵐才反應過來。她竟沉迷於雪景之中，將主人落在了身後。

在這漫天雪地當中，他鮮少地穿了一襲白衣，不同於平時黑衣映襯下的肅殺之態，眼下確是一番翩翩貴公子的模樣。身旁馬兒溫順聽話，男子負手而立，高大挺拔。雪花飄落，落在那黑髮上，竟顯得無比禁欲。

而這般清冷的人，任誰也想不到他夜裡竟會解開女子的衣物，淫靡至極地親吻和撫弄。

片刻的出神，使得蕭戎朝她走了過去。

這一走近，便更顯得她身形纖瘦嬌弱。

「問妳話呢。」

煙嵐急忙點頭，「喜歡，煙嵐很喜歡這裡。」

她仰著頭，眸中是遮不住的歡喜：「這樣的地方，怕是一直住著也不會膩的。」

這般真切的笑容，如春日化冰的泉水般，滴進了人的心裡。

「公子，煙嵐這就去將屋子收拾乾淨。」

屋內，煙嵐將他的東西放置得井井有條。屋外，蕭戎站在廊前，眼望著對面遼闊的海域景象。雖是背對著屋內，卻也能聞到她身上淡淡的清香傳來。

曾經，他住在氣味難聞的馬廄旁，做著餵馬的活計，她便時不時來找他。

名貴的西域奇香也好，木芙蓉沐浴過後的體香也好，總能掩蓋住一切不好的氣息，久久縈繞在身邊。大概是對那好聞的氣味著了迷，才總想在她身邊，跟著、陪著，聽她輕靈的笑聲，看她頤指氣使欺負人的樣子……

如今算是做到了。趁著她失憶，強迫著、嚇唬著，將人留在身邊，日日看著聞著，甚至肆無忌憚地觸碰著。那張驚豔臉蛋上露出的表情，害怕也好，嬌羞也好，即便是疑惑的模樣，竟也能勾得他蠢蠢欲動。三年來每每想起她時的濃烈殺意，卻在她那該死的一聲聲「公子」中，消磨殆盡。

既然如此，那便這樣。就像現在這樣……

蕭戎轉身，看著屋內忙碌的身影。

耗上一輩子來賠，也未嘗不可。

此時煙嵐從房中走了出來，「公子，屋子都收拾妥當了。」

她輕撫了下額間的細汗，又看見外面天已黑，「公子是想先用膳，還是先沐浴？」

她一邊說著，又一邊自顧自地朝隔壁的後廚走去，「還是先用膳的好。三日奔波，已經錯過了除夕和初一，眼看連初二都要過了，還未吃上一頓像樣的席面。」

鬼使神差的，蕭戎跟著她走了過去。

女子挽著袖子，露出一小截纖細的手臂，拿起砧板上早已放置整齊的食物。

「公子，咱們才剛到，這些東西是何人準備的？」

「家僕。」

她點點頭。也是，明知閣主將要在此小住，想必也是早早置辦好了一應吃食。

煙嵐準備清洗蔬菜，雙手剛浸到冰得扎手的水中，立刻被凍得通紅。

一旁的男子清楚地看見她瑟縮了下，臉上卻不曾顯露半分嬌氣和不悅。

「這水是不是泉水啊？比尋常水還要清澈一些，就是有點涼。」

曾經的她哪裡做過這些事，嬌生慣養的，走到哪都要人侍奉，被慣得大小姐毛病一大堆。他走過去，從她手中拿過那些菜，「妳去做別的。」

煙嵐愣愣地看著自己空空如也的雙手，又見他熟練地洗著東西，彷彿早已做慣了一般。

「嘩嘩」的水聲充斥於靜默之間，煙嵐四處望了望，目光最後落在了灶臺上。

背後傳來異響，蕭戎轉過身來，看見一道粉白身影正蹲在灶臺前，手裡拿著打火石，砸得啪啪作響。見他連菜都洗好了，這邊還未有任何進展，煙嵐的耳朵有點紅，一雙美眸滿是歉意。明明是來做婢女的，卻偏偏什麼也不會。

「要不……」煙嵐將手中的打火石捧到他面前，輕聲問：「我來切菜吧？」

那副不好意思的表情，此時此刻落在他眼中，竟有些可愛。

蕭戎立刻別開目光，沒說什麼，將手中的東西放到了砧板上，用她遞過來的錦帕擦乾了手，然後接過了打火石。

煙嵐拿起了刀，仔細地切著菜，順帶著悄悄瞄了正在生火的某人一眼。

這回是她站著，居高臨下地看著他單膝蹲在灶臺前，指尖隨意地將打火石擺弄了幾下，火苗便順著灶臺口的乾枯稻草迅速燃燒了起來。火光映在他臉上，映著側顏輪廓清晰，好生養眼。

他倏地側過臉來，目光直直地與她對上，那眸光銳利似箭地捕捉到她，讓煙嵐心中莫名一驚，手下一抖，緊接著疼痛感傳來。

「啊。」她低頭看向被割破的手指，見血滴在了砧板上，連忙將受傷的手拿開。

這時蕭戎已經起身走了過來。

「是我大意了……公子，煙嵐這就重新洗別的菜，這些、這些就不要了。」

可還未等她動作，那隻受傷的手便已被他拿了起來。

她被扯著向前一步，這使兩人離得很近，女子的身體近乎貼在男子的身上。

蕭戎正盯著她手指上的傷口，未曾注意到煙嵐那隻未受傷的手，手腕正貼著菜刀的刀柄。

她低頭看了一眼。

如此近的距離，如果此時能傷他一、兩分，應該……能爭取到逃跑的時間。

她的眼神閃爍，而那隻手不自覺地摸上了刀柄。卻未想被割破的指尖上，忽然傳來溼熱的觸感，煙嵐瞠目結舌：「公、公子。」

指尖的血被吮吸乾淨，靈巧的舌尖滑過，令煙嵐不禁身體一抖。想抽回手，卻奈何手腕被牢牢抓住，半點都掙脫不開。她甚至有些擔心，若他瞧出了自己剛才的歹念，會不會一口咬斷她的手指？

正擔心著，就見手指完好無損地出現在眼前，蕭戎說：「口子不大，不用塗藥。」

「啊，好、好。」她看了火已經很旺的灶臺一眼，「那……」

話還未說完，便被蕭戎打斷：「去將碗筷擺好。」

區區兩個碗和兩雙筷子，不過說兩句話的功夫便擺好了。煙嵐乖巧地坐在一邊，看著他嫻熟的動作，不禁將心裡話問出口：「公子，你是喜歡做這些麼？」

聽說才能非凡之人總有些特殊的愛好，以排解心中不暢，莫不成下廚便是其中之一的法子？

殊不知這些並非他喜歡，而是不得不做。那馬廄旁窄小荒涼的院子裡，一切活兒都落在他身上。那時候母親體弱多病，常年服藥，哪裡有力氣做這些。

小小的他只比灶臺高一點，便踩著木凳，踉踉蹌蹌地將勉強炒熟的菜端了下來。年復一年，生火做飯、灑掃漿洗、搬扛餵馬，便都成了習慣。

那些並不討喜的往事回憶劃過眼前，蕭戎抬頭看她，手上動作未停。

「誰叫婢女無用。」

煙嵐一聽，趕緊起身走過來，正好將盛出的菜接了過來。她朝著蕭戎討好一笑：「公子放心，煙嵐會好好學的。」

蕭戎手上一頓，隨後沉默著又做出了好幾道菜。

煙嵐在旁邊誇個不停，原本寂靜到來的夜晚，竟也熱鬧了幾分。

◆

晚膳豐盛，彌補了連日奔波的勞累。

蕭戎看著面前之人小口小口地吃著，竟還吃得不少。胃口如此好，怎麼會這麼瘦？看上去隨隨便便就能傷著。

屋外寒風刮了起來。

用完膳，煙嵐便起身收拾，準備去外面洗乾淨。但一雙大手將她手中之物拿了過去，丟下了一句「我來」，便離開了屋子。

門一開，寒風湧進，凍得她一哆嗦。今夜這般寒冷，必定得多熱一些熱水來沐浴才行。

蕭戎將碗筷放置好，再回到後廚時，就看見一道纖弱的身影，正費力地提著裝滿熱水的木桶。見他看過來，煙嵐說：「公子稍等一下，待將屋裡的浴桶裝滿，就能沐浴了。」

就這個速度，約莫沒有個把時辰是裝不滿的。況且，這幾日他不能用熱水沐浴。

「去將乾淨的衣物取來。」

聽見命令，煙嵐連忙將手上的木桶放下，「是，煙嵐即刻就來。」

她在屋裡翻找出蕭戎沐浴過後要穿的衣物，還貼心地將提前準備好的薰香和藥草也拿了出來。走到隔壁那間小屋時，竟發現木桶中已經裝滿了熱水。

蕭戎走過來，拿過衣物就往外走。

煙嵐不明所以地叫住他：「公子，你不沐浴了麼？」

蕭戎沒有回頭，「用不上。」

煙嵐遠遠地瞧著，他去了岸邊，夜幕中彷彿見他解開了衣衫。她迅速別過臉去，此時寒風吹來，冷得她立刻進了屋子，關上了房門。

屋內點著薰香，白皙的身體泡在熱水中，覺得無比舒適。聽見屋外寒風的聲音，煙嵐不禁轉頭看向門口的方向。

這麼冷的天，竟用那麼冰的水來沐浴。

待她沐浴完，回到那間就寢的屋子裡時，蕭戎已經回來了。他穿著單薄的裡衣，神清氣定，沒有半分被凍到的樣子。

但煙嵐還是仔細地問他：「公子，要不煙嵐去煮碗薑湯？」

蕭戎掀開被子，「妳會煮？」

「……」煙嵐抿抿唇，「公子教一次，我便能學會。」

「不必，熄了燈就過來。」

如此模樣，當真是不需要什麼薑湯了。她吹熄了屋裡的燈盞，輕聲走過去，如同在祁冥山上那般，睡在了床榻裡側。可這床榻比祁冥山的要硬，被子也薄了許多，僅穿著單薄的裡衣躺在被窩裡，不一會兒便覺得冷得有些受不了。

她睜開眼，看看身旁之人，他閉著眼，沒有半分不適。

究竟是怎樣的身體異樣，竟讓他能在冷冽寒風中，用冷水沐浴，夜裡還只蓋著這麼薄的被子？是體熱之症麼？

這麼想著，煙嵐不自覺地往外側靠了靠。

女子的香氣和溫熱湊了過來，蕭戎睜眼，正對上一副透著小心翼翼的眸子。

「我冷……」還未等他發問，拱到他身邊的人兒便已老老實實地交代了。

她聲音小小的，還有些顫抖，唇色發白，大概是已經忍耐好一會兒了。

見他一言不發，煙嵐只好又自顧自地往後撤了些，「興許一會兒就不冷——」

話音未落，腰上就圈上了一隻胳膊，輕而易舉地將她攬入懷中。身體貼到那炙熱的胸膛上，如同抱到了冬日裡的火爐，暖意襲遍全身。

精緻的小臉貼在他胸前，煙嵐唇角勾起，「謝謝公子。」

她倒是舒服了，頃刻間睡意湧來，沉沉地閉上了雙眼。

軟香在懷，攬著細腰，那對豐滿的渾圓緊緊地貼在身上，而懷中女子馨香的氣息噴灑，未出一刻鐘，下身便挺得筆直了。偏偏懷中之人清醒時謹小慎微，睡著了卻膽大包天，竟還敢拿膝蓋蹭他。

漸入夢鄉的女子呼吸逐漸均勻，根本未察覺到一絲異樣。

她睡得半夢半醒之時，卻聽見耳邊傳來有些沙啞的聲音，「還冷麼？」

煙嵐聽得不是很真切，但還是迷迷糊糊地回答：「還有一點……」

緊接著便覺耳際傳來溼熱的舔弄，「那便做些能發汗的事。」

煙嵐是被吻醒的。她的衣衫不知何時被解開，此刻正袒胸露乳地躺在男子身下，任由他纏著舌尖兒，將她吻得有些喘不過氣。

那吻順著下頜舔弄著、吮吸著，在原本雪白乾淨的脖頸和香肩上留下曖昧的紅痕。她無措地喘息，不明白他怎麼突然來了興致。

然而親吻不停，來到那嫩乳之間，微微偏頭，便一口含上了粉得嬌豔的乳尖。

「啊……公、公子！」他不僅舔了，還咬了。

力道不輕不重，是恰到好處的挑逗。女子被折磨得細腰挺起，想要逃離，卻無意間又將自己往他嘴中送了幾分。

一邊被含住，另一邊被男子粗糙的指腹拈捏著，煙嵐驚覺腿間流出熱液。

明明知道早晚會有這麼一天，可當被硬物頂弄，而他的手探入褻褲之時，煙嵐還是怕得眼眶發紅、噙滿淚水。

相處以來的這些日子裡，知道他說一不二，且喜怒無常。煙嵐不敢拒絕，只能顫著聲音說：「請、請公子輕一些……」

抽抽噎噎又淚流滿面的樣子，蕭戎看在眼裡，硬在下面。

這般可憐的模樣，不知進入後又會是怎樣的一番哭喊和求饒。這麼小、這麼瘦的身體，那裡一定也很小很窄。

蕭戎低頭看了自己一眼，那物硬起後幾乎與她手腕一般粗，明知可能會撐壞她，他卻抑制不住地扯下了那雪白的女子褻褲，分開了她的腿。

卻未想指尖觸感異常，而他向來對血腥味敏感。

身下之人見他停住，愣了愣神，又感覺到一股熱液流出，這才驚覺發生了何事。煙嵐的臉一瞬間漲得通紅，忙從枕邊拿出錦帕，顧不得衣不蔽體，將他指尖猩紅的血跡擦去。

並非她有意掃興，實在是這事來得太巧。他沉默地看著她仔細擦拭，長髮滑落肩頭，遮住了那令人血脈噴張的景象，卻又平添了幾分若隱若現的情欲之美。

如今這情勢，怕是繼續不成了。煙嵐低著頭，偷偷瞄了他胯間一眼，只見那裡還是高高聳起，一副蓄勢待發、攻城掠地的勢頭。

倏地，自己的手腕被擒住，煙嵐還未反應過來，便再度被吻住。

她心中一驚，莫非他今夜是鐵了心要……

下一刻，手中錦帕掉落，取而代之的是又熱又硬的粗長之物，她一隻手尚握不完全。

而此時長髮被撥到一邊，男子的另一隻手順著她平坦的小腹撫上來，肆無忌憚地捏住了胸前的軟香。

「嗯……」她被迫仰頭承受著他的深吻，舌尖被吮得有些發麻，又被身上那隻手撫弄得渾身酥軟。

煙嵐覺著有些坐不穩，想要支撐住自己的身體，未想竟無意中按在了他的大腿處，立刻傳來一聲低喘。而那隻握住她手腕的手，不由得帶著她開始上下套弄那駭人的碩大。

如此毫無隔閡的接觸，煙嵐清晰地感受到手上東西的尺寸。一想到要將這東西放到身體裡，一種莫名的疼痛便從小腹襲來，手上也緊張得不自覺使出了力。

「呃……」他離開那張殷紅的小嘴，隱忍過度，額間冒出細汗：「輕點兒。」

「啊，好、好。」

蕭戎放開她的手腕，攬上她的腰，使她靠得更近，「繼續。」

煙嵐紅著臉，學著他剛才教的，可手腕已經有些發疼，動作便緩了些。她自作主張地換了一隻手，可那隻有些涼的手乍一撫上，便忽地感覺到蕭戎身體一僵。煙嵐被猛地摁到了床上，親吻粗暴地落在她的脖頸、胸前，唇齒間又像是吻，又像是咬。

男子的手重新握住了她的手，甚至將它完全包裹住，上下套弄的速度也比剛才快了許多。

無聲的夜並未像想像中的那般靜謐。仔細聽著，便能聽見細微的嬌吟和沙啞的低喘、唇舌間曖昧的纏弄、木製床榻搖晃的聲音，無一不在訴說著男女間的纏綿與淫靡。

直至一股股白濁射在女子乾淨嫩白的小腹處，順著女子姣好的腰線緩緩滑落之時，這夜總算真正靜了下來。雖未盡興，蕭戎卻也總算放開了她。

手心和腿間黏膩得很，煙嵐費力地起身要去梳洗，可陣陣腹痛襲來，她腳下一軟，差點跪在地上。幸得身後一雙手及時扶住，這才不至於疼上加傷。

男子的聲音還透著釋放過後的快意：「在此等著。」

許是來了這世外之地，身心愉悅，煙嵐受寵若驚地被他抱到了沐浴的熱水中，連同床榻都未讓她沾手收拾。

只是草草收拾過之後，原本就不大的床榻便顯得更加簡陋了。好在被褥仍舊乾淨，煙嵐獨自一人裹著被子，只露出一雙水濛濛的大眼睛。

「公子，你穿得這般單薄，會著涼的。」

蕭戎合衣躺在外側，睡在冷冰冰的木板上。

他沒說話，只將她連人帶被子往懷裡摟了摟。

夜已深，知道他日日都要早起練武，煙嵐便不再出聲打擾他，安靜地閉上眼，漸漸睡熟。

聽見逐漸均勻的呼吸聲，蕭戎睜開了眼睛，裡面一片清明，沒有半分睡意。

他側頭，便能看見那張被被子遮住半張的小臉。

手，不由自主地撫上了她的頭髮。

屋外寒風肆虐，呼嘯聲久久不息。屋內冷硬的木板上，蕭戎回想著在後廚時，那雙閃爍的眸子，還有那隻隱隱試探著想要拿刀的手。

「為何不做。」

懷中之人睡得很熟，沒有回答。但男子那雙好看的眸子卻如狼般泛過厲色。

「妳若無情，我便也狠得下心了。」

◆

清晨不似夜裡那般寒冷。

煙嵐醒來時望了窗外一眼，接著便猛地起身，屋裡空無一人。

她竟睡到了日上三竿，錯過了伺候他早起練武的時辰。

此時小腹又襲來陣陣疼痛，令她不禁皺眉。昨晚安睡沒多久，便被這疼痛折磨醒了，一整晚嗚噎呻吟，約莫吵得他也未睡好。

想起昨晚，她又紅了臉。做了那般親密又羞澀的事情，還赤身裸體地被他抱著去沐浴，這都是她未曾想過的事。即便同林公子認識近三年，也從未有過任何逾矩之舉。

而與這位半夜將她擄走的不速之客，認識不到半個月，便已……

沉寂、空白了三年的思緒，忽然有些亂了。想不起曾經，亦不知將來。

煙嵐垂眸，原以為此生或許只能被關在煙雲臺那間小小的廂房中，卻不想會遇見他。

可此人身分特殊，生性冷漠，恐怕不會為一介女子動心，大約不出半年便會膩了吧。到那時，只怕……

此時門被推開，思緒被猛地打斷。

煙嵐抬起頭，看見高大的男子手上端著一碗冒著熱氣的東西，走了過來。

碗遞到她面前，熱氣頓時暖了她的四周。而端碗之人依舊語氣生硬：「喝了。」

煙嵐以雙手捧過碗，「薑湯？」

她喝了一口，暖流沿著喉頭一路滑過。她一口氣將整碗都喝了，這才注意到他額間全是汗。練完武本就氣血翻湧而體熱，又生火煮湯，豈不是更熱？

她連忙起身，將碗放到一旁，「煙嵐伺候公子沐浴更衣。」

「不必。」他轉身就走，只留她一人在房中。

煙嵐望著他的背影，張了張嘴，卻什麼也沒說出來。

這人白日和夜裡根本就不像是同一個人。白日裡一副生人勿近、誰近便殺的模樣，夜裡卻是……

她依稀想起，拂曉腹痛呻吟之時，似乎曾有一隻手撫上，暖了小腹，緩了疼痛。

可她卻又記得不清楚，到底是真的還是做夢？

思索著轉身，看見了那個空碗，她頓了頓，唇邊勾起柔和的笑意。

整整大半日，都未見蕭戎有什麼吩咐。月事的不適稍有緩解，她便立刻動手把昨晚弄髒的褥單清洗了。即便冷水有些扎手，也總比晚上又讓他睡木板要強。

她將褥單晾在廊前，白日雖冷，日頭卻也充足，不出兩個時辰便能晒乾了。

晾好褥單，她才發現自己所站之地，正好能將大片的廣闊雪景納入眼中。

而雪地中，一道黑色身影飛舞，招式極快。

煙嵐靜靜地看著，總覺得這場面似曾相識。他每次練武的招式都不同，每回看都該覺得新鮮才對，可偏偏，總有一種熟悉的感覺。

但細想過後，卻沒有絲毫相似的記憶，反倒引得自己頭疼。煙嵐搖搖頭，興許是多看了幾次，便有些混淆了吧。

她洗淨了手，趁著他還未結束，打算像他昨晚那般，做上一頓像樣的席面。

於是蕭戎回頭看過來之時，就看見後廚之地燃起黑煙。他眉心一皺，快步走了過去。

果不其然，看見一個不懂半點下廚之事的人，正在煙薰火燎中嗆得直咳嗽。

蕭戎一把將人拉了出去，「妳這又是在做什麼？」

煙嵐手上還拿著打火石，「公子，我明明就是按照你昨天的樣子做的……」

蕭戎看著她，這樣不會做事還淨是添亂的婢女，只怕是賣不了幾兩銀子的。

看她被嗆紅了臉，他沉聲道：「出去。」

煙嵐一聽這語氣不善，立刻乖乖走了出去，滿臉歉意和不好意思地看著他，再次做起了她原本的分內之事。

◆

接連試了幾日，煙嵐終於明白，原來料理一手好湯水也是需要天賦的。

明明是照著蕭戎的做法依樣畫葫蘆，卻還是能煮得燒焦、做得過鹹，平白浪費了糧食。

至此，煙嵐也只能認命地去做些力所能及的雜事。像下廚這等大事，她就只有打下手的分。

就這樣在島上住了十來日，除了後幾日蕭戎每隔幾個時辰，便要在冰天雪地中泡冰水，著實令煙嵐心驚之外，其餘時候她都是過得愜意且自在的。

朝夕相處這十幾日，她也不似最初那般極為畏懼他了。想來任是誰吃了蕭戎那一手好菜後，也不好意思再說什麼閒話。正所謂，吃人嘴軟。

更何況此處熱水沐浴不便，若是回回都要她自己提水，只怕是要累得日漸消瘦了。面冷心熱大抵就是如此。

煙嵐眼看著蕭戎將東西妥善地掛置在馬上，而她則兩手空空地跟在後面，若是叫旁人瞧見了，只怕是不敢相信世間還有這般享清福的婢女。

「公子，你的身體當真已經無礙了麼？」直至被他抱上馬，圈在了懷裡，煙嵐還是不太確信。隔著衣物，都能感受到他體溫灼熱。

「差不多了。」蕭戎拉動韁繩，休息了十幾日的駿馬勁頭十足，飛奔而出。

「為何不等完全好了再走呢……」

耳際風聲大，但煙嵐仍舊聽得見他的聲音：「天色太沉，恐有暴雪。」

煙嵐當即明白，暴雪一來，只怕那小木屋便要比現在還要冷了。他體熱，自是不怕，暴雪能折磨的，唯有她這般身嬌體弱、還怕冷之人了。

驀地心頭一暖，煙嵐低低地說：「多謝公子體恤。」

只是風太大，而她聲音太小，身後之人沒有聽見。

此番回程，不知為何不像來時那般晝夜不休，反倒是一到天黑，便會停在客棧休息。來時她的確有些吃不消，又不敢吭聲，讓他停下來休息，只能忍著身體不適，也致此次月事腹痛不止。不知是不是因為用膳時提過那麼一兩句，未曾想回去路上，就真的輕鬆了許多。

今晚停留的客棧，便是最後一個落腳處了。明日若出發得早，約莫不到午時便能抵達祁冥山。

這客棧位處偏僻，馭馬飛奔許久，到時已經深夜。四周都是深山老林，靜得嚇人。

而客棧燭火寥寥，煙嵐扯著蕭戎的衣袖，緊緊地跟在他身邊。

還未進門，便看見一個駝著背的老頭匆匆走了出來：「不知閣主親臨，未及時出門迎接，請閣主恕罪！」

原來是血衣閣自己的地方，煙嵐頓時鬆了一口氣，還與那老頭恭敬地行禮：「深夜前來，要麻煩伯伯安置了。」

那老頭一隻眼瞎了，只用另一隻眼打量了下煙嵐，笑道：「聽聞閣主身邊有了女子，老頭子我原本還疑惑，如今見姑娘風采，便知為何了。」

煙嵐笑笑：「伯伯過獎了。」

「上好的廂房還空著，雖說是最好的，恐也難以入得了閣主的眼，老頭子我——」

話還沒說完，便被蕭戎打斷：「帶路。」

「啊，好、好。」老頭轉身，一邊帶路一邊繼續道：「客棧人本就不多，一見到自己人便覺得親切——」

聲音戛然而止，煙嵐眼看著一支利箭從老頭身上穿刺而出，熱得發燙的血飛濺到了臉上。還未反應過來，便被蕭戎一把拉到身後，只聽「嗖」的一聲，又是一支利箭射在了門上。

煙嵐一愣。

射中老頭的箭，是從客棧裡面射出來的。

而這支射偏了的箭，則是從客棧外的深林中射出的。

腹背受敵，原來不過是一瞬間的事。

此地偏僻，又是敵人在暗、我在明的處境。

煙嵐被蕭戎擋得嚴嚴實實，若從遠處看，根本看不出有兩個人。

只見蕭戎從腰間取出一物，一道煙火便衝向漆黑夜幕，刺耳的聲音霎時響徹雲霄，驚得林中飛鳥四散而逃。

眼下被堵在客棧門口，不能進去，亦不能離開。這樣有備而來的襲擊實在太巧，卻又巧得詭異，像是早已安排好的一般。

他們落腳此處是臨時起意。她看了趴在地上的老頭一眼，此人該是早就被收買了。

煙嵐看著面前的背影，敵人不知有多少，但他只有一把利劍，身體尚未恢復，還帶著一個手無縛雞之力的累贅。

好在此處離祁冥山不遠，若只有他一個人，順利離開也不是不可能的事。可煙嵐看著蕭戎的後背，卻莫名覺得他不會丟下她。女子的直覺向來莫名其妙，卻又準得可怕。

腳步聲漸近，踩在雪地中發出聲音，深林中逐漸出現越來越多的黑衣人。持盾持弩的先行，而後跟著持劍之人，連同藏匿於客棧中的刺客，此時也自客棧左右而出，與深林所出的同伙們合流。

合圍之勢漸成，但蕭戎始終沒有任何動作。因為只要他一動，便會露出身後之人。

她背後的客棧木門尚且可以抵擋從客棧裡面射來的箭，可一旦他動了，直衝面門的數箭齊發，任是何等高人都不可能同時保全兩個人。

眼見對方的弓弩已經拉滿，他微微側過頭，「待我衝過去之時，立刻躲到門欄空隙間。」

煙嵐看了身旁的木門一眼。只要拉過來，這扇門便能與身後所靠之地形成一道狹窄的空隙，雖然很窄，但若縮著身子，定是可以進得去的。

木門很厚，足以抵擋利箭，但也只能抵擋片刻。一旦有人靠近，不費吹灰之力便可將門拉開，到時毋庸置疑，自己肯定會成為對方的刀下亡魂。

「聽懂沒有？」

煙嵐點頭，「公子小心。」

就在她拉動門的剎那，客棧內外立刻傳來弓箭射出的聲音。蕭戎立刻閃身，右手持劍砍斷飛射而來的箭羽，左手用力一擊，將木門重重扣了過來，把煙嵐牢牢地關在了空隙當中。

緊接著，包圍著客棧的黑衣人們看見一道黑影騰空而起，不僅躲過了利箭，反而揮著手中泛著冰冷銀光的劍，直直地朝著這邊砍來。

「噗哧」一聲，紅白相間的東西噴得到處都是，只見為首的那個黑衣人直愣愣地倒地，而他的腦袋從正中間被砍成了兩半，剛剛噴濺而出的，便是紅色鮮血和白色腦漿。

而那白漿正順著蕭戎的劍身緩慢滑落，當即有人「哇哇」地吐了出來。

明明是以多欺少，偏偏他獨身一人在弓弩利箭中，一步步地走了過來，其餘人不禁後退了幾步。

蕭戎甩了甩劍身上的汙物，再次轉了轉手腕，「噹啷」一聲，有人的兵器落在了地上。蕭戎眸光一凜，抬手便是三根銀針，朝著傳出聲音的地方刺去。被嚇得掉了武器的人「匡」地倒地，三根銀針自他雙眼而入，後腦而出，將眼球扎進了內裡，此時眼眶成了兩個大大的黑洞。

突如其來的慘烈死狀，引得那群黑衣人面面相覷，心中忐忑，連腳下也生了遲疑。

雖是以多欺少，而對方還是個極為年輕的男子，但他們隱約覺著，這單重金生意來得有些蹊蹺。一旦心生疑慮，便再也無法全心全意。

一時間誰都不敢上去，卻也沒有離開。畢竟取他人頭者，能得黃金萬兩。

蕭戎轉了轉脖子，神情很是不耐。

夜空中忽然飛過一隻碩大的獵鷹，叫聲嘹亮，任誰看了都知是引路用的。

「不好！」一個黑衣人立刻後退，「援助來得如此之快！撤！」

未出半刻，刺客們便從林中小路撤退得無影無蹤。

蕭戎皺眉，此番攻擊來得突然，去得也突然，既然大張旗鼓動用了這麼多人，就不該草草退去。但此刻容不得多思，他迅速回到客棧門口，拉開了木門。

裡面太過狹窄，煙嵐只能縮著肩膀蹲在裡面。而此時她正抱著膝蓋，瑟瑟發抖。

她擔心地看著他獨自一人衝了過去，卻未想會看見那般血腥作嘔的場面，一時腹中翻湧，卻又死死地咬住唇，不敢出聲，怕擾了他的心緒。

直至再次看見他的臉，她這才鬆開已經被咬破的嘴唇。

蕭戎見她臉色蒼白，蹲下身來，一手撫上煙嵐的臉蛋，「沒事了。」

可在觸碰到她的一瞬間，蕭戎感覺到她的後退和瑟縮。那隻沾著血汙的大手驟然掐住她的下頷，聲音清冷：「妳怕我？」

臉蛋被掐得生疼，煙嵐的聲音很小：「沒……沒有。」

她何嘗不知對敵人仁慈，便是對自己殘忍。只是初次眼睜睜地見到那場面，心中震撼太過，有些控制不住地畏懼和顫抖。

見他不悅，煙嵐深吸一口氣，努力使自己鎮靜下來，然後用乾淨的衣袖擦拭了他下頷沾到的血跡。女子的馨香和柔和的動作，總算讓他緩了幾分怒氣。

他伸手要將她拉起來，煙嵐配合地握住了他的手，卻忽然眸中一驚：「公子！」

驟然一道黑影映在地上，蕭戎只覺一道嬌軟的身子靠了上來，從側面抱住了他。手中之劍反手便砍了回去，身後行刺之人右腿被連骨砍斷，順著客棧臺階滾了下去。

刀光掠影間，熱得燙人的血順著他的脖頸，流到了衣衫之中。

於是蘇焰到的時候，便遠遠看見一個沒了小腿的老人，重重地倒在了客棧門口。

而原本背對著他、懷中還抱著個姑娘的男子，則是起身，一劍削掉了他的腦袋。刀口平整，連劊子手下的刀都比不過。

「真是越活越退步了。」蘇焰慢悠悠地走過去，「是生是死要親自檢查，切莫讓人鑽了空子。這不是入師門後學的第一條規矩麼？嘖嘖，淨顧著風花雪月了。」

經過地上那兩具慘不忍睹的屍體時，蘇焰歪了歪頭，仔細地繞過，沒髒了衣襟分毫。

手下的少年們極有章法地檢查客棧內外是否仍有危險，一隊人馬順著林中小路，追查刺客的行蹤。

蘇焰像個甩手掌櫃，信步朝著客棧門口走去。越走近，便越看出蕭戎的臉色不對。

那把不離身的劍，此刻被隨意地扔在地上，而他緊緊地抱著懷裡的人，兩隻手上盡是鮮血，連同他包紮到女子手腕上的錦帕也被染得血紅。

餘光見到紅色衣襟，蕭戎側過頭來：「快點。」

蘇焰見他滿身血汙，嫌棄地避開，俯身伸手探上了煙嵐的手腕，臉上的笑意立時僵住。

蕭戎眉心一皺：「如何。」

蘇焰沒說話，將煙嵐的手腕抬起來聞了聞，對上蕭戎的雙眸：「劇毒。」

他看向地上無頭無腿的屍體，旁邊的匕首此時已經泛黑。

「邱良駒服侍師父三十年，是血衣閣的老人。能收買他做這等不要命的事，還用得了如此劇毒之人——」

蘇焰看向蕭戎，「也就只有曾經的那位少閣主了。」

◆

血衣閣，閣主寢殿內，寒氣逼人。

蘇焰拿著東西回來時，正好在門口遇上戰風和古月。

蘇焰像是沒瞧見戰風一般，只看著古月：「妳來得正好，進來幫著看看她身上是否有其他傷口。」

古月不解，蘇焰醫治人從不用人打下手。他不耐煩地朝著屋裡揚了揚下巴：「裡面那位把我當成了登徒子，不讓解衣服。不解衣服我怎麼治？」

戰風瞧著二人進門，便也要跟進去，卻被蘇焰一把攔住：「你來有什麼用處？還聒噪得很，出去出去。」

還沒等戰風說話，古月便點點頭，「你還是別進去的好。」

大門一關，差點撞上戰風好看的鼻子。

此時煙嵐安靜地躺在床榻上，身上的衣物已經換好，連同臉上的血汙也被擦得乾乾淨淨。

蘇焰一見，挑著眉對古月說：「看來是用不上妳了。」

古月見煙嵐昏迷不醒，臉上無絲毫血色，皺了皺眉：「這是中了什麼毒？尋常刀傷不至於如此嚴重。」

蘇焰打開手中的盒子，用腳尖踢了踢蕭戎，「讓開，守了她半天可有什麼用處？平時吼她、嚇她、弄得人家直掉眼淚的時候，都不見你心疼成這樣。」

蕭戎沒說話，起身替蘇焰讓開了地方。

蘇焰探了探煙嵐額頭的溫度，問道：「還有沒其他傷處？」

蕭戎說：「沒有。」

蘇焰挑眉，指尖輕挑，解開了包裹在煙嵐手腕上的錦帕。

他仔細看了看，隨後道：「刀口有些深，毒素恐已進入體內五臟。事先說好，這毒我解不了。」

蕭戎皺眉。

「你皺眉也沒用，溫長霽向來愛走偏門，你又不是頭一回知道。去找他拿了解藥，讓她服下便是。」

蘇焰一邊說著，一邊從手中盒子裡挑出一隻細小的蟲子，接著就要往煙嵐手腕上放。結果還沒放上去，就被人一把攥住，蟲子險些掉在了地上。

幸好蘇焰眼疾手快地將蟲子扔回了盒子中，那雙丹鳳眼瞪了過來：「你做什麼？」

「這是蠱蟲。」

蘇焰扯開手腕，「還要你說？我能不知道這是蠱蟲？」他再次挑起那隻比針孔大不了多少的蠱蟲，「九幽盟遠在七百里之外，若是不先抑制住毒素，等你尋來解藥，只怕也是要拿來給她陪葬了。」

那隻小蟲被放到煙嵐的傷口中，頓時沒了蹤跡，蘇焰這才重新上藥，最後將傷口包紮好。他起身，「這是對身體沒什麼妨害的情蠱，不僅無毒，還能吸食劇毒，拖上七日也不成問題。待她服下解藥，再放血將蠱蟲釋出來便是。」

蕭戎看著他：「當真？」

蘇焰一股火冒了上來，紅袖一甩便出了寢殿。門被摔得「砰」地一響，沒關嚴實，戰風順手就走了進來。然後聽見蕭戎下令：「去查出是誰替溫長霽傳遞消息的。」

古月頷首：「是。」

戰風接著就跟著她往外走：「閣中出了如此大事，我戰某必定是要效犬馬之力的。」

古月頭都沒回：「閣主沒讓你去。」

戰風挑眉：「還用他親自說麼，自是要我去看著妳的。妳做事一板一眼的，若是遇到緊急狀況，還不是須由師兄拿主意麼？」

古月懶得與他爭論。

而此時，寢殿中才徹底安靜了下來。

蕭戎看向床榻上唇瓣毫無血色的煙嵐，他走過去，居高臨下地看著她。

而她就那般安安靜靜地躺著，不像平日裡見他來了，就會趕緊喊一聲「公子」，一雙漂亮的眸子望著他，等著他的吩咐。

明明怕他，不喜歡他，甚至想要傷了他再逃離。

可今夜，偏偏又敢撲上來護著他。

就像……

蕭戎蹲下身，就那樣盯著煙嵐。就像那年他被人打了、被人喊著稱作怪物、在雨中被責罰時……她總要來護著，明裡暗裡，不曾猶豫。

此刻她呼吸均勻，卻沒有絲毫要醒來的跡象。

蕭戎閉了閉眼，三年前兩人最後一次見面的情形浮現在腦海當中，而她輕柔關切的聲音，亦重回耳邊——

『如果遇到什麼變數，即刻離開，任何東西都沒有你的安危重要。』

『阿戎，姊姊等你。』

可那一別，卻是讓他踏上了送命之途。她沒有等，沒有告別，而是拋棄了他。

偏偏在他終於敞開心扉，喊出一聲「姊姊」的時候……

三年來，只要一想到那張曾經笑著哄騙他的臉蛋，便抑制不住地殺心頓起。

可偏偏再遇之時，她失了憶。就那樣無助地、害怕地被圈禁在他身邊，絲毫不知這便是她唯一的親人，隱忍的、小心的，任由他為所欲為……

蕭戎驀地睜開眼睛。

論作孽，他其實不輸於姊姊。

手，輕輕撫上她的臉。末了，他湊近，在那軟軟的唇瓣上覆上一吻。

「只要妳醒過來，我就原諒妳。」

◆

三日後，晚膳時分。

大梁西境盤龍山上的福臨寨，熱鬧非凡。

曲福臨年逾古稀，卻日日不消停，時時刻刻都要美人做伴。晚間席面奢侈，他左擁右抱，還張著嘴要美人們餵。

屋內歡聲笑語，絲毫沒聽見門外傳來兩聲痛苦的嗚噎。

兩名站崗的彪形大漢脖子被人擰斷，至死都不知命喪何人之手。倒掛在房梁上的一男一女一齊落地，腳步輕到沒有聲音。

聽見裡面的淫詞豔曲，古月下意識皺起眉頭，戰風則是兩眼放光：「有美人兒！」

曲福臨喝得酩酊大醉，摟著姑娘上下其手，那模樣好生放蕩。

門驟然被推開，曲福臨瞇著眼睛，看到了兩道人影。

他晃了晃神，看清了二者的模樣，立刻要張口喚守衛。人的名兒，樹的影兒，以賣消息為生者，不可能不認識血衣閣的四大殺手。而今一下子來了兩位，焉知不是飛來橫禍！

可還未等他發出聲音，就見一把飛刀射來，貼著曲福臨的胸膛，深深扎入了木桌邊緣。

離他最近的姑娘立刻嚇得要尖叫，卻被曲福臨一把摀住了嘴。

誰敢出聲，便難逃這飛刀利刃。

戰風左右打量了下，覺著這個也美，那個也美。

「戰、戰少俠若是喜歡……儘管帶走！」曲福臨顫顫巍巍地捏了把冷汗，自認為與戰風是同道中人，天大地大，美色最大。

「這不妥吧……」戰風瞧了一言不發的古月一眼，「今日是有正事的。」

古月開口：「閣主回程消息，是誰透露給九幽盟的？」

曲福臨一愣：「不、不知道啊……蕭閣主向來行蹤隱密……」

戰風點頭：「那便是你們福臨寨幹的了。曲寨主，得罪了，閣主為此事大不悅，我們也好趕緊交差才是。」

曲福臨看著他轉著另一把飛刀走近，嚇得跌坐到地上：「不！不是我！戰少俠一代英雄，怎可濫殺無辜！」

「無辜？」戰風拿刀身拍了拍曲福臨滿是皺紋的臉，「你一人便占了這麼多美人，如此暴殄天物，在我這兒可不算無辜。」

「都給你！戰少俠！都給你，姑娘都送你！」

戰風一笑：「真的？」

正當曲福臨以為事情有所轉圜的時候，古月蹲下，「再給你最後一次機會。」

如此英氣淡漠的女子，從近處看，竟是別有一番滋味。曲福臨咽了口口水，還未等開口，便被飛刀割破了喉嚨。

鮮血濺髒了古月的衣衫，雖是黑色，卻沾了難聞的血腥氣。

她皺眉：「你做什麼。」

戰風聳聳肩：「反正也是要殺，何必廢話那麼多？」

他隨意地甩了甩刀上的血，湊到其中一位美人面前：「說實話，便可饒妳一命。」

那女子連忙跪下：「求兩位少俠饒命！我都說，我是姐妹中跟在老爺身邊最久的，我都說！求你們饒我們一命！」

戰風挑眉，示意她繼續。

「老、老爺最近……的確發了一筆橫財，已經叨念好些天了，似乎……似乎是一大筆黃金！」

「我一時多嘴，便問了老爺一句，他當即大發雷霆地打了我，還讓我不可再過問此事。但、但是寨中明顯多了許多生面孔，像是晝夜奔波，遠道而來的。」

戰風滿意地點點頭：「多謝美人兒告知。」

他朝古月抬了抬下巴：「走了。」

出了門，戰風朝著從四周潛入福臨寨中的少年殺手們，揚了揚手。

他們會意，進入房中，傳來幾聲女子的嗚咽後，徹底靜了下來。

門外，古月看向他：「不是說饒她們一命？」

戰風一笑：「男人的話妳也信啊。」

古月抬腳就走。戰風跟上去，在她旁邊聒噪個不停：「我答應了咱們倆不殺她們，可沒答應別的。再說——」

戰風回頭瞧了瞧，「也該讓孩子們練練手了。」

古月腳步頓住：「手無縛雞之力的女子，有什麼可練手的？」

「這話說的，不為美色所動，是比屠殺豺狼虎豹都厲害的能耐。」戰風摸著下巴，「妳瞧咱們蕭閣主原來那樣子，無欲無求，沒有軟肋，這才迅速使血衣閣名震江湖。」

他想了想，又說：「約莫現在是不行了，被勾了魂，時不時還發脾氣，越發像個人了。」

古月見他越扯越遠，眉頭一皺，但戰風還在那喋喋不休：「要不還是讓我來執掌血衣閣吧。蘇焰不行，這天底下就沒有他沒去過的勾欄瓦舍。我若當了閣主，便提拔妳做二閣主如何？我不在，就都是妳說了算。」

古月頭都沒回。

「哎，小古板，妳不說話是何意？莫不是不想做二閣主，反倒想做我的閣主夫人？嘖嘖，野心真大！但也不是——」

話還沒說完，古月突然轉過身來：「你到底有何證據能證明是福臨寨做的？若只為交差就隨意濫殺，便是壞了閣中規矩，損害血衣閣的名聲。」

戰風挑眉：「血衣閣的什麼名聲？殺人無數的名聲？這東西還有損害的餘地麼。」

古月轉身就走，「我自己去查。」

「妳這是什麼臭脾氣。此番來福臨寨之前，我們走了閣主和煙嵐的回程之路一遍，妳就不覺得有什麼異處？」

古月停住腳步，仔細想了想。這時戰風走到她身邊，湊到她耳邊，輕佻地說：「若由妳去刺殺蕭戎，卻又失了手，會如何？」

「連夜離開。」

戰風挑眉。若說有什麼異處，古月仔細回憶了下，「其中有兩家客棧，從掌櫃到伙計都是生手，言談舉止都不像是開客棧開慣了的。」

戰風朝不遠處的馬廏揚了揚下巴，古月看過去。馬兒盡數跪趴在地上，鼻中喘著粗氣，一看便是不眠不休地奔波、累壞了的樣子。

「曲福臨消息靈通，得知失了手，怕血衣閣發現蛛絲馬跡，便來尋仇，匆匆將人調回，換了批臉生的孩子們去客棧。」戰風撇撇嘴，「手生不會伺候也就算了，竟連本公子這般人中龍鳳都不認得，豈不怪哉？」

古月向來面無表情的臉上，也禁不住地露出不耐煩的神情。

戰風被她那副表情逗笑，「不想聽，那我不說了便是。」

古月瞪他。

「好好好，讓我說的是妳，不耐煩的也是妳，女子的心思可真難猜啊。」

四周時不時傳來細微緊促的腳步聲，緊接著便是刀刃劃破喉嚨的聲音。那聲音不大，卻無一不在訴說著今夜，又有多少人亡命。

「客棧那批生面孔，耳後皆刻著福臨寨的圖騰，是福臨寨未來的死士，只是尚未養成罷了。而已經養成的那批，刺殺咱們蕭閣主失了手，便紛紛連夜逃回了福臨寨。不僅是累成這樣的馬兒，還有——」戰風指了指兩人潛入福臨寨時，所經過的一處屋子，「柴房不放柴，反而是亂七八糟的兵械，可見這福臨寨的人心有多慌亂。」

提點至此，古月也明白了幾分。

「所以小古板，妳說這曲老頭該不該死？福臨寨能屹立江湖，就是因為它只買賣消息，從不參與恩怨紛爭。偏偏這好色老頭臨到老了，卻搞出這麼一齣。」

古月冷笑，「九幽盟地處偏遠，即便得知了閣主的消息，想用自己人來刺殺，也是來不及的。曲福臨正是看中了這一點，又知溫、蕭二人恩怨已深，必然重金買命，便想連同賣消息的銀子和斬人頭的錢一併賺了。」

寨中的血腥味逐漸濃烈了起來。

戰風聳聳肩：「偏偏溫長霄不信任福臨寨的人，暗中知會了邱良駒。邱良駒對師父忠心耿耿，又看著溫長霄長大，斷不會拒絕。當初他自請離山養老，原以為是怕死了才逃的，可臨死前都不忘捅上一刀，嘖嘖，還真是恨極了這個新閣主。」

古月點頭，淡漠道：「這般迫不及待，也是知道大師兄那時不便動用內力。等了這些年，總算等來一個有幾分勝算的機會。」

「稟師兄師姐，寨中已無活口。」這時一名黑衣少年前來稟報。

「已無活口？」戰風一笑，「你們若是眼睛無用，那便挖了可好？」

少年一愣，立刻看向不遠處的馬廄，裡面還有活物喘著粗氣。

直至傳來馬的悲鳴，戰風這才悠閒地邁步，「走了，天都要亮了，正趕上回去吃早膳。」

古月看了拂曉中的福臨寨一眼，在一片死寂中跟上了戰風的腳步。

戰風頭也沒回，幽幽道：「從犯全寨被屠，不知主犯是個什麼下場。越想越覺著好奇呢。」

第九章　劇毒

九幽盟，位處一片幽深峽谷當中。

谷外瘴氣無色無味，卻以劇毒聞名。九幽盟主二十出頭的年紀，卻靠著製毒賣藥，名震江湖。

而此時，他正被人踩著腦袋，十分屈辱地趴在地上。

一旁的紅衣男子瞧了瞧圍上來的眾人，擺擺手：「你們就這點人，不行啊，再叫些過來。」

他手裡擺弄著一個白瓷藥瓶，指了指踩著溫長霄的黑衣男子，「此人脾氣太差，下手又粗暴，若想活命，就趕緊再叫些人來。」

蕭戎對他說話的調子感到厭煩，皺眉道：「找到沒有。」

蘇焰揚揚手裡的白瓷瓶：「解藥沒找到，但找到了一模一樣的毒藥。」

蕭戎俯下身，掐住了溫長霄的下頜，迫使他張開了嘴，「灌。」

溫長霄當即掙扎起來，雙眼驚恐地看著蘇焰拿著那劇毒之藥，走了過來。

他憤怒大喊，但下頜被箍住，連話都說不清楚，只能模糊地聽見他喊：「來人！來人！殺了他們！殺！」

明明周圍百餘人持刀，卻無一人敢多行一步，谷外數不清的屍體便是最大的阻礙。

人一旦心有畏懼，便再也提不起刀了。

見無人相助，溫長霄氣得面紅耳赤，眼看著蘇焰越走越近，趕忙又喊：「在我身上，在我身上！」

蘇焰嫌棄地撥開他的衣服，果然在他身上找到了解藥。蘇焰當即便要起身，手腕卻被攥住，他一愣。

蕭戎的聲音沒有任何波動，「灌。」

蘇焰看了看手中的毒藥，「解藥已經找到了。」

蕭戎那雙黑眸看了過來，他一言不發，卻是無聲的命令。

溫長霄嚇得嘴唇直抖：「你！你敢殺我！你是如何答應我父親的！」

提到師父溫冥，蘇焰不禁皺眉：「你閉嘴吧，嫌命短了？」

他隨即看著蕭戎：「這裡交給我，你帶解藥回去。雖然用飛鴿更快些，但也怕路上有差池，總不如你親自送回去來得妥當。」

一想到那張蒼白的臉，蕭戎薄唇緊抿，放開了手，從蘇焰手中拿過解藥。

「你放心，」蘇焰側過頭來，看了滿臉憤恨的溫長霄一眼，「挑釁血衣閣之人，總是要嘗些甜頭的。」

◆

蕭戎風塵僕僕地回來。四日不見，便覺她消瘦了。

煙嵐安安靜靜地躺著，一位婦人正要將她剛換完藥的手重新放回被子中。

直至蕭戎走到了床榻邊，婦人才發現屋裡多了個人，見是閣主，連忙跪下行禮。

她又聾又啞，丈夫和兒子都在這裡做事，生怕一不小心失了禮數，一家人便被趕出祁冥山。

見蕭戎淨了手，坐到床榻邊扶起煙嵐，拿出了藥，婦人便端來溫水，伺候煙嵐服藥。

蕭戎睨了煙嵐的手腕一眼，邊緣肌膚白皙，恢復如常，便知內裡傷口應該也癒合得差不多了，且唇色紅潤，應該是服了滋補的湯水。確是悉心照顧，按時塗藥，不曾懈怠。

他擺了擺手，婦人見狀，總算鬆了一口氣，安靜地退了出去。

待服下解藥後，蕭戎將懷中之人放平，掖好被角，這才走到屏風後，洗掉了一身汙塵，換上乾淨的衣物。

煙嵐醒來之時，已到了晚膳時分。聞到粥的香氣，她緩緩睜開了眼。

果然如蘇焰所說，只要服下解藥，不出兩個時辰便能醒來。

看見床邊的男子，煙嵐張了張口，聲音沙啞：「公子。」

時隔四日，她終於再叫了他一聲。

蕭戎將她扶起，背後靠著軟枕，隨後端起了盛著白粥的碗。

煙嵐不知自己昏睡了多久，也不知中途發生了什麼事，只知醒來後，待遇便有些不同了。

譬如現在，她一副受寵若驚的模樣，一口一口地喝著蕭戎親餵的粥。直到粥碗見了底，蕭戎還是一言不發，只拿了錦帕替她擦拭，動作輕柔得令煙嵐心底發怵。

她實在有些忍不住：「公子，你……你怎麼了？」

聞言，蕭戎對上那雙美眸：「妳為何撲過來。」

既然怕他，不喜歡他，還要逃離他，便是不該在那一剎那撲上來護住他。

煙嵐先是一愣，隨後笑了笑：「公子那時本可以丟下我離開，為何卻沒那樣做呢？」

蕭戎盯著她。

那時，歹人圍困，即便目標是他，恐也不會平白放過跟在他身旁的女子。

要麼被對方殺了，二人同死。要麼殺了對方，二人活命。

除此之外，別無他想。

「公子沒有丟下煙嵐，煙嵐又怎能眼看著公子被人從背後偷襲。況且……」她咬了咬唇，「去程未曾停留，一直安然無事。回程公子是為了體恤我，才多處停留，讓人有跡可循……」

說到這裡，煙嵐用帶著些許歉意的眼神，對上那雙黑眸，「歸根究柢，是煙嵐的錯。」

見他還是一言不發，煙嵐低低地問：「公子可曾找到主使之人？」

「找到了。」

煙嵐鬆了一口氣，「既然知道是誰，便也知道原因了？」

忽然想到什麼，煙嵐又問：「公子的身體可好些了？」

蕭戎睨了她的手腕一眼，「無事。」

順著他的目光，煙嵐也看向自己的傷口，雖已不太疼痛，但她還是小心翼翼地摸上去，喃喃道：「應該會留疤吧……」

想到那一刀，她仍心有餘悸：「那老伯看上去面善，又是自己人，怎會如此痛下殺手……」

蕭戎冷哼：「愚忠罷了。」

見他不願多說，煙嵐也就沒有再追問。只是醒來後說了許多話，她不禁有些口渴，看了看桌上的茶盞，想下床去拿。

「妳做什麼？」連被角都還未掀開，便被摁住了手。

「公子，我有些口渴。」

原以為他明白後就會放開，卻沒想他竟親自起身，走到了桌旁。

手背試了試，冷茶。他回頭看了正眼巴巴地望著他的人一眼，「我即刻回來。」

未出一刻鐘，煙嵐便喝到了一杯熱得燙手的白水。

「傷者不可飲茶。」

煙嵐點點頭，捧著茶杯一口一口地喝著。屋內安靜了下來，也不知是不是喝了熱水的緣故，她看著屋裡那道擦拭著劍的背影，覺得一股暖流湧到了心底。

一杯飲盡，身上隱隱發汗。

聽說自己昏睡了四日，期間也只有一位啞娘幫著擦拭身體，眼下發了汗，就更想好好梳洗一番了。

在榻上靠了一會兒，煙嵐再次掀開被子，想要下床。

蕭戎原本背對著她，卻立刻感受到異動，他回過頭來。

未等他開口，煙嵐就已說道：「公子，我……想梳洗。」

蕭戎半點沒猶豫：「待傷好了再說。」

「只是傷了手腕……且也不痛了。煙嵐會仔細顧著，不讓左手沾到水的。」

蕭戎皺眉：「非洗不可？」

煙嵐點點頭。原本是每天都要梳洗，如今已隔了好幾日，若是再不收拾好自己，只怕今夜是連覺都睡不著的。

見蕭戎沒有明確反對，她起身，「乾淨的衣物應該還晾晒著——」

「我去。」

煙嵐啞了啞，「公子……我只是傷了手腕，其餘事情都是可以做的。」

但蕭戎二話不說，便出了門。

煙嵐不禁笑了笑。她走到屏風後，脫下衣衫。也不知怎的，春日尚未完全到來，她卻覺得這寢殿中，倒是沒有最初來時那般寒冷了。

熱水沐浴，不僅暖了身子，更是洗去了受傷昏迷後的疲累。

水沾溼了黑髮，她仔細地清洗著，雖還是不小心沾溼了手腕處包紮的藥紗，但此刻的舒適，足以掩蓋傷口微微的疼痛。

只是舒適之餘，煙嵐卻隱約覺得有些不對勁。

她抬手摸了摸臉，竟是溫度灼人，而小腹處也是又癢又熱……

蕭戎拿著乾淨的女子衣物回來，推開門時便覺不對。

屏風後，隱隱傳來女子的輕哼。似乎極為隱忍，卻偏偏又忍不住。

他快步走了過去，未曾想過會看到這樣的一副景象。

水氣氤氳，女子一絲不掛，側趴在浴池邊。而透過清澈的水，可以清清楚楚地看見那對透著粉色的飽滿雙乳，還有那雙纖細勻稱的美腿。

蕭戎眸色一暗，下身當即有了反應。那被水浸溼的長髮蓋過香肩，甚至遮住了半張臉蛋。白皙纖弱的胳膊費力地支撐著身子，彷彿只要一瞬間，便會滑落到水中。

似乎是感覺到有人來了，煙嵐側過頭來，一雙美眸含春，還噙著淚，無措地看著他。

她緊緊地咬著唇，甚至不敢喊他，可絲絲嬌媚的呻吟還是漏了出來。

「嗯……」

傳入他耳中，便是赤裸裸的勾引。

乾淨的衣物被扔到一旁，在她快要支撐不住自己、即將滑落水中的前一刻，蕭戎一把將人拉了出來。雪白胴體上的水沾溼了他的衣物，掌心傳來細膩光滑的觸感，她就這樣裸著身，被人抱到了懷裡。

燙。

她整個人都很燙。

蕭戎皺著眉看向煙嵐，對上那雙已經迷亂了的眸子，恍然間想起了什麼。

情蠱……

他迅速將衣物裹在她身上，將人一把抱起，放到了床榻上，接著便掏出一把匕首。

情蠱發作不治，不出半個時辰便會血脈噴湧，五臟受損而亡。

蘇焰說過，須得放血，釋出蠱蟲。

衣物鬆鬆垮垮地披在身上，煙嵐看著眼前之人，腿間羞恥地流出熱液。

他單膝跪在煙嵐面前，這樣看去，那刀刻斧鑿般的輪廓，令人挪不開眼的五官，甚至結實的肩膀，有力的窄腰……無一不在引誘著她。

雪白小巧的腳不聽話地觸到了他的膝蓋，只是輕輕觸碰，蕭戎便覺後背一僵。

他低頭看了那勻稱漂亮的小腿一眼，順著向上，便可清清楚楚地看見那道窄窄的入口。

呼吸驟然一滯。

他手中握著她沒有受傷的手腕，那鋒利的刀鋒近在咫尺，卻遲遲落不下去。

放血釋出蠱蟲，不是須臾間便可做到的事。剛解了毒的身子，未必承受得起這一刀。

思緒紛雜，敵不過眼前之人的欲火焚身。

平日裡說什麼、做什麼都戰戰兢兢的人兒，此刻竟是連那鋒利的匕首都不怕了。

男子須臾的出神，給了她足夠的機會湊上去，吻在了那張薄唇上。他身上冰冰涼涼的，讓她忍不住將自己的胳膊圈上他的脖頸，使自己貼得更緊。

衣衫就此滑落，蕭戎在她湊上來的一瞬間，急忙收起了匕首，唇上溼熱的觸感讓他拳頭緊握。

偏偏，是在她身體尚未恢復的情勢下。

他閉了閉眼，而後扣著她的腰，將人從懷中拉開。

驟然的離開，令女子不由得開口求道：「公子……」

那動了情的聲音，聽得蕭戎心頭一顫。見她哭著求他，而透著絲絲血跡的藥紗又在眼前晃著，真真切切地稱得上是進退兩難。

但手已經不由自主地順著那光潔的腿向上撫去，一路感受著她的顫慄，直到指尖觸到溼熱緊緻之處。

「嗯……」沒忍住的一聲嬌哼，聽得蕭戎的下身硬到連衣物都遮擋不住。

她再度圈上他的脖子，任由他探入一根手指。那地方，真是比他想像中的還要窄小，僅沒入了一小截指尖，便再難進入了。

感受到他停住，懷裡嬌軟的身子不由得動了動。

「呃——」猝不及防的一聲男子低吟。

她正好蹭到了已在衣物中高高聳起的某處。而此時，連同上面那張不懂事的小嘴也吻在了他的唇角。小巧靈活的舌尖探出，調皮地舔了舔。

煙嵐已經不知自己膽大包天到了何種程度，只覺剎那間腰上一疼，緊接著整個人被提起，重重地被壓到了榻上。

他的吻向來猛烈而深入，將她吻得渾身酥軟，雙乳上的兩粒紅梅凸起，連蹭到一下，都會引得她不自覺地夾腿。

男子的衣物不知是什麼時候掉落塌下的，健碩緊實的胸膛灼熱得不亞於中了情蠱，而那有力的腿，則是牢牢地將女子的雙腿分開到最大。

隱密羞澀的花心，便這樣被迫赤裸裸地展露在他的眼前。

手指探了探，沒有足夠溼潤。一雙大手掐住了纖細的腰肢，毫不費力地將人拖向自己。

「啊……」如此一來，腿便被分得更開，兩人緊緊地貼在了一起。

吻落在了她的額頭、唇角、耳垂、鎖骨……一路向下，直至咬在了已經粉紅顫慄的乳尖上，女子被刺激得不禁叫出聲來：「雲策——」

百轉嬌媚的一聲雲策，叫得蕭戎近乎瘋狂。

曾幾何時，她也曾叫著他的小字，比較著是叫阿戎好聽，還是叫雲策好聽。

後來她說，小字應留給他未來的妻子叫，既是長姊，按照規矩應當叫名。

而如今，那張熟悉的臉蛋就在他身下，動情地喊著他的小字。

他捏住她的下巴，「再叫一聲。」

她眼梢帶媚，聽話地開口：「雲策……」

腦中的叫囂使他再也等不及。他探下手去，握住已經漲大得駭人的性器，抵上那道細小的窄縫，一寸寸地擠了進去。

那過程，可謂是殘忍至極。

眼見原本窄小的穴口，被強行一點一點地撐大，撐到邊緣緊繃，隨時都要裂開的程度。

兩人體型差得太大，就連性器尺寸也不例外。

清晰的撕裂感襲來，煙嵐驚恐地要往後退，可腰身被禁錮住。感覺到他還要往裡推進，女子須臾間反悔了，顧不上情蠱發作的難受，哭出聲來：「我不要了……公子，雲策……真的不要了……」

蕭戎低頭看著，她此刻就在他身下，淚眼婆娑地張著腿，而他一點一點地進到她身體裡，做著這世間最大逆不道的惡行。

莫名的興奮感湧來，根本聽不見她說的話。與此同時，他背脊肌肉用力，下一刻，一聲痛苦的叫聲充斥在這偌大的寢殿中。煙嵐覺得連五臟六腑似乎都在疼痛，腹中像被硬生生地捅進一根粗木棒，驚悚地迸著青筋，一路衝撞到了深處。

斑斑血跡立刻滴在了被褥之上，看著怵目驚心。

雖然知道她很痛，但從未經歷過的致命快感，已經讓蕭戎失去了理智。甚至沒有給她一點適應的時間，便掐著她的腰，開始大力地撞擊。

可憐的人兒連一句完整的話都說不出來，只能艱難地求著：「別……啊……不……」

細嫩的軟肉緊緊地絞著他，每每進出的摩擦都令他腰眼發軟，頭皮發麻，而身下的哭喊就如同春藥般，令他失控。

漸漸地，哭聲和求饒聲小了許多。似乎越是哭喊，他便越是興奮，煙嵐只能盡力地配合，指望著他初次釋放後，就能饒過她。沒想到反而見他面色不佳，根本沒有要停下來的意思。

初次有些快，沒盡興，他惱。

第二次有些不得章法，他是舒坦了，卻疼得她幾次扭著腰肢，想要逃離。

不過大約是天賦異禀過了頭，連房事上也能迅速摸到要領。直至煙嵐被他抱著坐在身上，肉體碰撞的聲音不絕於耳，女子嚶嚶嬌喘不住，像是嘉獎般，惹得他心思愉悅。

拂曉總算到來。

蕭戎退出時，情蠱發作早已結束。激烈行房又多次泄身後，煙嵐閉著眼，渾身發燙。抱著她清洗完後，還是高熱不退。

蕭戎的眉宇間還有極致舒坦後的滿足，但此刻卻是硬生生地消退。

他的手摸了摸煙嵐的臉：「瀾兒？」

沒有任何回應。

不過一夜，她便回到了前幾日昏迷不醒的模樣。

此時外面已經響起了少年們晨起練武的聲音，中間還夾雜著馬兒的鳴叫。

蘇焰回來，還沒來得及去用早膳，便被蕭戎擋住了去路。

「去看看她。」

蘇焰挑眉：「不是已經服了解藥了麼？這都多久了，早該活蹦亂跳的了。」

直到聞到滿屋子歡愛過後的氣息，又瞧見床榻上發著高燒的人兒，蘇焰氣笑：「你莫不是個禽獸？她身子尚虛，就不能再等幾日？」

蕭戎說：「情蠱發作了。」

「那怎麼可能？」蘇焰走到榻邊，「離開前，我叮囑了啞娘，如只服溫食，以溫水擦拭身體，不沾熱物，便不會有大礙。」

蕭閣主一愣，看向那個空了的茶盞。

先喝了熱水，又沐浴於熱水……怪不得。

蘇焰伸手探了探煙嵐的額頭，又替她把了脈。他順著蕭戎的目光看去，不必多問也知道這人一回來便趕走了啞娘，然後自己幫了倒忙。

「罷了。也多虧你不是什麼正人君子，若是學什麼聖人坐懷不亂，在她體內血脈噴湧之時，將人放到冷水裡……那才真是要了她的命。」蘇焰起身，「畢竟是我密製的情蠱，總還是與尋常的有些不同。」

見他雲淡風輕地要走，蕭戎問：「到底如何？」

「拜某人所賜，房事太過激烈，她身嬌體弱吃不消，待發了汗，高熱便會退了。」蘇焰玩味地看著他明顯與往日不同的狀態，戲謔地開口：「你倒是挺能忍的，留到現在才碰。」

蕭戎當沒聽到，「情蠱何時能解？」

蘇焰回頭看了煙嵐一眼，「她這副模樣，定是經受不起放血釋蠱的。這東西也沒什麼解藥，我便將碎烏草碾了，放在避子湯中，待她醒來，一併讓她服下。碎烏草的效用比較慢，須多服幾次，但也好過放血了。」

聽見那三個字，蕭戎對上蘇焰的目光。

蘇焰一笑：「怎麼，不想讓她喝？」

蕭戎沉默。

「若是讓師父看見你此時的模樣，怕是會氣得不輕吧。」蘇焰笑著搖了搖頭，「咱們這樣的人，竟還奢望自己能擁有親生骨肉。」

蘇焰走後沒多久，家僕便奉上了溫湯藥。

煙嵐醒來時，已經臨近午時，私處和小腹隱隱作痛，讓她不禁皺了眉。她動了動，想坐起身來，卻發現自己沒有力氣，雙腿微微合攏，腿根的痠痛感立刻襲來。

昨晚的片段頃刻間盡數湧來，那些羞恥的姿勢、媚叫，直叫她臉蛋發燙，不知該怎麼面對他。偏偏此時房門從外面被推開，一雙修長的腿映入眼簾。

煙嵐抬頭便看見恢復了清冷淡漠的男子。

蕭戎的手裡似乎拿著什麼東西，走過來放到了那碗已經涼了的湯藥旁邊。

煙嵐抿著唇，不知該說什麼。

蕭戎端起那碗湯藥，「把這個喝了。」

煙嵐乖乖接過來，只喝了一口，便立刻皺起了眉：「好苦……公子，這是什麼藥？」

「避子湯，裡面放了解情蠱的碎烏草。」

女子手上一頓，啞了片刻，垂眸，溫順地全部喝下，苦得倒胃。

而此時，一塊用白紙包裹著的蜜餞放到了她的手上。她拆開白紙，將蜜餞放到口中，甜膩立時消解了口中難忍的苦味。

煙嵐含著蜜餞，不太敢與蕭戎對視，只低低地說：「多謝公子。」

蕭戎摸了摸她的頭髮，什麼也沒說。

接連幾日，都沒有人提起當晚的事。兩人白日裡如往常般相處，夜裡也沒有絲毫改變地同榻而眠，只不過未再發生親密之事。

雖是看著與以往無異，但煙嵐知道，有些事是與之前大不相同了。譬如夜裡她渴了，他便會起身，將裝著溫水的茶盞遞到她手裡。又譬如每日要服的碎烏草，都是他親自端來的。

她時不時看看手腕處的傷，又回想起那晚的事，有些分不清原因。但有一點她清楚，那就是實在不好意思再勞煩他，在那些細枝末節的事上伺候了。

蕭戎去了書房議事，煙嵐便詢問家僕，自己尋去了藥閣。

藥閣緊挨著後廚，經過時，還能聞到食材的香氣。

剛走到門口，便有人喚了聲「姑娘」。煙嵐一笑，「勞煩小哥日日替我煎藥了。」

那人忙應著說是分內之事。

煙嵐剛踏進門檻，就發現蘇焰也在，他正盯著一個小小的瓶子，笑得嫵媚。

煙嵐行禮：「二閣主。」

蘇焰這才回過神來，看上去心情不錯，擺擺手說：「叫什麼二閣主？生分得緊，叫名字。」

煙嵐一笑：「這多無禮，嗯……那便還是叫公子吧，蘇公子可好？」

「行行，隨美人高興。來，」蘇焰朝她招手，「來瞧瞧我新製的毒。」

煙嵐正準備走近，一聽見這話，腳步隨即頓住，「毒……毒藥麼？」

蘇焰歪歪頭：「妳該不會真以為我是個醫者吧？」

煙嵐點頭。

蘇焰笑道：「堂堂血衣閣，竟出個行善救人的白衣——紅衣聖手，姑娘也不覺得怪異？」

話行至此，煙嵐也想起來了，這裡……總歸是殺人的地方。

蘇焰繼續惋惜道：「要不是信不過旁人，非將閣中行醫之務落在我身上，只怕天下毒聖便是非我莫屬了，還愁解不了妳中的毒？」

他咂咂舌：「還跑那麼遠去尋解藥，若不是為此，也不會在妳身上種情蠱了。」

提到情蠱，煙嵐的臉一紅。蘇焰看在眼裡，岔開話題：「此蠱無害，但毒有害。即便服下解藥，恐也會有不適之處，若是不舒服，記得告訴我。」

煙嵐點點頭，「多謝蘇公子。」

她回頭看了藥爐一眼，湯藥還未煮滾。

煙嵐看向蘇焰：「蘇公子可知道幕後主使是誰？與我家公子可有什麼恩怨？」

「他沒告訴你？」

煙嵐搖頭。

「那人叫溫長霄，曾經的血衣閣少閣主，」蘇焰看著她，「也是師父的親生兒子。」

此話一出，煙嵐便明白了幾分。

「想必妳也明白一二了。這個溫長霄也有幾分天賦，只是比起妳家公子麼——」蘇焰聳聳肩，「那可就差遠了。也不怪師父偏疼愛徒，冷落了親生兒子。」

「那他只因心中不服，就對公子痛下那般殺手麼？」

「說來也是怪，他們自幼就不對盤。蕭戎幼時不是常住於祁冥山的，每個月來上幾次，回回來了，溫長霄都要欺負他。一開始打不過就忍，後來打得過了……還是忍。我還挺佩服妳家公子這忍勁兒的。」

煙嵐問：「沒有人幫公子麼？你們……不是摯友麼？」

「幫？」蘇焰像是聽到了天大的笑話，低頭湊近：「美人兒，在這裡，若需別人幫才能活下來，那可就不知要死多少次了。」

不遠處的湯藥開始沸騰，藥氣溢滿了整間屋子。

煙嵐聽著蘇焰的話，也知是自己天真了。從未體會過，便不知弱肉強食的殘酷。

「區區幾年，溫長霄便遠遠不是蕭戎的對手了。即便妳家公子看在師父的面子上，能忍一忍，但總歸是少年心性，只要有一回忍不住，溫長霄就要身首異處了。」

忽然有一種不好的預感湧上心頭，煙嵐盯著蘇焰。

果不其然，蘇焰斂了笑容，「於是蕭戎十四歲生辰的時候，喝下了師父親手倒的梅子釀。自此，性命便被拿捏在了他們父子二人手中。」

煙嵐一驚：「難道公子冬日年關便要休養，就是因為——」

蘇焰冷笑：「師父用藥精湛，只要蕭戎不碰溫長霄，師父斷不會傷害他。他所服下的東西，只要不遇到相克之物，便不會有任何問題。

「只是這相克之物，除了師父，就只有溫長霄知道。這是他的護身符。」

煙嵐不自覺地後退了一步。最致命的東西，偏偏掌握在敵人手中。

「師父被囚禁，溫長霄逃了，後來創了九幽盟，明面上做著製毒賣毒的生意，暗裡想方設法要置蕭戎於死地。不過人外有人，他身手不敵，連腦子也轉不過妳家公子。」

蘇焰看煙嵐面色不佳，補充道：「蕭戎曾答應過師父不會動溫長霄，其實也是不得不答應，但是——」

他盯著煙嵐：「這次去為妳拿解藥，他是真的準備動手殺了溫長霄。」

煙嵐一愣。

「暗殺這種事不是第一次了，他也從未真正動過怒。但這一次，」蘇焰忽地一笑，「妳說是為何呢？」

湯藥滾得厲害，溢了出來。小廝低低地說：「二閣主，藥好了。」

原本只是規規矩矩地煎藥，卻不料聽見這許多恩怨，小廝的肩膀微微發抖。

蘇焰微微挑眉，語調慵懶：「若是今日之事傳了出去，那定是出自你口呢。」

「二閣主！」那小廝「撲通」一聲跪到地上，「小的絕不敢！絕不敢多言半個字！」

蘇焰一笑：「逗你的。」

溫、蕭二人的恩怨早已傳遍整個江湖，根本不是什麼祕密。

煙嵐溫聲道：「藥既煎好了，就不勞煩小哥了，你且去忙別的吧。」

知道煙嵐這是在解圍，小廝連忙道謝，匆匆跑了出去。

「到底是年紀小。」蘇焰揚揚下巴，「蠱清得也差不多了，今日是最後一次服碎烏草，且不必再放涼了。」

煙嵐走過去，左右看了看，抬頭問：「沒有蜜餞麼……」

碎烏草苦得倒胃，回回喝藥都要吃甜得發膩的蜜餞，才能壓下去。

見她索性翻找起來，蘇焰來了興趣，「聽聞碎烏草味苦，當真這麼苦？苦得美嬌娘像個孩童般找蜜餞。」

煙嵐手上的動作停住，她一直以為，是蘇焰告知藥苦，公子才會拿蜜餞給她的。

蘇焰瞧著煙嵐的表情，當即明白是怎麼回事，戲謔地說：「某些人真是慣得沒了樣子，連避子湯都嘗，良藥才苦口的道理懂不懂啊？」

而下一刻，煙嵐卻端起了那碗湯藥，一飲而盡。

毫無變化的苦，但這一次只苦在舌尖，隱隱甜在了心頭。

◆

密雲齋內，蕭戎正盯著一封密信。

「真是有趣。」戰風倒了兩杯茶，一杯遞給旁邊的女子，還朝著人家眨了眨眼。

見古月不理，戰風也不惱，繼續道：「在煙雲臺周遭駐守了這麼久，明裡暗裡地打探，除了老鴇，居然無人知煙嵐和那個林公子。偏偏你又不讓打草驚蛇，否則憑本公子拷問的手段，饒是鐵口也能撬開。」

密信上所說的，與戰風所言的一致。

此時古月開口，「煙雲臺魚龍混雜，若真按煙嵐姑娘所說的，她人在那裡待了三年，卻無人知道她，恐怕只有一種可能了。」

「嘖嘖，這林公子是什麼路子？將一嬌俏美人兒關在那巴掌大的廂房中，一關就是三年，要不是煙嵐口口聲聲說他是救命恩人，我瞧著都像個綁匪了。」

關了三年，不碰也不放……

蕭戎看向戰風：「姓林的查得怎麼樣了？」

戰風挑眉：「那就更沒影了。那老鴇除了知道他姓林，別的一概不知。那人每回都是拂曉才來，不要酒水伺候，只跟你的煙嵐姑娘下棋說話，待半個時辰便走。」

蕭戎面色不佳。三年軟禁，不為美色所惑，且來去無蹤。神祕至極的人，要麼平平無奇，要麼危險至極。

片刻，他開口：「福臨寨的密檔可有用處？」

「那用處可大了。」戰風笑說，「不愧是靠賣消息為生的，當朝員外家裡的小妾生的是男是女，都記得清清楚楚。不過就是消息太多太雜，一時半會兒還未收拾清楚。」

「盡快。」

這時外面傳來家僕的聲音：「煙嵐姑娘。」

蕭戎當即起身，走過去打開了房門。

外面黃昏已至，原本帶著落寞的夕陽下，站著一位素衣女子。她的長髮垂落，眉間淡雅，一雙美眸帶著溫柔婉轉，靜靜地等在一旁。

見門突然打開，女子有些驚訝，但看到他後，唇角勾起：「公子議完事了麼？」

似曾相識的嫣然笑意，他愣了愣，「嗯。」

她走近，微微仰頭：「晚膳時間到了。」

原是來等他一起用膳。

蕭戎頭都沒回地帶著煙嵐去了用膳廳，剩下戰風和古月在書房中面面相覷。

戰風直咂舌：「睜眼說瞎話，這才剛議了一半。」

他一邊說著，一邊看向古月：「小古板妳也餓了吧？走，咱們也去。」
難得幾位高階都在閣中，這次席間又熱鬧了幾分。
家僕端上了酒，蕭戎正要倒酒，一隻乾淨白皙的手便輕輕握住了他的手腕。
眾人的目光齊齊看了過來。
煙嵐也被自己不自覺的舉措詫異到了，但她沒有收回手，只是靠近蕭戎的耳邊，聲音很小地說：「公子，午膳時已經飲了很多，飲酒傷身的。」
那股淡淡的香氣沁入鼻腔，瞬間比飲了酒還讓他舒適。
乾淨精緻的臉蛋近在咫尺，令他的喉頭不自覺地吞咽。末了，他的手放開了酒壺。
煙嵐一笑，將一碗熱湯放到了他的面前。
有人沒忍住，發出一聲感嘆，蕭戎厲眸掃過去後，立刻噤了聲。
蘇焰見怪不怪，這般明晃晃的差別待遇，當真只有大名鼎鼎的蕭閣主幹得出來。
男人就是男人，被美色蠱惑之後都是一個德性。
他品著酒，饒有興趣地看向蠱惑了閣主的人兒：「煙嵐姑娘面色還有些蒼白，別只顧著替妳家公子盛滋補的湯，自己也多喝些。」
聞言，蕭戎看向煙嵐：「還有不適？」
煙嵐笑著搖搖頭，仔細想了想，對蘇焰說：「許是我身體底子本就不好，又或許是近日湯藥服得太多，有時……有時會覺得頭有些疼。」

見蕭戎皺眉，她趕緊補充：「只是偶爾睡醒時會疼，一會兒便好了。說不定是休養的這段日子裡睡得太多了。」

「有道理。」蘇焰左右瞧了瞧，見她雙眸神采奕奕，繼續道：「臥床靜養的日子也夠多了，閒來無事該多走動，姑娘的身子確實挺弱的。」

煙嵐點點頭，「好，多謝蘇公子。」

用完膳後，煙嵐正打算回房，結果被人握住了手腕。煙嵐不解地看向蕭戎。

「去走走。」

煙嵐看了看外頭已經暗下來的天色，「現在麼？」

他的語氣不容拒絕：「嗯。」

煙嵐一笑，「好。」

山間小路蜿蜒，煙嵐一步步跟在蕭戎身側，時不時悄悄看看他。

兩道身影一高大一嬌小，看上去相差頗大，偏偏卻不違和。

回想起初來時站在他身邊，總擔心他突然發怒，就會動手掐死她。當時……萬萬想不到有朝一日，會與他這樣安靜地走在一起。

煙嵐笑了笑，更想不到原本的畏懼，會變成現在的心安。

即便就這樣一句話也不說，即便周遭漆黑一片，她卻也覺得夜色不錯。

「笑什麼？」

蕭戎驟然出聲，令煙嵐嚇了一跳。她看見面前的景象，更是滿眼驚訝：「公子，這是……」

兩人眼前，是遍地的墓碑。上面沒有刻字，不知是何人之墓，墓堆有大有小，有陳有新。

蕭戎看著靠得最近的墓碑，「這些是出師考核裡，沒走出來的孩子們。」

煙嵐一噎，竟有這麼多。

看著這些無字碑，她頓了頓，「原來……公子沒有任由他們在荒山中被野狼吃掉。」

出師考核當晚見他那般冷漠，她原以為即便是看著長大的師弟們，也能下此狠手，那麼對於她這樣一個不過隨意擄來的女子，該是更加無所憐憫。

卻沒想到……

「都是些流浪街頭的孤兒，即便不被撿回來，好的是餓死街頭，不好的就是被賣做奴隸，折磨至死。」

煙嵐看著眼前的墓碑，也明白為何那些少年明知自己身處什麼地方、將來會成為什麼樣的人，卻仍然堅守在此，義無反顧地踏上近乎是死途的出師考核。

江湖亂世間，不是人殺我，便是我殺人。想來任何人，都會本能地選擇後者。

比起成為街頭的餓殍枯骨，來血衣閣，即便死了，總還有一方小小的歸屬之地，有同樣出生入死的伙伴陪伴。

想到這裡，煙嵐抬頭：「公子也是孤兒麼？」

男子後背一僵，低頭看她。

至親之人就在眼前。

他卻盯著那雙毫無懷疑的美眸，沉聲道：「嗯。」

波瀾不驚的一聲「嗯」，落在她眼中卻是已經乾涸掉的親情。大約是不期待，不想念，才能做到任憑萬家燈火如何闌珊，都只是孤單安靜地一笑而過。

忽地，指尖一暖，一隻柔弱無骨的手輕輕握住了他的手。

靜謐後山中，她聲音溫潤：「煙嵐會陪著公子的。」

沒有分毫不願，沒有絲毫遮掩。

回去的路上，兩人的手也沒有鬆開，那隻漂亮白皙的手，被溫暖的大掌包裹。夜裡的風還有些冷，煙嵐主動挽上了蕭戎的胳膊。

「公子，有些冷了，咱們快點回去吧。」

第十章　口渴

閣主寢殿比外面暖和不少，僅穿著輕紗裡衣也不覺得冷。

許久沒有像今夜這般多走了些路，煙嵐沐浴過後，躺下不一會兒便昏昏欲睡。

蕭戎換了衣物、走過來時，就看見她背對著外側，被子沒有蓋好，反而被她抱在了胸前。

裡衣輕薄，柔順地貼在她身上，隱約間能看見裡面白嫩的肌膚，而勾勒出來的腰線凹得誘人，這樣看過去，似乎只用一隻手就能握住。

那夜百轉嬌媚的聲音隱隱迴盪在耳邊，下身不由分說地硬了起來。

女子單薄的後背，忽有溫熱的胸膛貼上。男子的手從輕紗衣襬下探了進去，在胸前不輕不重地拈捏，睡得半熟的人兒皺著眉，輕哼一聲。

身上的被子滑落，緊接著衣衫也被解開，觸上男子炙熱的身體，煙嵐這才醒了過來。對上那雙滿是欲望的黑眸，煙嵐不由得心中一顫。

初夜那晚的記憶湧來，那時撕裂的疼痛感記憶猶新，雖早知他脾氣不好，卻沒想在這事上竟格外殘暴。她的心頭漫上害怕，眼眶不禁發紅，煙嵐有些無措地推著他的胸膛。

身上的男子感受到她的害怕，頓了頓，挑起她的下巴吻了上去。

「不怕。」

難得的溫柔語氣，安撫了她心中些許的緊張和畏懼。煙嵐盡可能地放鬆自己，聽話地環上了他的脖頸，任由他一邊吻著，一邊撥開她的褻褲，輕撚著羞處。

「嗯……」她被撥弄得忍不住出了聲。男子手指粗糙，卻偏偏觸碰著她最嬌嫩的地方，摩擦按揉間，汨汨熱液流出，沾溼了他的手。

煙嵐被吻得發暈，渾身酥軟，隨便觸碰任何一處都顫慄不止。而他故意自嫩乳一路輕咬舔弄，把女子折磨地不住呻吟。手指探入，立刻被緊緊絞住。

知道她上回吃了苦頭，這次他也有了新法子。那根手指緩緩抽插，他俯身吻上煙嵐泛著粉紅的小腹，輕輕一舔。

「啊……別……」甬道內，熱液不住地湧出，煙嵐羞恥地想要夾住腿，不料反而迎來了第二根手指。

那手指故意在她身體裡打著轉地摩擦，粉嫩的腳趾蜷縮，她不住地扭動腰肢，想要那兩根手指退出去。一聲聲隱忍的媚叫，早就讓蕭戎硬得發疼，他低頭看了含著他手指的那處一眼，似乎……還是不太行。

於是下一刻，煙嵐驚恐地感知到第三根手指的擠入。還未等叫出聲，胸前的粉紅已經被含住，舌尖的挑逗立刻使她全身酥麻，小腹不住地抽搐。此時勉強擠進身體的手指開始抽插，忽然小腹身處一熱，大量熱流噴射，盡數澆在了他的手上。

被褥溼了大半，溼漬浸到後腰，煙嵐羞恥地哭出聲來。而那哽咽哭泣聲落在男子耳中，卻變成了邀請。蕭戎抽出手指，抵上還未來得及合上的窄縫。

熟悉的撐脹和痛感再度襲來，煙嵐不禁抓著床頭，想要逃離。下一刻卻被攥住了腰，重重地撞了進來。

「啊——」暢通無比地一捅到底，爽得男子手臂汗毛乍起。他停下，靜靜地感受那嫩肉綿密地纏上來包裹住的快意。

而身下之人只覺得這一捅，近乎捅到了五臟六腑，深得她不敢亂動，只敢抽抽噎噎地開口：「太……太深了……」

蕭戎看著她小腹處鼓起的輪廓，只要一動，那輪廓也會動。下身牢牢地嵌在她的身體裡，兩人緊密地連在一起。這種完整契合的感覺，竟比剛才那一陣陣快感還要令他著魔。

他俯下身吻著她的臉蛋，將她的眼淚吻乾，「瀾兒不哭。」

煙嵐一愣，公子竟喚她「嵐兒」？

原以為是上次迷迷糊糊間聽錯了，原來是真的這麼叫過她。

可未等她多想，便覺腰上一緊，她被猛地抱起，坐在了他身上。這結結實實地一坐，直接整根沒入。無休止的律動交合聲，夾雜著既痛苦又歡愉的叫聲，充斥在偌大的寢殿中。

這個姿勢實在太深，不一會兒她便承受不住了，又哭又親地求著他，這才換得他同意，換了個姿勢。

總算停了片刻，煙嵐的嗓子疼得厲害，小臉埋在他頸間，「公子……我口渴，讓……讓我去喝點水可以麼？」

蕭戎正在興頭上，但見她可憐兮兮的，雙手便握住她的腳踝，往自己腰上一圈。

「公子！」她沒想到自己連喝水也不成，竟是直接被抱起來下了榻。那處緊密相連，沒有半點要出來的意思。

他隨手將地上的衣物拿起來，墊在桌邊，讓她坐在了衣物上。

煙嵐低頭便看見兩人的交合處，一時羞得語無倫次，「你、你……」

茶盞放到了她的手裡，他的聲音透著沙啞：「慢點喝。」

嗓子疼得厲害，煙嵐雙手捧著茶盞，剛喝一口，便被頂了一下。頂得她手一抖，茶盞中的水溢了出來，濺在兩人的連接處上。

水涼體熱，瞬間帶來的刺激使得蕭戎失控。他親了煙嵐的臉蛋一口，「妳喝妳的。」

煙嵐一驚，緊接著雙腿被抬起，大張著被放到了桌上。肉體碰撞的聲音、身下木桌的吱呀聲清晰無比，煙嵐不敢睜眼，此情此景竟是淫靡得讓她不敢面對。

「啊……公子……去、去榻上……」

這屋子常有人來，若、若是讓旁人瞧出端倪的痕跡……

煙嵐臉紅得能滴出血來，「求你了，去榻上好不好，雲策……」

「呃嗯——」忽然一聲低喘，他的速度變得更快更用力，男子的眼神越來越暗。原本撐在桌面上

的纖細手臂眼下也沒了力氣，被他一把拉住、拽向自己。兩具赤裸的身體緊緊地貼到了一起，煙嵐沒忍住地叫了出來，小腹一抽一抽地癱軟在蕭戎懷裡。

她感覺到一隻大手揉了揉自己的頭髮，那吻來到了耳邊，「再叫一聲。」

「……什麼……？」

他固執地不肯出來，「再叫一聲雲策。」

煙嵐看著外面泛了白的天空，心想今夜總算過去。她對上蕭戎的雙眸，乖巧地開口：「雲策。」

體內忽地傳來異樣，煙嵐身子一抖，不可置信地低頭看了一眼，還未來得及開口，便被一把抱起來，走向了床榻。

雖然明知他要做什麼，但煙嵐還是不死心，結結巴巴地問：「做、做什麼？」

「妳不是想去榻上？」

被子被揉作一團，盡數墊在她身下，這次是從身後進來。煙嵐雙腿發軟，根本跪不住，渾身無力地趴在被褥上，最終體力耗盡而昏睡了過去。

◆

疼。腿心疼，腰疼，小腹疼，頭也疼。

一雙還有些腫的眼睛睜開，身旁空空如也。煙嵐費力地支起身子，看了外面一眼，日頭高照，至少已過午時。

房門「吱呀」一聲打開，蕭戎走了進來。

四目相對，煙嵐耳朵紅紅的，對方卻是一臉坦然，絲毫沒有半點不好意思。剛要開口喊公子，就見蕭戎身後出現了一抹紅色。

煙嵐急忙低頭看了看，穿戴完好，不至於失了禮數。

蕭戎將劍放回原位，將手洗淨，這才轉過身來，朝蘇焰說：「給我。」

蘇焰偏要反著來，他腳下輕移，晃眼就到了榻邊，「喏，給妳的。」

熟悉的味道，煙嵐看了蕭戎一眼，後者沒有什麼表情。

她垂眸，接過那碗避子湯，還不忘說一句：「有勞蘇公子了。」

見她唇上血色較淡，眉心緊蹙，蘇焰看著蕭戎直咂舌：「說了多少次，煙嵐姑娘身體嬌弱，讓你注意一點，合著是半點都沒聽進去。」

蕭戎吐出兩個字：「出去。」

明擺著的用人朝前，不用人朝後。蘇焰正要開口，就被煙嵐扯了扯袖子。

兩個男人同時望向她，煙嵐急忙鬆開，說：「蘇公子，能否勞煩你幫我把個脈……」

蕭戎走了過去：「怎麼了？」

「讓開讓開，」蘇焰靠近，捏上煙嵐的手腕，片刻後搖搖頭，「沒什麼異處，有哪裡不適麼？」

煙嵐閉了閉眼，說：「今日醒來，頭疼得有些厲害。」

蘇焰摸著下巴，「從脈象來看，確實沒什麼不妥。但這段時間裡，妳確實服了太多常人不會服用的東西。其中九幽盟的毒和解藥效力是最大的，再加上情蠱、碎烏草和……避子湯，這麼多毒、藥、蠱混在一起，確實會吃不消。」

「不過，」煙嵐說，「現在漸漸服的少了，是不是之後便會好些？」

「也有可能。」蘇焰說，「巧的是我們此番出任務會經過蓬萊島，那裡名貴東西多，正好尋來替妳補補身子。」

煙嵐一愣，看向蕭戎：「公子也要出去麼？」

「嗯。」他看了蘇焰一眼，一副再不出去就活剮了他的不耐煩表情。

蘇焰擺擺手，一邊往外走，一邊說：「堂堂血衣閣二閣主，這麼大的人物竟被人當小廝使喚。天理何在，王法何在啊！」

煙嵐被逗笑，抬頭對上蕭戎的視線，又低頭看了看手裡的湯藥，唇邊的笑意漸漸消失。

原以為孤兒都是想要親人的，現在看來，或許也不盡是。

又或者……

臨到唇邊的藥碗停住，煙嵐抬眸，「公子……是不想要有孩子麼？」

蕭戎沒說話，但一種莫名的直覺湧上心頭，手不禁有些顫抖。

她沉住氣，試探著問：「還是……只是不想與我有孩子？」

見他眸中微動，煙嵐一噎，明白了大半。

蕭戎坐到床榻邊，手撫上了她的臉蛋，動作溫柔，但語氣不容拒絕：「趁熱喝。」

煙嵐微微偏頭，躲開了他的手。蕭戎的手一頓，只見她將避子湯一飲而盡，一滴不剩。

煙嵐將空碗放到了小桌上，起身整理好被子，溫聲道：「公子既然要出去，煙嵐這就將一應物品準備妥當。」

這是第一次，她說話時沒有看著他。

蕭戎握上她的手腕：「不必，妳好好休息。」

煙嵐不動聲色地將手抽出來，微微一笑：「公子不必擔心。」

「我很快便會回來，這兩天讓古月陪妳。」

煙嵐點頭：「好。」

直到蕭戎走了出去，煙嵐都只是靜靜地忙著整理屋子，沒有看他一眼。

聽見門關上的聲音，她這才停下，轉身望向門口。不知為何，只覺得心中有些酸澀。

直到古月來了，煙嵐才知此番任務價值萬金，一次便出動了血衣閣四大殺手的其中三位。煙嵐不清楚閣中事務，不過很清楚此番有人是鬧了脾氣。

「聽說戰風公子嚷著有人跟他搶人，」煙嵐笑說，「原來是指我啊。」

「別聽他瞎說。」古月看了外面一眼，「看這天色，約莫是要下雨了，妳還是想下山去逛麼？」

煙嵐也看了看外面，「看樣子雨勢應該會不小，還是不去了，找些別的事情來打發片刻。月姑娘有沒有什麼想做的？」

古月一笑，「我若無事，不是練武就是睡覺，從未像尋常姑娘家那般繡花寫字，打發過時間，還是聽妳的好了。」

聽到尋常姑娘，兩人默契地互相看了看，忽然都笑了。

煙嵐看了看自己的一身素衣，又看了看古月的一身素衣，「那便做一回尋常姑娘？」

古月一愣：「我不會的。」

煙嵐拉著她，「走，咱們找師父去。」

一刻鐘後，家僕住所的廊外，一位又聾又啞的婦人身邊，一左一右地坐著兩位手法極其笨拙的姑娘。

煙嵐憑著一塊遺落在房中的精緻繡紋錦帕，找到了當日服侍過她的啞娘，拉著古月誠懇地想要學刺繡。啞娘極有耐心，幾乎是手把手地教，兩個姑娘看得仔細，學得也仔細，就是手上不聽使喚。

古月看了煙嵐手上的帕子一眼，點點頭：「還是煙嵐姑娘有天分些，這雞繡得跟後廚跑的一模一樣。」

「啊，月姑娘，我繡的是鴛鴦啊。」煙嵐不好意思地撓撓頭髮，「像雞麼？」

說著，她看了古月手上的東西一眼，「月姑娘是在繡妳的佩劍麼？原來月姑娘這般愛惜武器。」

古月看了看，說：「這是竹子。」

煙嵐一噎，兩人隨即都笑了出來。

啞娘雖然聽不見，但瞧著兩個姑娘可愛得緊，起身去了屋裡，拿出兩張更加精巧的錦帕，給了她們一人一張。煙嵐急忙道謝，做了手勢讓啞娘自個兒去忙，不好意思再耽擱她。
啞娘走後，兩人瞧著手中的錦帕。煙嵐笑說：「尋常姑娘真是不好當啊。」
古月坐回原來的地方，看著已經暗下來的天幕，「是啊，尋常二字，聽起來普通，卻也珍貴。」
煙嵐坐到她身邊，與她望向同一片天。
「月姑娘想做尋常人麼？」
古月一笑：「想過，很久以前。」
她看了看手中歪歪扭扭的繡紋，側過頭來：「只怕也是做不來的。」
煙嵐也低頭看了看自己手中的東西，那繡跡滑稽得很，卻有些似曾相識。她手指撫摸著那針線，低低地說：「可是我一直都很想。」
後院很靜，家僕們都在前院忙著漿洗灑掃，備著晚膳。兩個女子就那樣並肩坐在一起。
「雖然沒了記憶，卻總有一種莫名的感覺，像是在拉扯著我，隱隱地告訴我，在我的身上，曾經發生過大事。」
古月看著她，靜靜地聽。
「月姑娘知道我的救命恩人林公子麼？」
古月點頭。
「他這人絕非尋常人物。可是……為何他救了我，三年來關懷備至，卻又要關著我呢？」煙嵐的聲音很輕很柔，「那該是說明，我是個能被他放入眼裡的人。若是尋常人，恐怕是不會讓他做到這般程度的。

「就連公子，初遇時也是一副要殺了我的樣子。」提到蕭戎，她垂眸，「能惹到你們這樣的人物，應該……也不是尋常人能做到的吧。」

古月看著煙嵐。

這才發現，原來外表看起來嬌柔單純之人，也並非真的只知畏懼和哭泣。

◆

兩人在後院聊了許久，連晚膳都沒有去用。

直到風吹在身上，有些冷了，古月想起閣主出發前說的話，開口道：「煙嵐姑娘先回房吧，不要著涼了。」

煙嵐點點頭：「拉著妳耽擱了這麼久，下次找妳是不是就不會來了？」

知道她是在打趣，古月笑道：「若是繡花，那肯定是不來了。」

當日深夜，煙嵐獨自躺在閣主寢殿的床榻上，輾轉幾刻都沒能入睡。

以往他在時，總是戰戰兢兢地怕吵到他，連呼吸都不敢大聲。而今卻因身旁空空如也，久久無法入眠。

煙嵐坐起身，環顧了偌大的寢殿。末了，她披上外衣，打開了房門。

午後天氣陰沉，傍晚時分果然就下了場大雨。

煙嵐站在廊前，周圍遍布雨後新葉和泥土的味道，乾淨地令人神清氣爽。周遭安靜，閃著零星燈火。左右是睡不著，煙嵐便順著廊前小路緩緩走著，來到祁冥山這麼久，還是頭一回獨自散步。

她安靜地走著，看著。若是撇開血衣閣三個字不提，祁冥山其實也並未有傳言般那樣嚇人。山上有樹、有花，用膳時分也會像尋常百姓家一樣，飄起炊煙。

微風吹來，雖有些冷，但伴著春日裡嫩芽的淡淡清香，總有些春意盎然的意味。

走著走著，腳步忽然停下。

她走到血衣閣大殿的側方，正對著那日令她膽戰心驚的地下狼窖入口。

她仍然記得試圖逃跑那日，公子發了很大的脾氣。而更令她忘不掉的，是群狼饑渴的目光，還有——

狼群腳下的枯草上……那些帶血的布料碎片。

她心中陡然一顫，腳下不由得後退。

那時腦中忽然的空白和不住的顫抖，現在回想起來仍然令她心悸。如此殘忍的畫面，為何她會覺得似曾相識？為何那日一眼看到，竟會那般心痛不止？

疑惑，擁著她向前邁步。狼都是關在牢籠中的，牢籠外還有柵欄。她搗著心口，百般害怕，卻仍然走了進去。

剛一邁進去，一雙雙冒著綠光的獸眼立刻看了過來。

夜是人熟睡之時，亦是狼群清醒之時。野狼鼻腔中發出的低重呼吸，無疑是在訴說著，牠們對於自己送上門的獵物有多垂涎。身嬌肉嫩的質感，足以喚起最原始的獸性。

煙嵐深吸一口氣，緊接著腳下挪動，往裡走著。

每走一步，周圍都有一隻隻野狼緩緩跟著。牠們不急，似乎是想要在獵物靠近時，一舉將之撕扯過來……

越往裡走，便越靠近那個最大的牢籠。地上的枯草已經被踩磨得不成樣子，地上殘留著碎骨和皮毛，自相咬食的痕跡到處都是。

驟然，那角落中的碎布映入眼簾，與之幾乎類似的畫面緊接著在腦中一閃而過。煙嵐喉頭一滯，心口猛地抽痛，她痛苦地抱著頭，蹲了下來。

近在咫尺的人肉香味，引得群狼嘶吼嚎叫。

那叫聲放肆，接連不斷地傳入耳中。煙嵐艱難地抬起頭，死死盯著那籠中的碎骨和殘餘布料，頭痛欲裂。眼前閃過的一幕幕零碎畫面，倏地令她睜大了眼，眸中湧上血絲和眼淚。

狼叫聲驚醒了整個祁冥山的人。

地窖裡，群狼牢籠圍出的一小塊空地上，纖瘦的身影一動也不動。

大梁西境。偌大的知府內院一片死寂。

一名紅衣男子百無聊賴地走了出來，「怪不得是重金，一個小小的知府，家室龐雜到上百人，要在一個時辰內神不知鬼不覺地全部弄死，確實不是件容易的事。」

他擺弄著一個不起眼的藥瓶，哼著勾欄院的小曲，十分有禮地將府門關上。

而距此處不足百步的天牢內，一個火燒不化、刀砍不斷的特製鐵牢關押的重刑犯，被闖入的人硬生生地擰斷了脖子。整個過程沒有任何聲音，無人知曉那黑衣人是如何潛入官府大牢，又是如何進入那特製的重刑犯鐵牢內的。

全程不過一刻鐘，戰風不急不慢地在鐵牢中四處瞧了瞧，評價道：「還不如狼窖的鐵籠結實。」

忽然，他厲眸一掃，在黑暗中對上了一副驚恐的眸子。

他挑眉，「大半夜的不睡覺，怎麼反而來送死呢？」

那牢頭嚇得屁滾尿流，連滾帶爬地往外跑。戰風的指尖挑著寒光駭人的飛刀，卻遲遲不出手，優哉游哉地跟著那牢頭，待他跑出了天牢，以為能得救之時，一把飛刀自後背刺入，從胸膛穿出，鮮血瞬間噴湧，灑得遍地都是。

戰風站在天牢門外的臺階上，居高臨下地看著那具漸漸不動的身體，聞著逐漸濃烈起來的血腥味，眸中遮不住地興奮。

與此同時，西境密林中，不斷穿梭的兩道黑影，還在打得你死我活。

其中一道黑影比尋常男子魁梧了好幾倍，兩條胳膊結實壯碩，足足能將碗口粗的樹幹連根拔起。

而兩條腿則更加孔武有力，踩在蔓著藤條的地上，硬是有了深深的凹陷。

另一道黑影則消瘦健碩了些，個頭很高，輕功出神入化。兩人一跑一追，直至到了黑得近乎看不見路的叢林深處，四周忽然靜了下來。

那個魁梧死囚站定，警惕地看著四周，對方窮追不捨了快一個時辰，竟忽然沒了蹤影？

背後驟然一陣冷風刮過，他後脊一涼，轉身就看見一柄利刃直直地朝著他的面門刺來，冷汗頓時浸透衣衫。他猛地側頭躲過，隨後碩大的拳頭直朝著蕭戎而去，指縫間夾著劇毒暗器。蕭戎偏偏不躲，待他指縫鬆開之時，飛身踢開暗器，隨後林中響起了一聲慘叫。

那碩大的拳頭還保持著微微握拳的狀態，卻已連骨削斷，重重地掉在了地上。

死囚抱著殘臂，拚了命地跑，但遠遠跑不過飛射而來的快刀，後腦直直地裂開，那人尚未來得及慘叫，便已倒在了地上。

蕭戎從地上撿起了刀，隨意地擦了擦，便直接挑開手腕處的衣袖，一道深可見骨的口子映入眼簾。一個死囚，竟還藏了這麼多暗器。

他從身上拿出一粒藥丸服下，隨後將布條包紮在了傷口處。

今夜總算過去。

忽然，夜幕中亮起煙火。此時身處西境的三人皆看向那信號。

祁冥山方向，紅白煙火，意為——請閣主親回。

舊木的味道。

腦袋昏昏沉沉的，耳邊隱約響起喚著自己的聲音。

「小姐，小姐？」

蕭瀾睜開眼，看見的正是香荷滿臉擔心的樣子。

見她清醒過來，香荷總算放下心來：「小姐，您終於醒了！您昏睡了好些個時辰，若是再不醒，即便夫人叮囑不要亂走動，香荷也不得不出去找大夫了。」

蕭瀾看了看四周，這是一間木屋，外面傳來溪水流動的聲音。頭還有些暈，蕭瀾搖了搖頭，想讓使自己盡量清醒過來一些。

忽地想起暈倒前母親流著淚的樣子，蕭瀾一把掀開被子就要下床。

「小姐，您才剛醒，這是要去哪啊？夫人說了，待侯府諸事平息，她會與侯爺一起親自來接您，在此之前，切不可暴露行蹤！」

蕭瀾回想起母親的話。

『**瀾兒，陛下……只怕對妳父親，甚至……對整個蕭家動了殺心。**』

她心中一顫，眸中決絕：「我一定要回去。」

香荷自知勸不住，忙從旁邊拿了披風替她披上，「那香荷陪小姐一起回去。」

蕭瀾握住了她的手腕，香荷不明所以地看著她。

「妳不許去。」蕭瀾頓了頓，「這一去，能不能回來便未可知了。這是蕭家的禍，本與妳無關。」

香荷眼眶一紅，當即「撲通」一聲跪在地上。

「小姐待香荷如親姊妹，香荷雖不知自己姓什麼，但早已斗膽在心中視小姐為長姊。若不是小姐自幼便將香荷留在身邊，只怕香荷早就被人欺負死了。」她抓著蕭瀾衣襟的一角，「求小姐不要丟下香荷一人，不能同生，但求同死！」

蕭瀾也紅了眼眶，但她還是掰開了香荷的手指，語氣不容拒絕：「不行。」

卻未想到，香荷竟重重地將頭磕在了地上。蕭瀾腳邊一抖，一把將香荷拉起，只見香荷的額頭已經磕出了血印子。蕭瀾急忙拿出錦帕替她擦拭，「妳好的不學，我的執拗無賴妳倒是學了個完全！」

香荷抽泣著說：「小姐平日裡就是這麼教香荷的。」

蕭瀾瞪她：「既然這麼聽話，那如果有任何事情發生，妳都要聽我的。」

見她鬆口，香荷點點頭：「好。」

出了小屋便能看見盛京城的城牆。

「小姐，驍羽營的幾名軍將聽從夫人的安排，將我們暫時安頓在此處。此處偏僻，鮮有人知，但又離盛京城不遠。若是瞧著城內風向不對，自會有人將我們安置到更遠的地方去。」

蕭瀾點頭，母親的意思她自然明白。最危險的地方也是最安全的地方，與其手忙腳亂地朝著遠處逃竄，顯得扎眼，倒不如在城根下安靜待著，暗處總比明處更有利些。

「只不過……剛把我們送到此處，軍將們就見到了信號彈，他們便匆匆離開。臨走時將馬車也帶走了，說是不能引人注目。」香荷踮腳朝遠處望了望，「不坐馬車還是有些遠的，要委屈小姐了。」

然而蕭瀾在乎的，根本不是要走多少路，而是詫異於驍羽營為何突然離開。

兩人朝著城門的方向走著，蕭瀾越想越不對勁，「香荷，那信號彈是什麼顏色？在何處看見的？軍將們看見後說了什麼？」

香荷仔細回憶了下，「是紅色的，似乎是在城門方向，且聲音急促，連發三彈。軍將們好像說了句……召必回？」

蕭瀾腳步停住，不可置信地望向香荷：「不可能，召回驍羽營的急令不是什麼人都能用的，那是在萬般緊急的情況下，一軍主帥才能用的。」

香荷一驚：「那、那就是只有侯爺才能用？」

蕭瀾加快了腳步：「父親遠在北疆，怎麼可能突然回來？定是有人假借父親名義，擅用召回令！」

即便這樣說著，她的心還是怦怦直跳。父親治軍嚴明，手下從未出過叛徒，而貼身放置的召回令，更不可能隨意落入他人之手……

究竟是怎麼回事？

心中急切，連腳下也不穩，幾次險些摔倒，都幸得香荷及時扶住。

「小姐，您這樣身體會吃不消的！我們先坐下休息一會兒可好？就一盞茶的時間。」

香荷實在擔心，便大著膽子，拉著蕭瀾的胳膊走向一處茶攤。

可剛走近，便聽見茶攤內，一群人正侃侃而談。

「要說蕭世城也是一代梟雄！未想竟是仗著軍功、藐視皇權之人！」

蕭瀾望向那桌的人。

「誰說不是呢！連我這平頭百姓都知道，一軍主帥擅自回京，乃是殺頭的大罪！眼看著北渝朔安城已是囊中之物，他突然調轉馬頭回來，誰知道是不是和北渝——」

「哎哎！可別瞎說！」另一人擺擺手，「說不定是家中有急事！蕭世城愛妻寵女誰人不知？許是——」

「能有什麼急事！夫人是清河郡主，他那嫡長女是出了名的張揚跋扈，莫不成還能受了欺負？我瞧著倒像是跟北渝密謀了什麼好處！」

蕭瀾滿目通紅。原來蕭家的出生入死，竟是保了這些蠅營狗苟之輩的亂嚼舌根。

她拉著香荷轉身，想要盡快趕回去。

而身後那些人絲毫沒有意識到身後的不對，繼續扯著嗓門議論國事。

「若真是跟北渝密謀，也不怪他和他那些手下被人砍了腦袋！咱們大梁能人義士眾多，就不信還沒有個忠心的將軍！」

驟然聽見此話，蕭瀾的喉頭一股腥甜湧上，面色瞬間蒼白，香荷嚇得不知所措：「小、小姐！您別嚇我！別嚇香荷！」

「不可能……不可能！」

蕭瀾一把掙開香荷的手，跌跌撞撞地朝著城門口拚命跑去。

直至在城外見到了大批城防營的人馬，他們正在清點地上的屍體……

蕭瀾和香荷倏地睜大了眼睛。遍地屍體，其中更有十幾具是無頭屍，而他們身上，盡數穿著蕭家軍的作戰盔甲。

此時其中一名負責清點的將領揮了揮手，蕭瀾終於一口鮮血吐了出來。

「小姐！」香荷不敢大聲，手忙腳亂地擦拭著蕭瀾唇邊的鮮血。

見她毫無反應，只是直勾勾地看著遠處，香荷頓了頓，順著她的目光看過去，手中的錦帕瞬間落在了地上。

護城河邊，一排士兵們端著木盒，齊齊地站成一列，而那名頭目聲音高亢：「稟統領！私自回京的叛軍十九人盡數伏法，主帥蕭世城及其黨羽首級在此，請統領處置！」

城防營首領得意洋洋地騎在馬上，朝著手下的千名城防營士兵揮了揮手，「今夜都辛苦了。此次捉拿叛軍有功，待本座將首級獻給陛下，定少不了你們的賞賜！」

眾人跪地叩首：「謝陛下！謝統領！」

蕭瀾死死地盯著那些木盒，滔天恨意將她逼得近乎要發瘋。

城中忽然冒起濃煙，頃刻間火光漫天。

「小姐，那好像是……」

火光靠近坊間最高的酒樓，而酒樓旁，正是晉安侯府。

「母親……母親！」

蕭瀾慌了神，重重地摔在了地上，膝蓋處立刻泛起血跡。但她絲毫感受不到痛意，任由鮮血順著腿不住地流下，拚了命地自西側城門跑入了盛京城中。

兩個披頭散髮還渾身是泥、髒兮兮的女子，守城護衛根本都懶得用正眼瞧。每日都有些離家出走，又落魄地跑回來的女子，該回去得些教訓，學學女兒家該有的檢點。

兩人不敢張揚地在大街上跑，只得從小巷中穿梭，繞回晉安侯府所在的街道。一個多時辰的奔跑，蕭瀾已經喉頭乾澀到說不出話。

再次映入眼簾的蕭府已無平日裡的輝煌。黑煙滾滾，重兵把守，百姓圍觀。

裡面……一片死寂。

禁軍統領陳蒙持劍立於府門口，面無表情地看著士兵們從府內抬出屍體，甚至……連一塊遮臉的白布都沒有。

有些是焦屍，已然面目全非。而有些雖未燒焦，但頸間紅腫漲大，是活生生被濃煙嗆死的。

看著昔日伺候的熟悉面孔死狀淒慘，甚至連蕭契都被燒毀了半邊身子，死不瞑目，蕭瀾緊緊地攥著衣袖。帶出來的，有活著的女眷，朝廷重罰一向是男子處死，女子流放。

所以，所以——

但此時，最後一具屍體被抬了出來。

同樣，沒有白布遮臉。

柳容音姣好的面容沒有被燒傷，即便隔得再遠，蕭瀾還是能一眼認出。

對於這具屍身，陳蒙開了口，「等等。」

他從活著的女眷身上扯下錦帕，蓋在了柳容音的臉上。

「走吧。」他側身，讓出位子。

然而就在他側身的一剎那，蕭瀾的雙眸瞬間睜大。

只見柳容音的胸前，赫然插著一把蛇紋匕首。

偌大的閣主寢殿內，原本安靜躺在床榻上的女子，睜開了眼睛。

第十一章　對峙

天色剛明，祁冥山便傳來馬兒的嘶鳴聲。

蕭戎一襲黑色夜行衣，上面有不少被藤蔓劃破的口子。而手腕處簡單地纏著黑色布條，看不見傷口，只有血浸透了黑布，一滴一滴地流了下來。

「閣主，你受傷了？」古月側頭，朝一旁的小廝道：「去將郎中請來。」

蕭戎腳步不停，徑直朝寢殿走去：「她如何？」

古月緊隨其後，「夜裡狼聲尖銳，我去查看時，發現煙嵐姑娘暈倒在狼窖裡面。按照命令發了信號彈，二閣主不在，便請了之前的郎中來診治。郎中說姑娘似乎是受驚過度而暈過去的。」

蕭戎皺眉，他信不過旁人。「再去發信號，讓蘇焰加快腳程。」

「是。」古月立刻轉身離開。

蕭戎推門而入，一眼望向床榻，卻發現上面空空如也。

而正對著後山的窗邊，立著一道纖弱的背影。她穿得單薄，在黎明之色中更顯清冷。

幸好。

男子顧不上清理身上的血跡和塵埃，快步走上前，從後面將人圈進懷裡。

驟然貼上堅硬的胸膛，女子身體一僵，低頭看見圈在腰上的手還帶著血跡，而耳邊傳來溫熱的氣息，「沒事就好。」

他聲音低沉，一如床笫歡好時那般懾人心魄。她的身體止不住地顫慄，蕭戎察覺不對，只見她緩緩轉過身來。

「啪」的一聲，充斥在偌大的寢殿中。

蕭戎被這一巴掌打得偏過頭去，俊美的臉上赫然印著一個巴掌印。

女子的聲音顫抖：「孤兒？」

蕭戎一言不發地側過頭來，對上了她的雙眸。那雙眸子依舊那般好看勾人，但此時此刻，裡面噙滿了淚，滿是震驚和憤怒。

「親生姊姊就在眼前，」蕭瀾盯著蕭戎的雙眸，「而你隻字不提，反倒說自己是個孤兒？」

蕭戎看著她，清楚地知道，該來的終究是來了。

「三年前，沒有看見你的屍體從府裡被抬出來，你知道我有多欣慰麼？」眼淚像斷了線的珠子般落下，蕭瀾抬手擦去，「蕭家滿門被滅，我只剩你一個親人了。

「可你，」蕭瀾眼眶血紅，「不僅不認我，還要作賤我。」

那些淫靡瘋狂的歡愛場面浮現在腦海中，一陣反胃的翻湧侵襲而來，她緊緊咬住了唇，強迫自己將那畫面和噁心壓下去。

「我承認我曾經頑劣，我張揚跋扈，惟恐天下不亂……可是蕭戎，我對你，從來都是真心的。」

蕭戎薄唇緊抿，見她整個人搖搖欲墜，手卻不自覺地想要扶住她。

但還未觸碰到，便被她躲開。「所以你告訴我，我蕭瀾究竟對你做了什麼傷天害理的事情，要讓你這麼報復我、毀了我？」她開門見山地問出這一句，眸中沒有絲毫閃躲和心虛。

蕭戎沉默了半晌，終是沒有回答出來。

「我唯一對你的一次食言，就是那晚沒能等你回來。母親將我迷昏，送出了城，一分慈母之心造成的陰差陽錯，我不能怪她。」

她字字句句的坦蕩，足以蓋過所有還未揭開的疑點。

至於那晚驍羽營的人為何會對他痛下殺手，柳容音為何會說那些話……已經不重要了。

重要的是，她此時此刻，滿眼都是傷心和痛苦。

蕭戎想抱住她，卻見她後退一步。

「別碰我。」那張精緻的臉蛋上，此刻盡是冷漠。

「我再問你最後一個問題。」蕭瀾一字一句道，「我母親身上的蛇紋匕首，是不是你的？」

回答她的，是無聲的沉默。

蕭瀾忽地笑了，笑得不可置信，笑得極其傷感。

日頭漸漸升了起來，安靜的寢殿中迴盪著蕭瀾毫無生氣的聲音。

「蕭戎，我對你那麼好，可為什麼連你都要欺負我。」

話畢，她擦乾眼淚，越過他走向門口。

寢殿的門打開，迎面碰上一位平日裡灑掃廊前的小廝。那小廝照舊向她行禮：「煙嵐姑娘。」蕭瀾的神情與往日無異，但小廝還是覺得似乎有哪裡不對。姑娘的眼睛紅紅的，像是哭過，且那眼神……不像以往那般溫柔了。

正要擦身而過繼續幹活，卻未想被她叫住。

「勞煩小哥備好馬車，送我離開。」

「離、離開？」他愣愣地看向她身後的閣主，見閣主面色不佳，但還是點了頭。小廝連忙扔下手邊的活計：「姑娘稍等片刻，小的這就去備馬車。」

蕭瀾頭也不回地離開，像是不知道身後一直有人跟著。

臨到大門口，正碰上回來的蘇焰和戰風，還有在等蘇焰的古月。

兩人老遠就看見這勢頭不對，又瞧見蕭戎臉上的巴掌印，蘇焰和戰風不約而同地挑眉。

堂堂血衣閣閣主，竟讓人搧了巴掌？有意思有意思。

古月見她安然無恙，鬆了一口氣：「煙嵐姑娘沒事就好，妳這是……」

蕭瀾對她一笑：「這段時間謝謝幾位的照顧，蕭瀾不勝感激。如今想起了以往還有未完的事，今日就此別過了。」

「姑娘記起以前的事了？不過這名字我怎麼聽著有點耳熟……」戰風想了想，「晉安侯蕭世城的嫡長女？還被朝廷發了通緝令的那個蕭瀾？」

蕭瀾神情淡然：「是。」

幾人心中了然，怪不得敢動手。曾經不可一世的天之驕女被強行擄來做婢女，還被……

蘇焰看向蕭戎，暗忖這人要麼什麼都不招惹，一招惹就惹了個大麻煩。

此時小廝駕著馬車前來，蕭瀾二話不說地拎著裙襬，準備上車。

剩下三人看向蕭戎，蘇焰挑眉，還從未見過他這般隱忍的樣子。

蘇焰又看向蕭瀾，她面色決絕，甚至都不回頭看上一眼，毫無留戀。

正準備開口，就被戰風戲謔的聲音搶了先：「姑娘這就走了？好歹與我們閣主有過情緣，怎的恢復了記憶就這般無情了？」

蕭瀾腳下一頓，毫不閃躲地對上戰風的眼睛：「我就是再有情，也不會與同父異母的嫡親弟弟有什麼情緣。」

戰風手上把玩的飛刀猝不及防地掉到了地上，連同古月和蘇焰也愣在原地。古月甚至連一句告別的話都忘記說，眼睜睜地看著那馬車駛離，漸漸消失在下山的小徑中。

下山之路極為通暢，清晨鬧市的聲音湧入耳際。

那小廝也是震驚得不行，下了山好一會兒，才想起該問車內之人要去哪裡。

裡面傳出的聲音溫潤動聽，「先去趟城外的開泰銀莊，再進盛京城，送到煙雲臺即可。」

那小廝的聲音都在發顫：「青、青樓？」

將閣主的女人，不，嫡親姊姊……送到青樓，這不是明晃晃地找死麼。

此時馬車的門簾拉開，一隻手輕輕拍了拍小廝的肩膀，「他不會殺你的，欺負弱者並不是什麼光彩的事。」

今日之事本來也是閣主同意的，應、應該不會送命吧？小廝連忙點點頭。

「待送我回煙雲臺後，還有最後一件事要勞煩你，可以麼？」

「姑娘儘管吩咐！小的一定盡心竭力！」

◆

祁冥山的涼亭中，幾盞酒壺雜亂地擺放著。

一個長相妖媚的紅衣男子將手中的酒一飲而盡，咂舌道：「人外有人，天外有天啊，相識十幾年，卻未曾想他竟是侯府之子。我說這些年他為何每個月只來上幾次，待個一、兩日，跟師父學完便走，原以為是天賦異稟才如此，卻沒想是要回家當少爺。」

玩笑開了沒人笑，蘇焰聳聳肩，「穿得像個乞丐一般的少爺，天底下恐怕也只有他一個了。不過這煙——不，蕭瀾姑娘，倒是的確有將門嫡女的樣子。」

戰風打趣地道：「誰說不是呢。同父異母，差別就出在母親身上唄。不過……」

蘇焰看向他：「不過什麼？」

戰風眨眼：「兩位夫人肯定都是美人兒，你瞧他們姊弟倆那臉蛋生的。」

說起姊弟，蘇焰好看的眉心一皺：「作孽，我還親手端過避子湯給她。雖見過瘋的，但沒見過這麼瘋的。」

戰風忽然想起那日古月說的話，笑道：「還真讓小古板說中了。妳說他們倆有些相像，莫不是早知道人家是親姊弟？」

古月仔細回想了下，「當日那麼說，是覺得……他們之間有股莫名的熟悉感。閣主看煙嵐——看蕭瀾姑娘的眼神，像是早就認識了一般。且二人眉眼之間，也確實有幾分相像。」

雖是這麼覺得，但聽見兩人真正的關係時，古月還是不敢相信。大師兄一向不近女色，忽然有了女子，本就是件稀奇事，卻沒想到……竟還是自己嫡親的姊姊。

話行至此，蘇焰瞧了瞧天上的日頭，正巧小廝來上酒，蘇焰問：「這都過了午時，閣主還沒回來麼？」

那小廝畢恭畢敬：「回二閣主的話，閣主還未回來。」

◆

馬車停在了煙雲臺的門口。

小廝聽話地進去，沒過一會兒，就見一體型富態的媽媽快步走了出來。

見蕭瀾面帶紗巾，下了馬車，那老鴇又驚又喜。奈何人來人往，不敢大聲，她一把抓住蕭瀾的手：「姑娘可總算回來了！回來就好，回來就好！林公子——」

老鴇四處望了望，將聲音壓得更低，「林公子已派人尋了姑娘多日，若是再找不回姑娘，我、我這煙雲臺只怕是要遭滅頂之災了喲！」

蕭瀾不動聲色地將手抽了回來，「多謝玉媽媽記掛。此番來龍去脈我自會向林公子解釋，不會連累媽媽。」

「啊，好、好，多謝姑娘，多謝姑娘。」

玉媽媽一邊帶路，一邊悄悄打量著身旁失而復得的煙嵐姑娘。

哪裡都沒變，只是……總感覺眼神言談間有些不一樣了。

那雙漂亮的眼睛倏地看過來，讓玉媽媽嚇了一跳。

「玉媽媽年紀大了，該多注意腳下，切莫因為盯著不該盯的地方，最終摔了跟頭。」

明明是一句關心的話，可老鴇偏偏聽出了警告的意味，整個煙雲臺就沒有敢這般與她說話的姑娘。奈何這位姿色過人，還得了貴人的寵愛，玉媽媽不敢得罪，連忙點頭哈腰：「是是，多謝姑娘關心。」

到了那間熟悉的廂房門口，蕭瀾停下腳步，「媽媽只管像以前那般將門鎖起來，不要讓旁人進來。」

見她主動說了，玉媽媽反倒鬆了一口氣。這煙嵐姑娘在外面走了一遭，也不知遇到了什麼事情，回來後性子似乎不大好了，遠沒有原來那般善解人意的溫柔。若是貿然像以前那般鎖門，還真怕她一個不高興，便在貴人耳邊說上幾句不中聽的話，那麻煩可就大了。

好在是她主動提了，玉媽媽立刻點頭，想了想又問：「姑娘許是還沒用午膳吧？我這就——」

「不必。」蕭瀾的聲音清冷，話畢便走進了廂房，關上了門。

直至外面傳來鎖門的聲音，蕭瀾這才坐下來，打量著這間住了三年的廂房。

裡面乾乾淨淨，擺置整齊，不用想也知是日日都有人來打掃。

只是房間再乾淨，也只不過是一間幽閉了她三年的牢房，住再久都不會有感情。

纖細的手指一下一下地敲著檀木桌面。外面是客來客往的紛繁嘈雜，她靜靜地等著，直至黃昏將至，天色暗了下來。

窗邊忽然傳來異響，緊接著「吱呀」一聲，窗子打開了。

三道黑影飛速閃身而入，窗子毫無聲息地關上，彷彿從未打開。

那三道黑影見到眼前之人，先是一愣，隨後一齊跪到了地上。

「屬下，參見小姐！」

蕭瀾起身，躬身行禮：「三位來得及時，蕭瀾不勝感激。」

三名軍旅之人本就鮮少與女子打交道，更何況還是蕭帥嫡女，如此身分高貴之人行了大禮，令三人額間冒汗，不知該如何是好。「小姐、小姐可別折煞我們！我等卑賤之人，原本該在街頭被惡棍打死，幸得侯爺用人不問出身，給了我等建功立業的機會！雖、雖然……」

話行至此，那大漢喉頭哽咽，「若不是不甘心，若不是冤得咬牙切齒、不能入眠，我等自該是隨著侯爺而去的！」

「三位請起。」蕭瀾親自倒了三杯茶水，一一放到三人面前。

三人連聲道謝，待心情平復些後，中間那人再度開口：「今日忽然在城外角樓上看見皮紙燈籠，我等都不敢相信是有人在召喚蕭家軍。直至派人在角樓下見到了那個掛燈籠的小廝，聽了暗語，才敢相信真的是小姐的命令。」

蕭瀾看著眼前的三人，衣衫粗陋，面容憔悴。這些年，該是過得很不好。

曾經的蕭家軍是何等的風光恣意。可如今的驍羽營右前鋒、赤北軍副帥，還有長鴻軍都統，竟只能夜行翻窗，如過街老鼠般避人耳目。

可見當今朝堂上的那位聖人，對曾經出生入死、守護疆土之人，是多麼地漠視低看。

蕭瀾深吸一口氣，盡量不讓自己的聲音發抖，「三年前逃亡途中，我失了憶，如今找回記憶的第一件事，便是召喚當年隨父親遠征北疆的軍將。」

提到蕭世城，三人皆是眼眶一紅。

「請三位如實相告，三年前……」

那些無頭屍體，還有十幾個裝著首級、滴著血的木箱，再度出現在眼前。

蕭瀾閉了閉眼，繼續道：「三年前，究竟發生了什麼事？父親本該在北境與北渝軍隊抗衡，一舉拿下朔安城，怎麼會擅自回京？」

「不是擅自！」赤北軍副帥莫少卿雙目瞪圓，「北渝突發寒潮，幾次作戰不利，主帥便讓我們退守，待軍需棉衣補給到了，再行作戰。誰知此時有消息傳來，說聖上要將小姐賜婚給北渝太子，主帥一連上書七封，全部石沉大海，沒有任何回應！」

「最後一封書信，是主帥稟明聖上，請容許他暫時回京面聖，共同商討討伐北渝之計策。」長鴻軍都統何楚聲音顫抖，「主帥深知不可擅自調動作戰軍隊回京，便只帶了親信。我們一行不過區區二十人，何來他們口中的叛軍謀反，意圖不軌？」

何楚身高八尺，魁梧健壯，話行至此卻泣不成聲：「臨到城門口時，主帥突覺不對，那時才剛剛入夜，城內外卻沒有行人。他命我喬裝進城打探，卻未想我剛從側門進城，便見主城門轟然關上，城外傳來兵器相撞和沖天的喊聲，喊著叛軍私回，意圖不軌！」

「當時能幫上忙的，便只有留在城內，保護夫人和小姐的一支驍羽營的兵馬。」驍羽營右前鋒封擎攥緊了拳頭。「但當時驍羽營聽從夫人調遣，分散開來，我帶隊護送小姐離開，左前鋒則帶隊去了城隍廟取至關重要之物。不想在城隍廟遇上燕相私調護城軍，被絆住了腳，更有不少兄弟死傷。主帥發出召回令的時候，我們疾速趕回，拚了命地與對方廝殺，最終……還是敵不過。」

蕭瀾強忍著淚水，一言不發地聽著。

「任誰也想不到，城門外竟埋伏了足足千人！城防營可謂是傾巢而出！一波又一波地湧上來，我們殺不完，根本殺不完！主帥知道當夜氣數已盡，他不願丟下一同出生入死的將士們，只將一個錦袋塞到我手中，命我率驍羽營撤退，回去護送夫人和小姐離開。

「可驍羽營也同樣沒有一個人願意離開！所有人都帶著必死的決心廝殺，而我、是我沒用，被人一刀砍在了後背，掉入了護城河，沒能與弟兄們死在一起。」

說到這裡，封擎從胸口拿出已經破舊不堪的錦袋，「之所以沒有自戕，便是等著有朝一日能完成主帥的囑託，待此物送到小姐手中，我才真正有臉去地下見主帥！」

那錦袋在蕭瀾乾淨纖細的手上，顯得十分格格不入。

她顫著手打開了錦袋，倒轉過來，裡面掉出兩枚已經乾枯發黑的東西。

「這、這……」封擎啞了啞，三年來他將此物牢牢置於胸前，生怕不小心弄丟，卻未想損壞了其中之物。

蕭瀾的眼淚再也忍不住，一滴滴地落在了檀木桌上。

那年父親出征前曾哄她：『瀾兒，妳在家乖乖聽妳母親的話，父親定將妳最想要的東西帶回來，好不好？』

那時的她眼裡閃著精光：『那我要一顆北疆雪山的雪蓮果！此物難得，爹爹當真能尋來？』

那隻撫上頭頂的大手彷彿還在眼前，那句「妳想要的，爹爹都給妳」，也彷彿還在耳邊。

淚水止不住地流，流得封擎慌了神，連忙起身掏出一把匕首，「屬下該死！」

蕭瀾急忙開口：「不怪你！不怪你……」

離封擎最近的莫副帥一把奪過他手中的匕首，「咱們的爛命可不是這般亂用的！坐下！」

蕭瀾知道自己失態，也擦了眼淚，小心地收好了錦袋。

末了，她抬眼，哽咽的聲音中蘊含著滔天的恨意——

「所以，當年梁帝與墨雲城是早就有聯絡，早在我生辰的闔宮宴飲之前，賜婚的消息便已經傳到了北疆父親那裡。

「梁帝早已與北渝達成了休戰的同盟，假意賜婚，以我為鉺，不回書信。一切的一切，只為誘父親私自回京，跳進他早已布置好的重重包圍中。

「他要的不僅是與北渝的和平，他更要名正言順地剷除威脅到他權威聖名的蕭家，要民心歸順，不落人口實。」

眼淚滑落，蕭瀾笑得淒涼：「原來我蕭家百年忠君，忠的竟是這樣的君。」

悲涼的聲音久久迴盪在小小的廂房中。

待內心稍稍平復，蕭瀾看向三人，「蕭家軍……現在如何？」

莫少卿率先開口：「稟小姐，當日赤北軍未隨主帥回京，後來朝廷下令退兵，赤北軍回來後被編入錦州衛，無召不得入京。而長鴻軍則因當日誓死追隨主帥回京，被列為叛軍，所有都統以上的高階全部斬殺，剩餘兵馬編入城防營，歸城防營統領傅衡節制。」

何楚話行至此，沒忍住道：「我們從來沒過過那般憋屈的日子！走到哪都有人戳脊梁骨、喊叛軍，家不敢回，怒不敢言！若是戰死沙場便也認了，可若是年年日日讓人這般欺辱，最終窩囊地死掉，只怕沒臉去見地下的主帥，沒臉見當日同生共死的弟兄們！」

「諸位這些年受委屈了。」蕭瀾又看向封擎，「驍羽營如何？」

封擎立刻抱拳：「稟小姐，驍羽營人馬折損過半，好在從未被編入過正式軍制，之後朝廷通緝無果，便不了了之。眼下兄弟們四散在外，但只要一聲令下，便能立刻召集！」

封擎此話一出，剩下兩人也不禁正襟危坐。何楚左右看了看，壓低原本粗獷的聲音，試探地問：「小姐是否要……」

蕭瀾直視著面前的三人：「如今蕭家只剩我一人，滿門被滅之仇若不報，恐會日日徹夜難眠。上天既讓我活下來，就絕不是吃喝享樂的。

「只是，」蕭瀾頓了頓，「眼下諸位雖過得拘謹不快，但起碼性命無憂。如果要蹚這灘渾水，最終能否全身而退，便未可知了。」

「小姐此言差矣！」何楚一拍大腿，「我等忍了三年、等了三年，終於等到了小姐的召喚！當日右前鋒說已提前將小姐護送離開，即便後來去城外沒找到小姐，我們也知小姐福大命大，自會平安歸來！」

「何統領說的對，」莫少卿正色，「只要蕭家還有一人在，蕭家軍便有重見天日的一刻。我們也曾想過鳴冤，甚至叛亂，可一旦強行動武，那便更坐實了所謂主帥治軍不嚴，意圖謀反的烏有罪名。」

「小姐，我們不缺兵馬，不缺刀槍棍棒，更不缺忠心和膽魄！弟兄們跟著主帥出生入死了這麼多年，絕不甘心蕭家和蕭家軍就此含冤沒落。雖沉寂了三年，但我們的血、我們的恨，從未冷過淡過！」封擎越說，眼睛便越紅，「只要小姐一聲令下，便是要我等此刻殺進宮去，砍了那狗皇帝的腦袋，我們也不會不從的！他既然冤枉我們謀反，那便反給他看！」

此情此景，此番言語，無不令人動容。

蕭瀾起身，「既然如此，蕭瀾便要仰仗諸位了。」

話音剛落，便見纖瘦的身影跪下身去。

「這這這！這可使不得！」三人連忙起身，手足無措地想將她扶起，卻又不敢觸碰，何楚乾脆直挺挺地也跪了下去。

最終還是封擎大著膽子，扶上蕭瀾的手腕，「小姐可別再折煞我們了。蕭家後繼有人，即便是讓我們即刻去死，也再所不惜。」

蕭瀾起身，「那也請各位不要把那個不吉利的字掛在嘴邊。你們跟著父親出生入死多年都安然無恙，沒道理下了戰場，反倒輕易送了性命。」

她俯身去扶還跪在地上的何楚，何楚趕緊自己站了起來，笨手笨腳的樣子不禁讓蕭瀾一笑。

「剛剛所說的入宮取人首級這話，右前鋒可不要再說了。隔牆有耳。」

封擎頷首：「是，剛剛……也是一時激動。」

蕭瀾點點頭，「既然要仰仗諸位，我也要謀畫萬全，不可拿軍士們的性命開玩笑。也請各位轉告手下的弟兄們，蕭家雪冤指日可待。包括驍羽營、赤北軍和長鴻軍在內的整個蕭家軍重見天日，也是確切無疑的事。

「但你們，絕不是我蕭家東山再起的墊腳石。你們的命不賤不爛，是這世間最無畏最值得敬佩的存在。這是提醒，亦是承諾。

「有朝一日若大勢已去，敗局已定。」蕭瀾面色堅定，「屆時，請諸位不必看在我父親的面上，自可明哲保身，先護住自己與家人的性命。」

明明語氣柔和，聲音也不大，卻足有撼動山河的氣勢與篤定。

莫少卿看著眼前的女子，隱約覺得，蕭家或許是真的有救了。興奮、血性慢慢湧了上來，三年過街老鼠般的日子，終於有了要結束的苗頭。

想到這裡，他沉聲：「小姐，有一事，屬下不得不說。」

「莫副帥請講。」

「雖然軍將們心繫蕭家，但眼下赤北軍受錦州衛節制，長鴻軍更是被壓制在城防營最底層，任何風吹草動都逃不過朝廷的眼睛。若想做什麼，僅憑在外的驍羽營弟兄，恐是不夠的。」

蕭瀾點頭，「拳頭，要五指攥緊打出去，才會有無窮威力。」

見蕭瀾明白，莫少卿點點頭，繼續道：「而且，群龍不可無首，屆時我們還需一名統轄全軍的主帥。」

提到主帥，三人各自望了望對方。各自管束手下的兄弟倒是不難，可若要統轄全軍，恐怕都是難以服眾的。一軍主帥乃是全軍命脈，任是誰都不會輕易將自己的命，交到不能全然信任的人手中。

蕭瀾望了窗外一眼，垂眸淡道：「此事容我再想想。三位還是先將目前京中局勢說與我聽，朝堂上的也好，軍營中的也好，只要是你們知道的，皆鉅細靡遺地說與我聽。」

「是！」

茶水喝了一杯又一杯，三人聲音很小，但語速很快。

直至臨近拂曉，茶盞終於空了。

「小姐，我們知道的，也只有這麼多了。」

蕭瀾點頭：「已經不少了。剩下的我自會打聽。」

三人聽了叮囑，悄無聲息地自窗戶翻出，無聲地消失在暮色之中。

窗戶沒有關嚴，微風吹了進來，吹散了房中沉重的靜默。

蕭瀾坐在桌前，仔細地回憶著剛剛三人所說的京中局勢。

忽然，一陣香味飄了進來，她下意識地望向虛掩的窗子。

香味熟悉，勾起了塵封已久的記憶。

她起身走過去，輕輕推開窗子，微微側目，看見了一包掛在窗沿一側的東西。

眼熟的牛皮紙，她伸手觸了觸，還是熱的。

紅豆蜜乳糕。曾經她最愛吃的糕點。

上一次吃，還是在祠堂罰跪的時候。那時候和香荷一起聞到了香味，高興地起身就往外跑……

香荷。

觸著那包糕點的手指不禁顫抖。

那個從小跟著她，照顧服侍著她，與親妹妹無異的、善良乖巧的小丫頭……

腦中驟然閃過雷聲轟鳴，那夜她傷了腿，又遇朝廷通緝，兩人拚了命地跑，最終逃進了城外的山林中。

瓢潑大雨硬生生地淋在傷口處，疼得幾乎走不了路。直至掀起褲腳，才知回城路上的那一摔，竟硬生生被尖銳的石頭擦斷了膝上的肉，傷可見骨，筋肉模糊。

山洞裡她面色慘白，高燒不退，痛得渾身抽搐。

香荷直掉眼淚，『小姐，這樣下去您真的會死的！香荷這就去找大夫！』

蕭瀾憑著最後的意識，死死地拉住香荷的手，『不……不許去。我沒事，香荷，我真的沒事，太危險了，妳聽話……』

只是話還沒說完，就痛暈了過去。

再度醒來時，腿已經近乎沒有知覺了。身旁空空如也，蕭瀾強撐著身子一步步地走了出去。

她在山間喊了好久好久，直到最後，連她自己都聽不見她微弱的聲音了。

天漸漸亮了。雨後的泥地溼滑難走，她艱難地撥開雜草，卻未想看到了殘破的衣衫碎片，和嵌著血肉的殘肢殘骨。

她重重地跌坐在原地，抱著被野獸撕咬得不成樣子的衣衫碎片和殘肢，哭得撕心裂肺。

她的香荷，她的妹妹……

極度的悲痛讓她頭痛欲裂，她想，就這樣死了也好。

她手上緊緊攥著那塊送給香荷的墜子，倒在了浸了血的荊棘泥地中。

卻沒想到醒來之時，竟什麼也不記得了。

她茫然地看著這方巴掌大的房間，還有一位陌生的林公子。

風再度吹來，牛皮紙包裹的糕點不再溫熱。

蕭瀾收回了手，關上窗，任由它掛在外面的窗沿處。

轉過身，卻聽見身後窗子再度「吱呀」打開，糕點的香氣溢滿了整個屋子。

來者落地沒有聲音，蕭瀾回頭，眸中沒有詫異。

她淡淡開口：「你來做什麼。」

紅豆蜜乳糕放到了檀木桌上，蕭戎看著她，「妳一整日都沒吃東西。」

屋內甜香四溢，但兩人卻無話可說。只是原本就不大的屋子裡，多了一位人高馬大的黑衣男子，實在是無法視而不見。

見他不走，蕭瀾沉默著走到桌旁，將牛皮紙打開，拿起一塊糕點咬了一口。末了，蕭瀾抬頭看他：「可以了麼。」

蕭戎盯著她，「妳打算如何重振蕭家？」

蕭瀾放下手中的糕點，抬眸：「與你何干？」

他沒有半點猶豫：「重建蕭家，就要奪回兵權，立下軍功。沒有我不行。」

蕭瀾心中一顫，這話其實說的沒錯。莫少卿談及主帥之時，她心中第一個想到的，便是蕭戎。晉安侯蕭世城之後，是最名正言順的選擇。

若是以前的弟弟，那她絕不會有半點猶豫，但蕭瀾淡道：「驍羽營精銳無數，赤北軍、長鴻軍能人眾多，你以為我一定要用你？

「蕭戎，從看到我母親胸前插著蛇紋匕首的那一刻起，你便不再是我弟弟了。曾經的傾心，我只當是做了好事卻沒好報罷了。」她聲音冷漠，字字句句盡是疏離。

但蕭戎不惱，只是低頭看著她：「妳計較她的死，可以。那我母親的死，是否也可以從妳身上討回來？」

蕭瀾倏地抬頭，「你是什麼意思？」

「我母親，是被毒殺的，死時唇上泛黑，面色發青。並且是早在侯府起火之前便被殺了。而當時，只有妳母親去過南院。」

「不可能。」蕭瀾眸中篤定，「我娘不會濫殺無辜，我相信她。」

「那如果我說妳娘不是我殺的，妳也願意相信麼？」

蕭瀾一噎，不可置信地看著他滿目的坦蕩。

「你敢說那把蛇紋匕首不是你的貼身之物？」

蕭戎沉聲：「那把匕首是我的，但我沒殺她。妳剛才也聽見了，是她派驍羽營的人去了城隍廟，那晚他們與我爭奪城隍座下之物，甚至對我痛下殺手。而妳母親，卻暗示人是妳派去的，暗示是妳意圖用我的死，換取皇帝的安心。」

蕭瀾後退一步，「什……什麼？」

蕭戎沒有遲疑，繼續說：「她騙我說，妳是自行離開的，妳對我沒有任何感情。在生死關頭，妳選擇了蕭家，選擇了妳父親，唯獨拋下了我。」

蕭戎走近，影子甚至能將蕭瀾罩住，他低眸：「那把匕首，是她撿來捅我的。但即便如此，我也沒殺她。」

蕭瀾盯著他，一言不發。

「妳好奇她為什麼這麼找死是麼？」蕭戎拿出了一樣東西。

「我想了許久，直至今日，聽了妳和剛才那些人的話才想明白。大概是因為……當日它從我懷中掉了出來。」

蕭瀾看見他手中的東西，竟不自覺地倒吸了一口氣。

那是一塊女子貼身用的錦帕，上面隱隱還有未洗淨的血跡。

「還記得麼。」他的氣息很近。

蕭瀾看著那塊錦帕，自然是記得的。這是兩人在靈文山莊共眠的那次，少年晨間的反應太大，弄髒了她的手。他就是拿著這塊錦帕替她擦拭的。

用女子貼身之物擦拭男子的……她沒好意思再要回來，無意間問起時，他也只說已經扔了。

可現在看來……

蕭瀾的聲音不穩：「你、你那時候竟……」

難怪母親臨死前會說那樣的話，難怪一向嘴硬心軟的人，居然會對一個十幾歲的少年動了殺心。任是誰看出了那不倫的端倪，恐怕都會止不住心中的震驚。

「是啊，姊。」

時隔三年，這一聲姊，卻叫得蕭瀾心驚。

男子的手撫上她的臉蛋，迫使她抬頭望著他。

「那時候我便對妳有所衝動。想看著妳，陪著妳。與妳獨處時，想吻妳，抱妳——」

「你住口！」蕭瀾掙脫開他的手，「我若早知道你存了這樣的心思，當初我就絕不會靠近你！」

蕭戎眸色一暗。相處許久，蕭瀾自然知道這是他生氣的表現。

「蕭戎，你聽好了。我蕭瀾，從來沒有對你有過姊弟之外的感情。而就連這分手足親情，也已經被你親手毀掉了。」

蕭瀾紅著眼眶：「以往是你不認我，但現在，是我不認你了。」

她背過身去，「日後不要再來我的屋頂守著，我不需要。」

此刻，屋子內才真正靜了下來。他走得毫無聲息。

蕭瀾有些站不穩，手撐在檀木桌上，低頭，看見了那已經打開了的紅豆蜜乳糕。

往事如凶猛潮水般湧來，眼淚，一滴一滴地落在了那包裹著酥軟糕點的牛皮紙上。

敲門聲驟然響起，蕭瀾看了窗外一眼，正是拂曉時分。

她抬手擦了眼淚，低頭理了理衣衫，咽下了所有的哽咽，語氣恢復如常時的溫和：「門外何人？」

對方敲門的手停住，聲音溫文爾雅：「煙嵐姑娘，是我，林榭。」

房門打開，外面站著一位身著墨青色長袍的男子。此人身形消瘦，卻格外挺拔，身上散著淡淡的竹墨香氣，聞起來清新淡雅。而更讓人覺得舒適的，則是那雙墨棕色的眸子，時時含著笑意，從未有駭人厲色。

翩翩公子，舉世無雙，說的便是此人了。

門外的男子見到她，不由分說地伸手扶住了她的肩膀，「可有傷著？我找了妳許久，到底是去哪裡了？」

肩膀處溫度灼熱，蕭瀾不動聲色地挪步，避開了他的手，「公子請。」

他一愣。以往，她都是喊他「恩公」的。

長腿邁進這方小小的廂房，裡面立刻顯得窄小了起來。

蕭瀾關上門，轉過身來正對上他的目光。

「煙嵐姑娘，將近兩個月音訊全無，到底發生了什麼事？」

見她神色平淡，眸中盡是陌生與疏離，失憶兩個字便閃過眼前。

林榭一愣，試探著問：「妳可還記得我是誰？」

蕭瀾對上那雙眸子，淡然一笑。

怎麼會不記得。

林榭，謝凛。

當今皇后所出的十五皇子，如今大梁名副其實的東宮太子。

兩人對視，只見蕭瀾提起了裙襬，恭敬地行了叩拜之禮。

「煙嵐姑娘，妳這是……」

「蕭瀾，見過殿下。」

此言一出，房中瞬間靜謐無聲。

最終，一雙手輕柔地扶住了她的胳膊，「瀾兒妹妹先起來。」

蕭瀾起身，就感覺到一隻手輕撫上了她的長髮，她抬眸。

謝凜柔聲道：「妳終於想起來了。」

那百轉溫柔的眼神，不由得讓蕭瀾一愣。她後退一步：「蕭瀾多謝殿下救命之恩，也謝過殿下三年來的庇護。救命之恩無以為報，唯有——」

「唯有什麼？」他走近，「以身相許？」

第十二章　恩怨

廂房內很安靜，但仔細聽，還是能清晰地聽見一男一女的呼吸聲。

聽見那句「以身相許」，蕭瀾一噎，隨後答道：「蕭瀾如今是戴罪之身，還是朝廷通緝要犯。現今記起了過往種種，當知不該為殿下帶來麻煩。還望殿下恕罪，容蕭瀾自行離開。」

謝凜沉聲：「我敢救妳，便不怕麻煩纏身。若天下忠臣勇將都要慘死，若他們拚死保護的子女，都要躲躲藏藏地過一輩子，那這天下，便真要完了。」

此話一出，蕭瀾不禁紅了眼眶：「殿下……殿下是因為相信父親……相信蕭家才救我的麼？」

謝凜點頭，「即便連母親，也未曾質疑過蕭家的忠心，只是當時父皇聖意已決，我們無力回天。母親派人去蕭府時，那裡已經大火漫天，晚了一步。聽聞屍首中沒有妳，我一路出城，好在最終於深林中找到了妳。」

眼淚流了下來，她哭得淒美，令人動容。

「殿下為何要救我？倒不如就讓我死在那裡，總好過餘生背負著罪臣之女的名頭，東躲西藏……此生再無指望……」

謝凜溫聲：「瀾兒妹妹，妳還有我。只要我還是大梁太子，便不會任由蕭家這等忠良之輩被人誣陷。事實如何，我自要查清。」

蕭瀾哽咽著，眸中透著不解：「殿下為何……」

謝凜看著她：「幼時圍獵我曾遇險，差點掉進了毒蛇窩，是蕭伯父飛身一把抓住了我。我三哥亡故，母親傷心了好多年才生下了我，那時若任我掉入坑洞，那我母親，便真的膝下無子了。」

蕭瀾的聲音很輕：「是有人故意……」

謝凜一笑，「宮裡的人，表面上有多高貴，心裡便有多骯髒。像妳父親那般忠勇之輩本就稀少，若是要我眼看著他坐罪而死，還要搭上無辜的妳，反倒任由朝中奸佞誤導父皇，為非作歹的話——」

他眸中閃過厲色：「這樣窩囊的太子，不如不當。」

驀地，他的衣袖一端被人輕輕拽住，謝凜低頭，看見一雙纖細漂亮的手。

「殿下當真，願意為我父親洗刷冤屈？」

謝凜毫不遲疑：「不是願意，而是必須。」

「殿下若是真的願意幫助蕭家，蕭瀾便是做牛做馬，也一定誓死追隨殿下！」她的聲音還帶著哭腔，卻那般決絕無畏，「不僅是我，還有整個蕭家軍，都將誓死追隨殿下！」

謝凜眸中之光一閃而過，但面上依舊笑得和煦：「這些不重要。」

依舊是待了不到半個時辰，謝凜便要在天色全亮之前回宮。臨走時招來老鴇，下令自即日起，允許煙嵐姑娘帶著面紗出門，隨意走動，那老鴇連忙點頭應是。

蕭瀾站在窗邊，目光瞧著謝凜上了馬車，她關上了窗，抬手擦掉了眼淚。

先前在謝凜面前悲痛可憐的模樣，此刻消失得乾乾淨淨。

而回宮之路的馬車上，謝凜閉著眼，一言不發。

車簾外傳來親信非常小的聲音：「殿下不是已經盼這一日盼了許久了麼？怎的蕭小姐恢復了記憶，殿下反倒面色不佳？」

謝凜睜開眼：「不問來龍去脈，自認罪臣身分，還要自請離開……這可不像我知道的那個蕭瀾。」

外面傳來試探的聲音：「殿下覺得有異？」

謝凜一笑：「不過她倒是聰明，知道我想要什麼。」

回憶起那張哭得淒美的臉蛋，身上傳來異樣的感覺，謝凜低頭看了一眼。

「各取所需，倒也是不錯，省了我不少口舌。」

這句話終於聽明白，親信立刻接上話頭：「是是，不過想來蕭小姐也是占了便宜，殿下這些年為了登上太子之位，可是費盡了心思，眼下還要冒險幫助蕭家……」

謝凜聲音淡漠：「我要的，可不只有蕭家。」

話畢，男子乾淨好看的手理了理衣襬，遮住了剛剛胯間不經意的蠢蠢欲動。

離開祁冥山的第一晚，蕭瀾睡得並不安穩，醒來時已將近午時。

坐在鏡前梳妝，鏡中之人的一顰一蹙都美得不可方物，但這美人神色淡漠，絲毫不為所動。

此時外面響起試探的敲門聲，接著是老鴇的聲音響起：「煙嵐姑娘，可起身了麼？」

蕭瀾理了理挽好的長髮，「玉媽媽請進。」

門一打開，香氣便傳了進來。

「姑娘今日的氣色比起昨兒個剛回來時，好了許多啊。」

玉媽媽使喚聾啞丫頭將菜餚湯羹擺置好，「今晨林公子走前，吩咐了要格外注意姑娘的膳食，今日這午膳便是添了鹿茸的。」

見蕭瀾走過來，玉媽媽賠笑：「姑娘嘗嘗可還喜歡？」

蕭瀾擺擺手，丫頭立刻退了出去。她嘗了一口鹿茸羹，抬眼看向玉媽媽：「甚是不錯，媽媽也別站著了，請坐。」

「姑娘喜歡便好。」玉媽媽一邊說著，一邊坐下，「只要是姑娘喜歡的，定是要雙手奉上。」

蕭瀾放下玉勺，「這煙雲臺，我瞧著不錯。」

玉媽媽面色一僵，「姑娘，這是何意？」

蕭瀾隨手指了指桌上放置的一方木盒，玉媽媽伸過手去打開。

「呀……」瞧見裡面的東西，她不由感嘆出聲，「這麼多銀票……姑娘這是？」

「玉媽媽操著這煙雲臺的上上下下，不免辛苦，日後只做些簡單的事可好？」

老鴇摸著那滿是銀票的盒子，不願放下，聽了這話，便遲疑地看著蕭瀾。

「煙雲臺我買下了。」

「這這、這可不妥啊姑娘。」玉媽媽連忙放下手中的盒子。

蕭瀾挑眉，「怎麼，嫌少？」

自然是嫌少。整個煙雲臺光是花魁便有數十位，迎來送往的富家公子們個個出手闊綽，一年算下來，便能賺到這盒子中的所有銀票。

玉媽媽還未回答，便聽見蕭瀾一聲冷笑。「這煙雲臺明裡做著皮肉生意，暗地裡又是做著什麼勾當，媽媽當真以為無人知曉？」

老鴇不可置信地看著她。

「有身契籍契的姑娘們在明面上接客，可那些黑戶的女子，玉媽媽是如何處置的？」

「妳、妳怎麼知道……」

「按照大梁律法，擅自買賣人口，可是要處剮刑的。」蕭瀾笑著問她，「不知從媽媽這裡買了姑娘做小妾的大人們，屆時會不會施以援手？」

玉媽媽當即面色慘白。

「更無須說，這高門公子哥兒們玩得放肆，煙雲臺有多少姑娘被玩弄致死？今日還在唱曲的姑娘，次日便沒了蹤跡聲響。」

蕭瀾對上老鴇的眼睛，「盛京城裡，皇宮跟下，這般放肆地做生意，當真是覺得宮裡的那位，能長長久久地護著這上不了檯面的勾欄瓦舍？」

玉媽媽的眼睛倏地睜大，起身連連後退幾步：「妳！妳！」

蕭瀾雲淡風輕地做了個「噓」的手勢，好看的手將那木盒向前一推，「玉媽媽不妨再考慮考慮，與其不明就裡地跟著所謂的貴人，不如早早抽身出來。」

玉媽媽不由得看向了那盒銀票。

「否則他日東窗事發，大禍臨頭，想全身而退可就難了。」

但玉媽媽還是不信，如此隱密之事，不可能有人知道。

見她這副神色，蕭瀾一笑：「瞧著媽媽的樣子，還是不信呢。」

隨後她起身，一步一步走近。「嘉貴妃當年不過是個遊船上唱曲的，仗著一副好嗓子和好容貌，勾搭了微服出巡的陛下。入宮後不忘本行，暗中找了家中故人，做起了這皮肉生意。想必有著宮裡貴妃的扶持，許多事情上便是極為順利吧？」

玉媽媽的手不住地顫抖。

「如今她的成玉公主也到了議親的年紀，每每出席宮中宴飲，想來釵環衣物上的花銷要比以往多上許多。玉媽媽肩上的擔子，也不輕吧？」

話行至此，玉媽媽終是不敢再多質疑。

「日後媽媽只管照著以往一般，聽從宮裡那位的安排，生意也照做。」

「姑娘的意思是……」

蕭瀾的聲音不大，剛好只有屋內的兩人能聽見。

「媽媽在明處，我在暗處。煙雲臺一干事務仍是由媽媽操辦，只是——」蕭瀾替她理了理被攥得發皺的衣袖，「媽媽心裡可要清楚，誰是明面上的主子，而誰……才是真正的主子。」

「姑娘的話……老身明白了。」

蕭瀾點點頭，「既然如此，日後便要仰仗媽媽了。若是出了差池，媽媽年紀大了也不好責罰，屆時可能會有人前去問候令郎，還望媽媽勿怪。」

老鴇渾身一震，「撲通」一聲跪到了地上：「姑娘放心！儘管放心！我老婆子一定忠心！一定忠心！姑娘才是這煙雲臺真正的主人，姑娘說什麼便是什麼！」

蕭瀾笑著扶起她，轉身將盒子拿起，放到了玉媽媽的懷中。

「還須我再叮囑其他事情麼？」

玉媽媽對上她的眼睛，急忙開口：「姑娘放心！老身定會守口如瓶！絕不對外洩露半句！」

蕭瀾滿意地看著她關上房門。

屋內，還瀰漫著鹿茸羹的氣味。她眉間輕皺，一桌子盡是滋補之物，入口寡淡，只嘗了一口便沒了食欲。

蕭瀾走過去，纖細的手毫不猶豫地越過那碗鹿茸羹，手指撥開牛皮紙，拿起一塊早已涼透的紅豆蜜乳糕。

◆

傍晚時分，煙雲臺便更加熱鬧了。

外面奏著不知名的曲子，漫著不知名的香氣，客人絡繹不絕，男男女女的歡談言笑不絕於耳。

蕭瀾倚在屋內的太妃椅上，手中慵懶地搖著一把摺扇，安靜地閉著眸子。

此時外面響起玉媽媽的聲音：「煙嵐姑娘？」

手上的摺扇頓了頓，蕭瀾沒睜眼：「何事？」

「今日來了位公子，一擲萬金，非要……」

蕭瀾睜眼：「非要什麼？」

「非要……煙嵐姑娘來陪。這位公子瞧著眼生，出手卻實在闊綽，姑娘看……」

蕭瀾笑了笑：「玉媽媽當真是生來便會做生意的人。」

凡是有錢人，一概不得罪。

她起身：「既然如此，便請那位公子來我房裡。」

外面的老鴇連連哈腰：「是、是，這就請公子上來。」

蕭瀾起身，剛倒好兩杯茶，房門便被打開了。

她頭都沒抬，「蘇公子來了約莫快兩個時辰了，終於玩夠了？」

蘇焰手上還拿著一杯初春的新釀，紅衣上沾了胭脂氣，一進來便能聞到。

他挑眉：「我來的時候，這不是瞧著妳正忙著威脅人嗎，不便打擾啊。不過妳年紀不大，知道的祕辛倒是不少。」

蕭瀾坐到檀木桌旁，「生在王侯將相之家，有些髒事不想知道都不行。」

蘇焰一邊聽著，一邊半點不避嫌地在屋裡東瞧西瞧，「說是金屋藏嬌也不為過了吧？東西雖然不多，但件件價值不菲，可見姑娘的救命恩人當真是財大氣粗。」

「那也比不上蘇公子一擲萬金，就為了逗我一番。」見蘇焰走過來，蕭瀾將一杯茶放到他面前。能來煙雲臺指名道姓地找「煙嵐姑娘」的，除了化名為林榭的那位殿下，就只有血衣閣中的人了。

蘇焰抿了口茶，「橫豎也是進了妳的腰包，不虧。就當——」

想起自己一次次親手遞的避子湯，蘇焰噎了噎，簡直就是在助紂為虐。

「就當什麼？」

蘇焰胡謅：「就當慶賀姑娘恢復記憶，還做了這煙雲臺的主子。日後我定會多來照顧妳的生意。」

蕭瀾被逗笑：「血衣閣二閣主生性風流，可別拿我做幌子啊。」

瞧著她沒有因蕭戎幹的那些混帳事而遷怒於其他人，蘇焰挑眉：「當真不回去了？妳的東西還原封不動地擺在他房裡，不讓任何人碰。」

蕭瀾面上沒什麼波動：「本就是不該回去的。眼下也好，日後也罷，還有更重要的事等著我去做。祁冥山……我不會再回去了。」

聲音淡漠，句句無情。倒真像古月說的那般，不愧是親姊弟，真是像。

「蘇公子今日來，就是為了問這句話？」

「也不全是。」蘇焰修長的手指摩挲著茶盞邊緣，「一來呢，的確是好奇。二來……他不放心妳，叫我來替妳再把一次脈。」

蕭瀾一頓，「我好多了。自恢復記憶後，頭疼的症狀也漸漸消失了。」

「我看看。」蕭瀾伸手，蘇焰在她手腕處停留片刻，忽然一笑：「這下好了，連關心的由頭也沒了。現在看來，妳身體確實已經無礙。」

蕭瀾收回手，理好袖子，「這段時間多謝蘇公子照看。若是蘇公子真的喜歡，那就常來煙雲臺聽曲子。」

蘇焰朝外望了一眼：「如此良作，自然是要多來聽聽的。既然如此，我就要回去了，姑娘可有什麼話要我帶上的？」

蕭瀾問：「月姑娘可還好？」

蘇焰不禁笑道：「她能有什麼不好，整個祁冥山最不好的——」

還未等蘇焰說完，蕭瀾就已經開口打斷：「那就請蘇公子代為轉達，三年前從城隍廟取走之物，於旁人沒有任何用處，但對我蕭家來說至關重要，煩請還回來。」

連蕭戎的名字都不願提，蘇焰莫名好奇蕭大閣主吃閉門羹的模樣。

他嫵媚一笑：「放心，定會一字不落地帶到。」

「多謝。」

出了煙雲臺，蘇焰臨走前多看了一眼，卻不想看到一輛馬車，悄無聲息地駛入了煙雲臺側方的漆黑小巷中。

而這不經意的一瞥，又剛好看見了一張年輕的男子面孔。

◆

祁冥山的夜，似乎比以往都要靜，靜到連酒杯砸在石桌上的聲音也分外明顯。

「嘖嘖。」

身後響起嫌棄的聲音，蕭戎頭都沒回，「如何。」

「她當然是沒事，我看需要把脈吃藥的人啊……遠在天邊，近在眼前呢。」

蘇焰走過去，摸著下巴數了數桌上的酒壺，不由得咂舌：「你若真是心裡煩悶，不妨去練練武？名貴美酒可不是讓你這麼糟蹋的。太可惜了。」

蕭戎不理他，兀自又滿上一杯，一飲而盡。

蘇焰好奇地問：「她到底說了什麼？自回來之時便一直喝，饒是你有千杯不醉的能耐，這個喝法也是會喝死人的。」

蕭戎手上一頓，想起了那一句句戳在心上的話。

『**我若早知道你存了這樣的心思，當初我就絕不會靠近你**。』

『以往是你不認我，但現在，是我不認你了。』

『日後不要再來我的屋頂守著，我不需要。』

見他面色僵住，蘇焰慢悠悠地開口：「即便人家說了難聽的話，也是情理之中。任是誰經歷了此等孟浪至極之事，約莫都是擺不出好臉色的吧？」

蕭戎一言不發地喝著酒。

「你既知道她的身分，也知道你們的關係，竟……」蘇焰醞釀了下，「竟也下得了手？」

而蕭戎擺明了不想談這些，起身就要離開。偏偏此時，背後響起了蘇焰戲謔的聲音：「她有話要我帶給你。」

下一刻，蕭戎轉過身來。

「說是讓你將當日從城隍廟中取出來的東西還回去。」

男子高大的背影愣了愣，「沒了？」

蘇焰一攤手：「沒了。」

忽然他又是一笑，看著蕭戎，說：「你說她連一句話都不願多跟你說，對待那位英宇不凡的恩公，又會是什麼態度呢？」

蕭戎皺眉：「你見到了？」

「雖無證據，但十有八九。」蘇焰支著下巴，仔細地回憶著，「二十二、三歲的模樣，來時隱密，似乎故意避退著行人。周身的貴氣不說，那張臉麼，雖比不過我，但也足夠令女子傾心了。況且又是救命恩人……」

話音未落，就見原本還在眼前的黑影，瞬間消失得無影無蹤。

此刻的煙雲臺內，對於謝凜的突然到來，蕭瀾有些疑惑。

「尚未至拂曉，殿下怎麼……」

謝凜開門見山地說：「母后要見妳。」

◆

屋內茶香四溢。

「佛緣寺……」蕭瀾喃喃道，「是母親與娘娘常去的地方。」

謝凜看著她：「瀾兒妹妹是不想去？」

蕭瀾搖搖頭，「我如今的身分，怎有幸面見娘娘。」

「母后看著妳長大，又與晉安侯夫人親如姊妹，妳還活著，對她來說就是莫大的欣慰。無需多慮，明日清晨自會有馬車來接妳。」

話說到這個分上，蕭瀾便不再拒絕，「好。」

謝凜看了看房內的擺設布置，問道：「可還有短缺些什麼？若是不想住在這裡——」

「多謝殿下掛懷，一切都好。」

「那就好。」

一時無話，蕭瀾問：「殿下……特意前來，就是為了告知皇后娘娘要見我一事？」

謝凜一愣。

蕭瀾看著他：「沒有別的事要說麼？」

經此一問，謝凜也知今日是有些唐突了。不過一個小廝傳話就能成的事，竟還親自跑來，甚至不是以往約好的時間。

見他不回答，蕭瀾笑了笑：「人多眼雜，蕭瀾不想讓殿下因我而惹上不必要的麻煩，還望殿下勿怪蕭瀾心直口快。」

「不會，」謝凜起身，「今日母后忽然急召，事發突然，我才……」

蕭瀾點頭，「殿下不必多言，我懂的。」

見她神色淡然，謝凜盯她半晌，忽然笑道：「瀾兒妹妹果真聰慧。」

謝凜如往常一般，待了不到半個時辰就離開了。

這夜終於安靜了下來，應該是不會再有人來了。雖是沒有踏出這一方小小的廂房，四處奔走，但時時回想著、盤算著如今和今後的每一步，不免有些疲乏。

她走到屏風後，伸手試了試。丫頭準備好的沐浴熱水原先還有些燙，現下已經溫度適宜了。外衣緩緩脫下，緊接著是裡衣，白皙的肌膚一覽無遺。忽然，身後傳來異響，蕭瀾一驚，轉過頭時，正對上一雙醉得幽深又迷離的黑眸。

依舊是如採花大盜般地從窗戶進入，落地時沒有一點聲音。只是驟然看見了那曼妙的背影，男子呼吸猛地粗重起來，無意間碰到了屏風，才引得她轉過頭來。

而此時此刻，她只穿了一件女子的小衣，小小的布料只能堪堪遮個大概。即便隔著小衣，那誘人的輪廓也足以令男人血脈噴張。

蕭瀾太熟悉那個眼神了。充滿情欲，亦充滿了侵略。

她連忙伸手，要從一旁拿起外衣穿上，卻未料被人搶先一步抓住了手腕，緊接著被扯進一個堅硬炙熱的懷抱中。

驟然抱上溫香軟玉的身子，蕭戎只覺心頭顫得厲害，下身硬得發疼。

手不自覺地摩挲上她光潔嫩滑的後背，摸得蕭瀾身子一抖。

「你放開！」她的雙手撐在他的胸膛上，使著勁想要推開。

奈何這點力氣對他來說沒有任何用處，酒氣充斥在兩人中間，蕭瀾面上保持著鎮靜，但心中不免瑟縮。他清醒時，尚且能做出常人接受不了的瘋事，眼下醉了……

果不其然，還未等她反應過來，整個人就被抱起，須臾間就被壓到了香軟的床榻之上。

掙扎間，帶子鬆開，連僅剩的布料也落到了地上，她明顯聽見了男子隱忍的低喘。

她顫著身子推他：「你敢、蕭戎你敢碰我！」

回答她的是帶著酒氣又激烈的吻。

醉了酒的人果真可怕，僅僅一個吻便已經讓她招架不住，更別提那雙肆意遊走在身上的手，薄唇不知不覺來到她耳邊，聲音沙啞低沉：「瀾兒。」

難堪羞恥的感覺將她淹沒，蕭瀾推他踢他：「我是你姊姊！同父異母的親生姊姊！我們身體裡流著同樣的血！同樣的血！」

可他不停：「妳不是不認我了麼？」

蕭瀾一驚，感覺到他的手順著大腿一路向上。

「正好……」他的下身就那樣肆無忌憚地抵著她的羞處，「反正我也不想要妳做我姊。」

蕭瀾的雙手被禁錮在頭頂，她眼看著蕭戎單手解了衣衫，拿出了那駭人之物。

蕭戎對上她滿是驚恐的眼睛，毫不猶豫地吻了下來。曖昧的津液聲，在狹小的房間中格外明顯。

但是一個吻即便再纏綿悱惻，也終是不能緩解情欲翻湧的衝動。兩人的唇分了開來，蕭瀾驚呼一聲，整個人被掐著腰拖向他，兩具身體緊緊地貼在一起。

「三年前我就想過……」他分開了她的腿，「如果我們不是姊弟，該有多好。」

「不要、不要！」原本假裝鎮定的面具不知所蹤，蕭瀾拚了命地掙扎躲開，「我不要，蕭戎……我真的不要……」

他再度俯身，吻得深入又急切，將她的聲音盡數淹沒在兩人的唇舌交纏間。

驟然嘗到鹹味，他舌尖一縮，不禁皺起了眉。放開那張殷紅的小嘴，蕭戎終於對上身下之人的雙眸。

習慣了她在身下哭泣求饒的樣子，卻從沒見過這般近乎崩潰的哭……

一聲聲的「不要」，透著難以啟齒的害怕和絕望。他的酒勁頓時醒了幾分。

「啪」的一聲，結結實實的一耳光打上來，蕭戎的臉上紅痕明顯。

蕭瀾扯過被子將自己裹住，驚魂未定，聲音顫抖：「滾、給我滾！」

一小截小腿還露在外面，蕭戎的目光落在她的腳踝處，上面是明顯的指印。

他又傷到了她。

蕭戎整理好自己，抬眸望向蕭瀾，他伸手，蕭瀾下意識一縮。

他的聲音還帶著沒有消下去的情欲：「我看看還傷了哪裡。」

只是這一伸手，他手腕處纏著的藥紗便更加清晰地展現在眼前。掙扎間，她抓了他，似乎抓開了裡面的傷口，藥紗已經被血浸透。

她挪開眼：「不用你管。」

以為她是嫌血髒，蕭戎起身洗淨了手，從櫃子中翻找出藥膏，擰開聞了聞，是最常見的消腫藥膏。他再度走過去，坐到了床榻邊：「妳不過來，我就過去。」

蕭瀾瑟縮在床榻一角，聽了這話，不禁將被子裹得更緊，「我說了，不用你管。」

蕭戎盯著她，正要伸手握上她的腳踝，只見蕭瀾連忙伸手：「我自己來！你別過來！」

他看著她擰著眉，一點一點地將藥膏塗抹在腳踝處。

「對不起。」

蕭瀾手上一頓，但未抬頭。一手拿著藥膏，一手塗抹，她塗得仔細，卻未發現原本裹在身上的被子滑落了一些，露出了雪白的肩頭，還有若隱若現的……

而對面的男子看得清清楚楚，喉頭一緊，蕭戎側過頭去。

「我來是想看那個姓林的到底是誰。沒想到會撞見妳……我，控制不住。」

蕭瀾抬眸看他，他此時是背對著她的。寬肩窄腰，結實手臂，健碩高大。

那時候給足了她安全的感覺，甚至也給足了她從未嘗試過的歡愉……

曾經的片段一閃而過，蕭瀾閉了閉眼，強迫自己不去回想兩人曾經在一起的點滴。

「今日見到，才知為何一直查不到他的底細。」蕭戎的聲音恢復正常，他微微側頭，「一定要與他同謀？」

兩隻腳的腳踝處都已塗完，胸前隱隱有些發疼，趁著他看不見，蕭瀾低頭看了被子裡面一眼。原本白嫩無瑕的雙乳之上，赫然是一道道手指捏過的紅痕。

她抬眼看了蕭戎一眼，人家絲毫沒有要走的意思，塗藥只得作罷。

她說：「與誰同謀與你無關。你若真想做什麼，就勞煩將當日之物還給我。」

蕭戎回過頭來，「不讓我參與，我便毀了蕭家的東西，再宰了那個總是深夜來妳房間的狗屁皇子，如何？」

「你——」蕭瀾一時氣急，「你耍什麼無賴！」

難得見她氣紅了臉的樣子，比起毫無表情的冷言冷語，不知可愛了多少倍。

蕭戎唇角勾起，「我還有更無賴的，要試試麼？」

蕭瀾從不知眼前之人還有這般耍賴的樣子。冷漠是他，侵佔是他，無賴還是他。曾經那個聽話率直的小悶葫蘆，竟成了這般不講道理、肆意妄為之人。

冷靜下來後，蕭瀾抿了抿唇：「你要怎樣才能還給我？」

蕭戎不曾猶豫：「答應我兩個條件。」

「你說。」

「第一，不許喜歡他，更不許他碰妳。」

蕭瀾一愣，隨後開口：「我對他而言，也不過是一枚棋子，各取所需而已。」

蕭戎冷哼，「我看未必。」

蕭瀾不想爭論：「我答應。下一個條件是什麼？」

蕭戎盯著她：「我們一起，做妳想做的事。」

聞言，蕭瀾對上那雙黑眸，他語氣淡漠，卻又不容拒絕。

「你對蕭家根本沒有感情，若是真的有，想必也是恨意更多。」蕭瀾看著他，「而今後我的每一日，都是為蕭家而活。日後的路將是重重險阻，稍有不慎便萬劫不復。所以，我容不得有二心之人，容不得任何行差踏錯。」

廂房還縈繞著沐浴熱水中的花香，不算寬敞的床榻之上，兩人陷入無言的沉默。

末了，蕭戎起身，「待古月任務完成後，就會過來陪著妳。」

蕭瀾剛想拒絕，就見蕭戎轉過身來看著她：「否則我每日都來。」

她立刻點頭，「我會付她該有的酬勞。」

看她毫不猶豫的樣子，分明就是不想要他來，蕭戎臉色不佳：「隨妳。」

蕭瀾看著他又輕車熟路地翻窗離開，終是鬆了一口氣。

◆

清晨的天剛剛明朗，後巷拐角處，一位戴著面紗的女子上了馬車。

車夫馭車熟練，順著幾乎無人的小路一路穿梭，到了城郊的佛緣寺。

「瀾兒妹妹。」

蕭瀾拉開車簾，就看見一隻乾淨的手，手指修長。

蕭瀾一手提著裙襬，一手扶著馬車車沿下來，躬身行禮：「殿下。」

謝凜看了自己空空如也的手一眼，隨即看向蕭瀾：「不必多禮。」

蕭瀾跟在謝凜身後，繞過佛緣寺的前廳，到了後面的竹園中。不仔細看，根本發現不了這竹園中，竟還有一間不大不小的禪房。

謝凜推門而入，「母后，您要見的人來了。」

他側身，露出了身後之人。

「瀾兒！」一向端莊穩重、母儀天下的皇后，此時竟是主動迎了上來。

「蕭瀾……」蕭瀾語氣哽咽，一如當年那般行禮，「見過皇后娘娘。」

「好孩子，好孩子，」皇后緊緊地握著她的手，「活著就好，活著就好……」

她擦了眼角的淚，拉著蕭瀾走過去坐下，聲音還有些顫抖：「晨薑茶可泡好了？要暖一些，瀾兒自幼便有手腳冰涼之症，須得喝得熱些才好。」

蕭瀾溫聲：「娘娘還記得。」

「怎麼會不記得，我與妳娘因為妳的手腳冰涼之症，不知操了多少心。我沒有女兒，打小便是把妳當女兒看待的。」

這話說著，便見一位老婦人恭敬地端上了薑茶，只是上茶之時，手有些顫抖。

皇后身邊伺候之人本不該這樣生疏，蕭瀾抬眼一看，眸中一閃，「桂嬤嬤？」

那老婦人立刻跪地，雙眼通紅，「小姐……竟還記得老奴。」

蕭瀾看向皇后。

「當日得知妳父親在城外被俘，我預感不好，便派人去為妳母親報信。誰知……還是晚了一步，那時陳蒙已經帶著禁軍拿下了侯府。」皇后擦去了眼淚，「幸得我派去的人還認得桂嬤嬤，知她是經年在妳母親身邊侍奉的人，怕妳母親生前有交代的事還未完，便回來稟報給我。」

「小姐……老奴這把老骨頭，若是被拖去流放，只怕未到那流放之地便已經死了！我這條爛命死不足惜，可……可夫人生前還有心願未了，小姐下落不明，老奴若是死了，如何有臉去見夫人啊……」

蕭瀾一把扶起桂嬤嬤：「母親生前還有所交代，就是說她臨死前，妳就在身邊？」

桂嬤嬤顫著身子被扶起來，一邊抹著眼淚，一邊說：「是……是，怪我，夫人的死……都怪我！」

蕭瀾一愣：「什麼？」

桂嬤嬤聲音哽咽：「是老奴沒有拉住夫人，眼看著……眼看著夫人自戕！」

蕭瀾當場愣住，「母親……是自戕的？那那把匕首是——」

桂嬤嬤點點頭：「那時孟小娘的兒子忽然回來，與夫人發生了爭執，他的匕首掉在了地上。而後禁軍統領在門外高呼侯爺已伏法，夫人悲愴至極，竟……竟用那匕首一刀扎在胸口，隨侯爺而去了……」

他沒有說謊……

蕭瀾耳邊驟然迴響起蕭戎的話。

『妳計較她的死，可以。那我母親的死，是否也可以從妳身上討回來？』

『我母親，是被毒殺的，死時唇上泛黑，面色發青。並且是早在侯府起火之前便被殺了。而當時，只有妳母親去過南院。』

她不禁後退一步，一手扶在了桌角，才勉強撐住自己。

「瀾兒？」皇后擔心地看著她。

蕭瀾吸了一口氣，「娘娘不必擔心，我沒事。」

隨後她看著桂嬤嬤：「那孟小娘是怎麼死的？母親生前是否有去過南院？」

桂嬤嬤的眸中透著疑惑：「小姐此言……莫非是懷疑夫人殺了孟小娘？不不，絕不是。「那日闔宮宴飲，從宮裡回來，小姐您去了夫人屋裡。夫人出來，說您就歇在她那，不許任何人來打擾。

「隨後，我便隨夫人一同去了南院。孟小娘那時獨自一人，夫人雖是語氣不善，但絕沒有要殺她的意思。而是叫她帶著她兒子離開蕭府，說是要清理門戶，讓她有多遠就滾多遠。」

蕭瀾皺眉：「然後呢？」

桂嬤嬤回憶道：「夫人聽了孟小娘的一通哭訴，什麼也沒說便走了。之後就是那蕭戎忽然跑來了前院，與夫人發生了爭執，再後來……老爺噩耗傳達就……」

蕭瀾閉了閉眼，左想右想都覺得不對：「也就是說，母親離開南院的時候，孟小娘還活著？那她為何不走？最後又為什麼死了？」

「小姐……陳年往事，終是最傷人心的。」

皇后嘆了一口氣：「桂嬤嬤就仔細與瀾兒說了吧。我也是時隔多年，才真正知道這些事情原委的。」

「是。」桂嬤嬤躬身行禮。

「小姐，孟小娘與夫人間的恩怨，想必妳也聽說了。但個中細節，即便是我這個經年服侍在夫人身邊的老人都無從得知。

「我們都以為，是那孟小娘恩將仇報，趁著夫人有了身孕，便想飛上枝頭當鳳凰。但那日聽見孟小娘與夫人的對話，老身才真正明白是怎麼回事。」

桂嬤嬤嘆了口氣，嗓音滄桑：「實則是陰差陽錯啊。原是夫人初有身孕，體熱難耐，侯爺又不在身邊，幾乎是整夜整宿得睡不著覺。夫人生怕為此傷著了腹中的胎兒，請遍了名醫都不得其法。

「當時身為夫人最寵信的婢女，孟小娘也是擔心得不行。後來終在民間得了個偏方，以碎冰和補胎安神的藥草，布置了林蔭間的廂房，陪著夫人在那住了幾日，果真有效。」

「只是懷胎之人不可過於接觸寒氣，碎冰和藥草須得時時看顧著。孟小娘事事親力親為，夫人看在眼裡，又是感激又是心疼，便將上好的衣物和首飾賞給了孟小娘。夫人的衣物都是極素雅又舒適的，孟小娘也不必再穿著悶得不透氣的粗布衣裳侍奉主子。

「原本是好事一樁，可……可真是陰差陽錯……有一日夜裡，夫人想喝宮裡御醫特製的安神茶，孟小娘便去後廚取，想著晨起時會冷，她又去了夫人房裡多拿了兩件披風。

「偏偏……偏偏那時，侯爺提前回來了，竟比原先稟報聖上的時辰早了整整一日。戰役人捷，侯爺喝了個痛快，醉酒之下……將穿著夫人衣物的孟小娘錯認成了夫人……」

蕭瀾心中震驚，已讓她說不出話來，纖細的手指緊緊地攥著茶桌一角。

「事後孟小娘想自刎，被侯爺攔住。侯爺本想與夫人坦白，但當時夫人胎象不穩，大夫們三令五申，不可讓夫人受到刺激，需要靜養。最終，他們選擇了緘默。

「可……不料孟小娘竟懷了身孕，午膳侍奉時連連作嘔，被夫人發現了端倪。她不想要侯爺和夫人夫妻離心，更不想要夫人為難傷心。便攬下了所有的罪責，說是自己趁著侯爺醉酒，去房中假扮夫人，勾引了侯爺。

「侯爺雖未明說，大約也是知道孟小娘的用意，可憐她和腹中胎兒，這才下令讓他們母子倆留在侯府，但也僅此而已了。孟小娘就此沉寂在南院，侯爺與她再無任何關係。整個侯府，仍舊是由夫人拿捏。」

話行至此，桂嬤嬤說：「可十幾年的主僕之情，是沒那麼輕易割捨的。說句犯上的話，原先的夫人與孟小娘，當真親如姊妹，一如……一如小姐和香荷那丫頭。

「所以那日侯府大難，夫人嘴上說要清理門戶，可老奴瞧著，卻真像是軟了心，不願牽連於她。而孟小娘，這麼多年來死人般地沉寂在南院，不願離開，約莫也是割捨不下與夫人的主僕情誼……

「若非生離死別，她恐怕是想將真相爛在肚子裡一輩子的。」

聽了桂嬤嬤的一席話，蕭瀾的心中久久不能平靜。

此時一隻溫熱的手握住了她的手，蕭瀾抬眸，對上皇后滿是擔心和心疼的雙眼。

蕭瀾使自己靜下心來，又看向桂嬤嬤：「也就是說，你們也不知孟小娘是何時死的？」

桂嬤嬤連忙點頭：「老身、還有侍奉在側的婢女們陪著夫人離開之時，孟小娘當真是活得好好的。後來……」

她仔細回想了下，「後來抬出來的屍體幾乎都被燒毀得面目全非，但從衣著身形來看，確實是孟小娘。約莫是當夜風大，火勢蔓延到南院，孟氏病懨懨的，定是無法逃脫。」

說到這裡，桂嬤嬤像是想起了什麼，「也不知她兒——」

「先勞煩桂嬤嬤下去吧，我與娘娘還有些體己話要說。」

蕭瀾驟然將桂嬤嬤的話打斷，坐在一邊喝茶的謝凜不動聲色地看向了她。

「是，是。」桂嬤嬤躬身退下，將禪房之門關好。

「瀾兒啊，妳既然還活著，怎麼也不知會我一聲？若非昨日下面的人回來，學了煙雲臺的曲子被我聽出來，妳打算瞞我到幾時？」

說到此處，皇后看向謝凜：「我這兒子如今也是翅膀硬了，什麼事都不告知我了。」

蕭瀾笑了笑，「蕭瀾於三年前失去了記憶，連殿下都認不得，又怎麼好平白惹娘娘傷心。更何況……蕭瀾還是戴罪之身，此事知道的人越少越好。

「娘娘身在宮中，身邊本就有無數雙眼睛盯著，無數雙耳朵聽著。若是被有心之人瞧出任何端倪，恐怕都會有麻煩纏身。殿下是心疼娘娘，才不讓娘娘知曉的。」

蕭瀾以三言兩語，將皇后哄得舒心。

「罷了罷了，橫豎也是說不過妳這張小嘴的。只不過昨日聽了這霓裳羽衣曲，當真是惹出一番愁腸。」

「蕭瀾也沒想到，娘娘竟還記得這曲子。」

「怎麼會不記得，這是我與妳母親在閣中做姑娘時最喜愛的曲子。兩人閒來無事，還改了曲中的一小段。下面的人說煙雲臺奏了美曲，學來一聽，竟就是我與妳母親改過的那首。」

見蕭瀾又紅了眼眶，皇后憐愛地摸了摸她的臉蛋：「瀾兒是思念母親了吧……」

蕭瀾點頭，「可是，瀾兒再也沒有母親了。」

良久，禪房內都只有低低的抽泣聲，和慈愛的嘆息。

直至門外侍衛來報時辰，皇后惋惜道：「可惜不能光明正大地帶妳回去，將妳一個人放在宮外，實在是不放心。凜兒，你過來。」

聞言，謝凜立刻起身，「母后。」

皇后拍了拍蕭瀾的手背，「瀾兒，今日見妳之前，凜兒也與我說了。」

「娘娘……」

「我的三皇子早夭，等了好些年才再有一個兒子。他對我而言有多麼重要，想必妳也該知道。」

蕭瀾頷首：「是，蕭瀾明白。」

皇后嘆了口氣，「如此危險之事，我是不願讓他做的。可是——」

皇后握著她的那隻手緊了緊，「他是我的兒子，卻更是大梁的太子。日後他需要的是忠良，而絕非奸佞。忠義之路，即便刀山火海，也是他不得不走的。

「更何況，」皇后柔了聲音，「他幫的不是外人。」

蕭瀾頷首，卻未接話。

車駕已經備好，蕭瀾和謝凜目送皇后上了馬車。

「凜兒，好生將瀾兒送回去。還有，煙雲臺那地方哪裡是未出閣的姑娘該住的？速速尋處好宅子替瀾兒安置。」

「娘娘。」蕭瀾的聲音不大。

皇后拉開車簾，「瀾兒可還有話要說？」

蕭瀾面上有些不好意思，「白日裡，街上人多，還請殿下同娘娘一起回宮吧，讓桂嬤嬤陪著我回去便好。正巧我也想買些女兒家要用的物品，需要桂嬤嬤幫著挑選。」

皇后一笑：「好。嬤嬤且去吧，晚些回宮也不要緊。」

「是，老奴遵命。」

蕭瀾站在原地，遠遠地看著皇后的車駕駛遠，她理了理衣衫，「嬤嬤便陪著我四處逛逛可好？」

桂嬤嬤連忙躬身應是，「能再見到小姐、再聽見小姐的吩咐，真是如同做夢一般。」

微風將面紗吹得微微波動，蕭瀾帶著桂嬤嬤，走上了一條幽靜的小徑。

四下無人，蕭瀾緩緩掀開了面紗，此時臉上已經沒有剛才在皇后面前的可憐模樣。

她聲音平淡：「嬤嬤可知我為何將妳留下？」

「姑娘……該是還有話要問。」

「念在母親曾對身邊之人的愛顧體恤，嬤嬤可否告知真話，且守口如瓶？」

提及柳容音，桂嬤嬤不禁老淚縱橫：「老奴自夫人還未出閣時，便服侍在身邊，小姐也是老奴看著長大的……」

蕭瀾輕柔地握住了她的手，「嬤嬤不必擔心，我要問的不是什麼大逆不道的事情。有兩件事，還請嬤嬤真心實意地回答。」

「小姐……小姐請講。」

「第一件事，嬤嬤剛才所言之事，是否絕無半句虛言？嬤嬤可敢對天發誓？」

桂嬤嬤沒有猶豫，「姑娘，老奴所言句句屬實，老奴這就發誓……」

蕭瀾點點頭，「第二件事，母親生前可有未完之事交代給妳？」

「是是，夫人留了遺言給小姐，老身一直等著能再見到小姐，將遺言轉告給小姐。」

一想到柳容音的臉，蕭瀾的聲音便不似剛才那般平靜，有些微微顫抖。

「母親說了什麼？」

「夫人說，沒了晉安侯府的庇護，小姐獨身活在這世間必定艱難。若日後還有可能……望小姐能與殿下成婚。小姐與殿下的婚事，是夫人和皇后娘娘長久以來所操心之事。」

聽了此話，蕭瀾沉默久久。桂嬤嬤看不出她在想什麼。

末了，只見她點了點頭：「我知道了。嬤嬤先乘著我的馬車回去吧，我想獨自走走。」

「小姐……」

蕭瀾笑了笑，「嬤嬤不必擔心。母親的遺願，我自當……盡力完成。」

「那、那老身便不打擾小姐獨自清淨了。」

看著桂嬤嬤顫顫巍巍的背影，蕭瀾不禁開口：「嬤嬤等等。」

她從雪白的衣袖中拿出銀票，塞到桂嬤嬤手中：「嬤嬤腿腳似乎不大伶俐，別捨不得看大夫。」

「這、這可使不得啊，小姐……」桂嬤嬤連連擺手，但銀票還是塞到了她的懷中。

桂嬤嬤滿目感激，一步一步、緩慢地走遠了。

蕭瀾轉過身來，正準備順著小徑，到不遠處的涼亭中獨自坐坐，卻未想忽然聞到一股怪異的氣味，尚來不及轉頭，便眼前一黑，暈倒在原地。

◆

進了宮門，皇后的聲音從馬車中傳出，「凜兒，你且去忙你的吧。」

謝凜停在馬車前，聲音不大：「母后以為今日所見如何？」

皇后聲音溫婉：「是個好孩子，即便是當年，我也沒有看錯。」

謝凜頷首：「既然如此，母后便不必擔憂了。接下來的事，就不勞母后費心。」

「好，你也長大了。」

皇后的儀仗走遠，謝凜才回了東宮。

東宮服侍之人見主子面色不佳，嚇得大氣都不敢出，奉上茶水便立刻退下，絲毫不敢擾了太子殿下的清靜。只有自幼陪著謝凜長大的親信侍從承吉，敢在此刻上前。

他小心地將茶水奉到謝凜手邊，「殿下今日不是陪著娘娘去見——」他左右看了看，沒有旁人，但還是小心道：「去見煙嵐姑娘，怎麼如此……」

謝凜冷笑：「我本好奇母后為何忽然對煙雲臺起了興趣，今日去了才知，原來是有人耍了把戲。」

那老鴇也是個會討好人的，斷想不到一首曲子能奏出什麼差錯來。」

承吉疑惑：「殿下是說煙嵐姑娘和這曲子……」

「她倒是厲害，一首只有我母親和她母親能聽出來的曲子，引得母親主動說要見她。呵，這是在威脅我呢。」

「殿下此言當真？煙嵐姑娘不過一介女子，哪裡敢這般犯上、威脅您？」

謝凜的眸中閃過厲色：「你以為她母親清河郡主，從小於宮城王府長大，當真沒教過她拿捏人的手段？她瞧出我有所顧慮，還沒有完全信任她。」

那隻乾淨的手拿起茶盞，「所以藉此機會將母后牽扯進來，你說我要是中途反悔，屆時會不會立刻有一頂窩藏逆犯的帽子，扣在我與母后的頭上？」

「啊……」承吉恍然大悟，額間不禁冒出冷汗，「這、這可就分辨不清了啊！」

謝凜忽地一笑，手中的茶盞應聲而碎，碎渣子劃傷了他的手。

「殿下！」承吉匆忙拿出錦帕，將他手心的碎渣子擦乾淨，「奴才這就去喚太醫！」

「不用。」謝凜像是感覺不到疼痛一般，舔了舔唇，「不過這般手段，倒是個做賢內助的好人選。」

他望向外面日頭正盛的天。

「有佳人如此，得之我幸。」

◆

祁冥山。

午膳時分的用膳廳遠沒有往日那般熱鬧。

古月和戰風不在，主桌上便只有蕭戎和蘇焰兩人。

蘇焰滿意地翻著剛剛遞上來的帳簿，「嘖嘖，自咱們蕭大閣主繼任以來，可真是日進斗金啊。先前那幾筆生意做得實在漂亮。」

說著，他看了蕭戎的手腕一眼：「雖說是見了點血吧，無妨無妨——」

話還沒說完便被蕭戎打斷：「你該做的事，做完了沒有？」

「東西太多，一時半會兒我可看不完。」

蕭戎皺眉：「再給你幾日。」

屬下們一個個張著耳朵聽著，卻也沒聽出個所以然來。只知道閣主這幾日莫名其妙地將二閣主拘在密雲齋裡，惹得二閣主不能雲遊四海，不能花天酒地，熬得眼下都有了烏青。

此時一個黑衣青年腳步急促地走了進來，「閣主，屬下有要事稟報！」

蕭戎抬眸看向他。那人握劍的手有些不穩，他走到蕭戎面前，「撲通」一聲跪到了地上：「屬下失職！地牢被破了！」

蘇焰的笑容僵在臉上：「那人呢？逃了？」

那人頷首：「屬下已經派人去追了，只是——」

他不敢看向蕭戎，只敢低著腦袋，「只是追到了盛京城郊的佛緣寺一帶，便沒了蹤跡……」

蕭戎目光一凜，驟然想起那夜在屋頂上，聽到的謝凜和蕭瀾的對話。

佛緣寺。

他倏地起身，「全部去找，即刻去找！」

「是！」

蘇焰還沒來得及問，就見蕭戎的身影已經消失在了用膳廳門口。

他挑了挑眉，將帳簿往懷裡一放，也跟了上去。

——《聞瀾引》下集待續

高寶書版集團
gobooks.com.tw

ER08

聞瀾引・上卷

作　　者　棋　徒
繪　　者　阿　嘆
編　　輯　王念恩
美術設計　莊捷寧
排　　版　彭立瑋
企　　劃　方慧娟

發 行 人　朱凱蕾
出　　版　三日月書版股份有限公司
　　　　　Printed in Taiwan
地　　址　臺北市內湖區洲子街88號3樓
網　　址　www.gobooks.com.tw
電　　話　(02) 27992788
電　　郵　readers@gobooks.com.tw（讀者服務部）
傳　　真　出版部　(02) 27990909　行銷部 (02) 27993088
郵政劃撥　19394552
戶　　名　英屬維京群島商高寶國際有限公司台灣分公司
發　　行　英屬維京群島商高寶國際有限公司台灣分公司
　　　　　Global Group Holdings, Ltd.
初版日期　2023年7月

國家圖書館出版品預行編目(CIP)資料

聞瀾引 / 棋徒著.-- 初版. -- 臺北市：三日月書版股份有限公司出版：英屬維京群島商高寶國際有限公司臺灣分公司發行, 2023.07-
冊；　公分. --

ISBN 978-626-7152-92-8 (全套：平裝)

857.7　　112009156

三日月書版

三日月書版

三日月書版